文庫

コールドマウンテン

下巻

チャールズ・フレイジャー

土屋政雄訳

新潮社

目次

ペンシルヴェニア州
ゲティスバーグ
メリーランド州
シャープスバーグ
ボルティモア
ワシントンD.C.
ポトマック川
インディアナ州
ウエスト・
バージニア州
バージニア州
リッチモンド
ウィンストン・
セーレム
ローリー
ディープ川
ソールズベリ
アッシュビル
シャーロット
ノース カロライナ州
ケープフィア川
コールドマウンテン
コロンビア
フィア岬
サウス カロライナ州
チャールストン
ジョージア州
N
大西洋
フロリダ州
Map by Yasuko Yamada

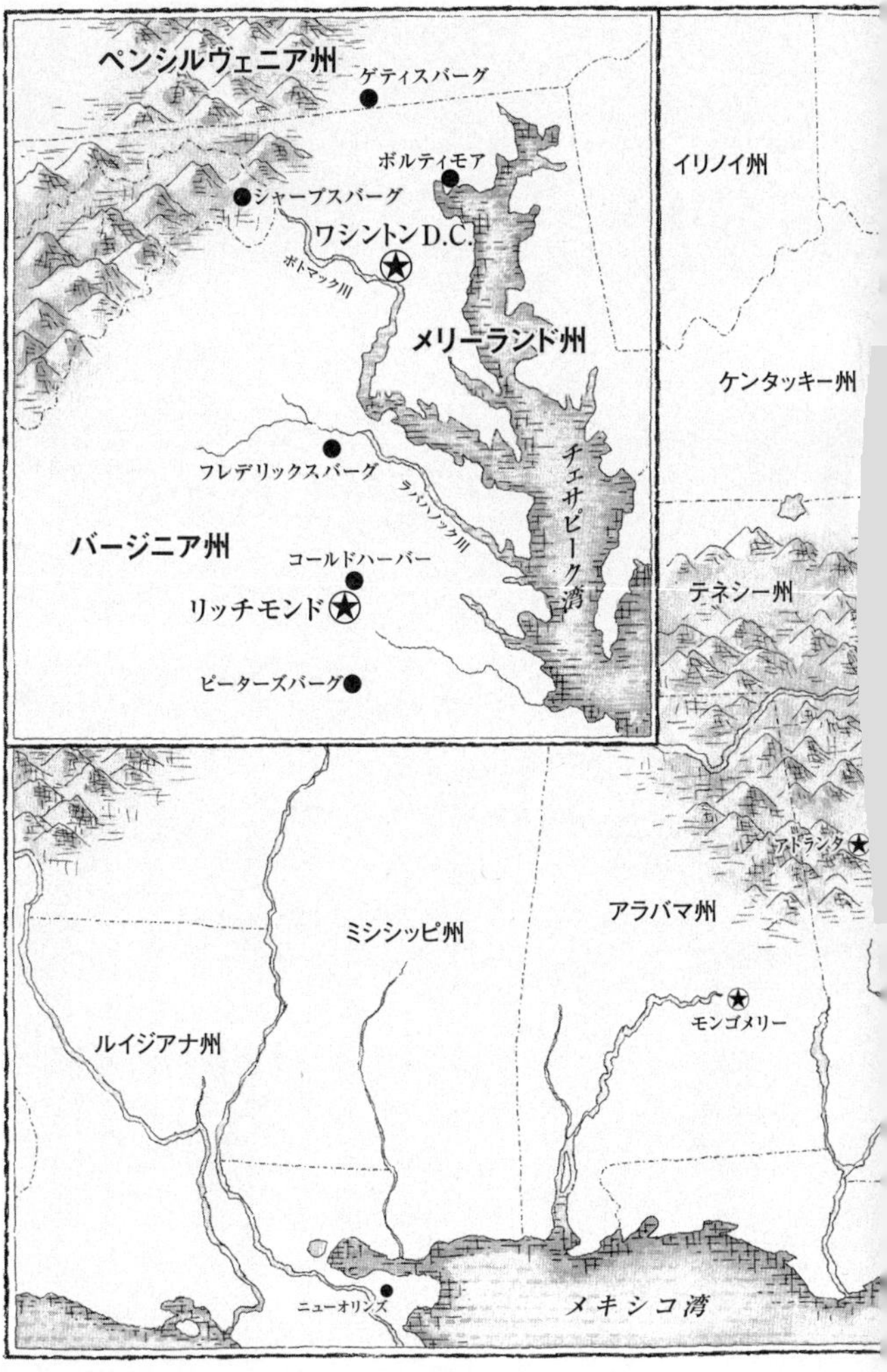

ペンシルヴェニア州
ゲティスバーグ
ボルティモア
シャープスバーグ
ワシントンD.C.
ポトマック川
メリーランド州
イリノイ州
ケンタッキー州
フレデリックスバーグ
ラパハノック川
チェサピーク湾
バージニア州
コールドハーバー
リッチモンド
ピーターズバーグ
テネシー州
アトランタ
アラバマ州
ミシシッピ州
モンゴメリー
ルイジアナ州
ニューオリンズ
メキシコ湾

コールドマウンテン　下巻

主要登場人物

インマン……………………南軍兵士
エイダ………………………インマンの恋人
モンロー……………………エイダの父。牧師
エスコ・スワンガー………　〃　隣人
サリー………………………エスコの妻
ルビー………………………エイダのパートナー
スタブロッド・シューズ…ルビーの父
パングル……………………バンジョー奏者
リード………………………ジョージア出身の少年
ティーグ……………………自警団のリーダー
バーチ………………………　〃　一員

言葉を真実として

朝の空はどんよりして、油煙を薄く刷《は》いた一枚の紙のように見えた。ラルフが原の真ん中に立ち、頭を垂れ、荒い息をしていた。今日は引き具で橇《そり》につながれている。その橇には、柵《さく》に使う針槐《はりえんじゅ》の杭《くい》や横木が山のように積んであり、これは同量の石のように重い。その朝、草地に新しい柵を巡らそう、とルビーがいいだした。小川の縁までこの橇を引かせるつもりで出たが、ここまで来て、ラルフがもう一歩も動こうとしない。エイダの手には、幌馬車《ほろばしゃ》で使う編んだ鞭《むち》があり、縮れたほうの端で背中を一、二回叩《たた》いてみたが、まったく効き目がなかった。

―幌馬車を引く馬だものね、とエイダがいった。

―でも、馬よ、とルビーがいった。

そしてラルフの前に立ち、顎《あご》を手にとると、真正面からじっと目を見つめた。ラルフの耳が後ろに寝て、瞼《まぶた》の下に白目の輪が見えた。

ルビーは、ラルフのビロードのような鼻に唇を押しつけた。つぎに一インチほど離すと、口を大きく開け、広がった馬の鼻の穴に、深く、ゆっくりと息を吹き込んだ。こうやって息を吹きつけることで、人間と馬のあいだに思いが通じ合う――ルビーはそう信じていた。当面の問題について、息の送り主も同じ考えであることが馬に伝わる。馬はそれを知って安心する。神経がいらだっている馬の緊張が解ける。白目を剝《む》いている馬でも、この親愛の息を受けると気が静まる。ルビーはもう一度息を吹きかけ、肩の辺りのたてがみを手に一摑《ひとつか》みとって引っ張った。

ラルフが前に動き、また橇を引きはじめた。

小川に着いた。引き具から解き放たれたラルフは、木陰の縁でのんびりクローバーを食べはじめ、そのあいだ、ルビーとエイダは小川の岸に沿って針槐の柵作りに励んだ。スネークフェンスと呼ぶジグザグ柵を作る。今日はいちばん下の横木だけを渡し、いずれもっと時間ができたとき、上にあと三段の横木を重ねて柵を完成させる。

ルビーのそういう仕事の進め方には、エイダもう慣れていた。始めた仕事を、いつも一気に終わらせてしまうのではない。何かが起こるごとに、緊急度に応じて処理していく。とくに急ぎの仕事がないときは、いまある時間のなかでできることをやる。柵の一段目を作ることは、その朝、急に決まった。今日はエスコのところに行って、林檎《りんご》をキャベツや蕪《かぶ》と交換する日だが、横木一段だけなら、出かけるまでの一時間かそこらでできるから、と。

重い横木を扱う仕事のため、エイダは革の作業手袋をしていた。だが、その手袋は、ざらざらした面が内側になるように作られていて、仕事が終わったとき、エイダの指先は素手で仕事をしたのと変わらないほどに赤くなっていた。橇にすわり、できたマメを撫《な》で、ひりひりと痛む手を小川で洗って、スカートで拭《ふ》いた。

馬を引いて納屋《なや》まで戻ると、そこで引き具をはずし、こんどは、ルビーがエスコとの交渉に出かけるための準備をした。面繋《おもがい》をつけ、轡《くつわ》をつけ、手綱《たづな》をつけた。途中でルビーが手を止め、納屋の壁の釘《くぎ》からぶら下がっている古い虎挟《とらばさ》みをじっと見つめた。大きさからして、せいぜいビーバーかウッドチャック程度の獣に使う罠《わな》とわかる。テキサスに去ったブラック家が残していったものの一つで、長いあいだ放置され、上下の顎がほとんど一つになるほどに錆《さ》びつき、底にも幾筋もの錆が見えていた。

——ぴったりよ、とルビーがいった。出かけるまえに仕掛けておきましょう。

二人の頭には玉蜀黍《とうもろこし》納屋のことがあった。毎朝少しずつ玉蜀黍がなくなる。それがこ何日もつづいていた。気づいてから、ドアに掛け金と錠をつけ、乾いて剝《は》がれ落ちている壁の泥を念入りに補修した。だが、丸太と丸太のあいだに詰めたばかりの泥に、翌朝、また新しい穴が開いていた。片手が入るくらいの穴だが、栗鼠《りす》なら十分に入れたし、小さめの浣熊《あらいぐま》、オポッサム、ウッドチャックでも大丈夫だったろう。ルビーはその穴に二度も泥を塗り込んだ。だが、翌朝にはまた同じことが起こった。たいして盗まれるわけではない。気づくか気づかないかという程度だが、それでも、これがつづけば、いずれ心配しなければならない量になる。

エイダとルビーは虎挟みの手入れをした。ワイヤブラシで錆をこすり落とし、接続部分にラードを塗りつけた。手入れのあと、ルビーが開いて固定した。棒切れで作動板に触れてみると、罠は地面から跳ね上がるほどに強く閉じ、弾《はじ》ける音をたてた。玉蜀黍納屋に運び、穴から手が届く辺りに仕掛けた。罠の鎖をの端についている杭を、叩き固めた床の土に刺し、入るところまでハンマーで打ち込んだ。玉蜀黍泥棒は、獣でなく人間かもしれない。だから、罠の歯はズックの布切れで巻いておいたほうがいい、とエイダがいい、ルビーも同意した。だが、優しすぎるほうに誤らないよう、あまり厚くは巻かなかった。

仕掛け終わると、ルビーはラルフの準備に戻った。林檎の入った大きな袋を二つ、左右の振り分けにしてラルフの肩にかけ、自分は鞍《くら》も置かずにその後ろにまたがった。道に出てから一度止まり、冬の畑用に案山子《かかし》でも作っておいてくれるってのはどう？　とエイダに声をかけた。そして踵《かかと》を馬に当て、速歩《はやあし》で駆けていった。

ルビーが道を曲がって見えなくなると、エイダはほっと一息ついた。今日の昼間は丸々自分のものになる。課せられた仕事は、大きな人形を作ること。これなら子供の遊びみたいで、楽しそう。

鴉《からす》の一団が冬の畑にたむろしていた。退屈したように、ときどき若い芽をついばんでいる。腹を減らした食べ方ではないが、それでも、何か手を打っておかないと、いまに丸坊主《まるぼうず》にしてしまう。なかに一羽、左右両翼の後ろの縁に、まったく同形の四角い切欠きをもつ鴉がいた。これが一団の頭のようで、野原から飛び立つときも木から飛び立つときも、いつも先頭を切り、残りはこれに従う。他の鴉よりよくしゃべり、錆びた蝶《ちょう》番《つがい》の音から、狐《きつね》に殺される鴨《かも》の断末魔の叫びまで、ありとあらゆる鴉語をしゃべった。あるとき、聞いていたルビーがたまらなくなり、貴重な散弾一発をこの鴉の方角に向けて撃った。だが、本気で当てるつもりになるには、距離が遠すぎた。エイダは、もう何週間も、この鴉の行動を追いつづけている。これから作る案山子が、切欠き翼の悩みを一つふやすことになるのかと思うと、なんだか嬉《うれ》しくなった。

―私は、いま、鳥一羽の行動が気になる。そんな生活をしている……。複雑な気持ちにとらわれ、そう声に出していってみた。

家に入り、二階へ上がった。トランクを開け、モンローの古い乗馬ズボンと栗色《くりいろ》のウールのシャツを取り出した。それに、ビーバーの毛皮の帽子と、首に巻く明るい色のスカーフ。これだけあれば、すてきな今風の案山子ができる。だが、ふとあることを思い、手の中の畳んだままの衣類を見下ろしながら、しばらく動かなかった。これから毎日、外へ出ると、モンローの姿に似た人形が畑の真ん中に立っていることになる。夕方のポーチからは、どう見えるだろう。きっと黒い人影になって、こちらをうかがっている。それは鴉を驚かすより、私の気を滅入《めい》らせる。

エイダは、モンローの衣類をトランクに戻し、自分の部屋へ行って、引き出しや簞笥《たんす》の中を掻《か》き回した。そして、ワンド川でのパーティの最後の夜に着た、藤色のドレスを使うことにした。フランス製の麦藁《むぎわら》帽子もとった。十五年前、モンローとヨーロッパ旅行に行ったとき買ってもらったものだが、いまは、つばの縁がほつれかけている。

このドレスを使うといえば、ルビーがきっと反対することはわかっていた。思い出の品だから、というのではない。この布ならいろんなところに使えるから——そういって反対する。切って枕《まくら》を作れる。キルティングにも使えるし、椅子《いす》の背の覆《おお》いにもなる。その他、いくらでも使い道がある……。きっとそういう。だが、絹がほしければ、ドレスはほかにも何枚かある。いつでもそれが使えるのだから、と思った。私は、これが畑の真ん中に立っているのを見たい。降るときも照るときも立っているのを。

ドレスをもって外に出た。隠元豆の支柱を針金で十字に組み合わせ、骨組みにした。畑の真ん中に立てて、ハンマーで土の中に打ち込み、てっぺんに頭をのせた。これは、すりきれた枕カバーに葉っぱと藁を詰めたもの。煙突の煤《すす》と燈油《とうゆ》をかき混ぜた絵の具で、にたりと笑っている顔をそこに描いた。もってきた藤色のドレスを十字の骨組みにかぶせ、胴体を藁でふくらませ、飾りとして頭に麦藁帽子をのせた。片方の腕の端には、錆びて底に穴の開いた小さなブリキバケツを吊《つ》るした。柵の根元に行き、秋麒麟草《あきのきりんそう》とアスターを茎から折りとり、バケツにいっぱい詰めた。

終わって一歩下がり、出来栄《できば》えを鑑賞した。案山子は、コールドマウンテンの方向をながめながら立っている。食卓に飾る花を摘みながらのんびり歩いているとき、ふと、眼前の風景の美しさに打たれ、たたずんだ――そんな風情《ふぜい》に見える。藤色のドレスのゆったりしたスカートが風に揺れた。エイダはこのドレスの一年後を考えた。雨風にさらされ、色褪《いろあ》せ、きっと玉蜀黍の古皮の色になっているだろう。エイダ自身、いま、色褪せたプリントのドレスを着て、麦藁のボンネットをかぶっている。ヨナの尾根に誰かが立ち、この谷を見下ろし、畑に立っている二つの人影から案山子を選べといわれたら、はたして正しく選べるかしら、と思った。

台所ポーチの洗面台で手を洗い、昼食を用意した。エスコの作った赤いハムを少し削《そ》ぎ、あとは朝食の残りの冷えたビスケットパンと、昨夜の夕食の焼き南瓜《かぼちゃ》を一切れ。皿にのせ、日記帳を抱えて、洋梨《ようなし》の木の下のテーブルに運んだ。食べ終わってから、日記帳をぱらぱらとめくった。鷺《さぎ》のスケッチのあとに、花水木《はなみずき》の実、房になったスマックの実、二匹の水黽《あめんぼ》がつづく。それを通り過ぎて、最初の空白ページにくると、そこに案山子をスケッチした。その上に、切欠きのある鴉の翼を描き、日付とおおよその時刻、現在の月の形を記し、ページのいちばん下には、案山子のもつバケツの中の花の名前を書いた。まだ空いている片隅には、アスターの花の詳細なスケッチを添えた。

昼食後すぐ、ルビーが馬を引き、道を歩いて帰ってきた。馬の背中には、大きな振り分け荷物が三つもある。キャベツ六袋は、対等な取り引きというには二袋多い。だが、エスコの気持ちが気前よさに傾こうとしているとき、それを押しとどめるほど、ルビーは高慢ではなかった。エイダが道まで迎えに出ると、ルビーはそこで止まり、スカートのポケットに手を突っ込んで、一通の手紙を取り出した。

―はい、といった。水車小屋に寄ったものだから、と。その口調には、面と向かい、声で伝えられる知らせ以外は、だいたいが歓迎できないもの、という確信が込められていた。手紙は折れ曲がり、皺《しわ》になり、古い作業手袋ほども汚れていた。ここまでの旅のどこかで水に濡《ぬ》れ、乾くときに歪《ゆが》みと染《し》みができていた。差出人の住所もなかったが、宛名《あてな》を書いた手が誰のものか、エイダにはわかった。受け取ってポケットに入れた。ルビーの見ている前では読みたくなかった。

二人で、燻室《くんしつ》の横に袋をおろした。ルビーが馬を片づけにいっているあいだ、エイダは台所へ行き、自分の昼食と同様のものをもう一皿作った。ルビーがきて食べはじめた。食べながら、ひっきりなしにしゃべった。キャベツのこと、そのキャベツから二人で作る無数のもののこと。ザウアークラウトに、コールスローに、揚げキャベツに、ゆでキャベツに、詰めキャベツ……。だが、エイダは聞きながら、たったそれだけ？　と思った。

ルビーが食べ終わり、二人は袋に戻った。一袋はザウアークラウト用にとっておく。こんど正しいしるしが巡ってきたときに作る。時期を誤ると、甕《かめ》の中で腐るかもしれない。残りは、冬に備えて埋めておく。埋めるのは、エイダには不気味で、心騒ぐ仕事になった。燻室の後ろに墓穴のような溝を掘り、そこに藁を敷く。その上に薄緑色の結球を並べ、それをまた藁で覆って、その上に土をかける。こうして土を盛り上げたあと、ルビーはそこに目印の板を立てた。シャベルの根元で叩き、土中にしっかり埋め込むと、板はまるで墓石のように見えた。

—これでよし、とルビーがいった。これで、一月になっても、庭じゅう掘り返さなくてすむわ。

エイダは、曇った真冬の午後を思った。風が吹きすさび、裸の木々がうねり、地面には灰色の根雪がある。そんな日に庭に出て、この溝を掘り返すことを考えた。たかがキャベツ一個のために、と思った。

その日の午後遅く、二人はポーチの石段にすわっていた。エイダがルビーの後ろ、二段高いところ。エイダの脛《すね》と膝《ひざ》を椅子の背代わりに使い、ルビーが背中をもたれさせていた。夕日が落ちていく。ヨナの尾根の青い影が伸び、小川を越え、もう草地も越えた。燕《つばめ》がせわしなく、無鉄砲に飛び交っている。エイダは、猪《いのしし》の剛毛を植えたイギリス製のブラシで、ルビーの黒い髪をとかしていた。髪の毛が滑らかになり、新品の銃身のような光沢を放ちはじめるまでといた。つぎに、そこに指を滑らせ、七つの束に分けた。どの束も、エイダの手の中で確かな量感を示し、加わる力に反発した。ルビーの肩に七束を分けてのせ、さあ、どうしようかと考えた。

エイダは、いま、ルビーと髪の編み方を競い合っている。ルビーがラルフの尾を手にとり、複雑な模様に編んでいるのを見て、ふと思いつき、誘ってみた。ルビーはよくラルフの後ろに立ち、ぼんやりと考え事をしながら、長い尾の中でそうやって指を動かしている。無意識の動きに見えた。そうすることで考えがはかどるらしい。ラルフのほうも気持ちよさそうにしている。尻尾《しっぽ》を持ち上げかげんにし、瞼をぴくぴく震わせ、いまにも眠ってしまいそうな様子でいる。だが、編み上がってからは、尻《しり》を腹の下に抱え込むようなしぐさをし、きまり悪そうな、神経質な動きをする。どちらかが立っていって、編まれた尾をほどき、もつれをブラシでといてやるまで、その動きはやまない。

尾を編んでいるルビーは、見ていてうらやましくなるほどに夢見心地になっている。エイダは、見捨てられた子供を想像した。独りぼっちで田舎をうろつきながら、何か生きているもの、暖かいものに触れたくて、年老いた一頭の農耕馬の尾を編んでいる。馬への触れ方は、親しげだが距離がある。馬の命には直接触れず、その命から生えている美しい——しかし、血の気のない——毛だけに触れている。

そんなことを思いながら、エイダは誘ってみた。互いに相手の髪を編み、どちらが複雑か、美しいか、奇想天外か競争しましょうよ、と。どちらも、相手の髪をどう結ったかがわかるだけで、自分の髪がどう結われたかはわからない。だから、いっそうスリルがある。終わったら、家の中に入り、向かい合う二つの鏡の前に立って、初めて自分の頭の後ろを見る。負けたほうはその夜の仕事を一人で全部やり、勝ったほうはポーチでのんびりと揺り椅子にすわり、空が暗くなるのをながめ、出てくる星の数をかぞえる。

エイダの髪は、もう編み上がっていた。ルビーが引っ張ったり、ねじったり、しばらくいじっていた。こめかみが強く後ろに引かれていて、いまでも、瞬《まばた》きをすると目尻が引っ張られる感じになる。編んでいる途中、エイダが思わず腕を伸ばして頭の後ろに触れようとすると、ルビーがそれを引っ叩《たた》いた。予備知識が競争の結果を左右するかもしれない。それは許さない。

エイダは、まず、ルビーの背中の中央に垂れる三つの束をとり、それを単純なお下げに編んだ。ここまでは簡単。残りの四束で、複雑な髪型に編み上げるつもりでいた。好きなラフィア籠《かご》をまねて、杉綾《すぎあや》模様に編む。両側に垂らした四束のうち二つをとって、重ねては編んでいった。

切欠き翼を先頭に、四羽の鴉が谷に舞い降りてきた。だが、新しい案山子を見て、着地の姿勢からまた舞い上がり、撃たれた豚のような悲鳴をあげながら飛び去った。

いいわ。

――鴉からの誉《ほ》め言葉よ、とルビーがいった。案山子の効き目ね。とくに、あの帽子が
――フランス製よ、とエイダがいった。

――フランス？　帽子なら、ここにだってあるのに？　東支流を上がったところに藁帽子を作る男がいるわよ。バターや卵と交換してくれる。町の帽子屋なら、ビーバーの帽子やウールの帽子も作ってる。こっちは、だいたい、お金をほしがるけどね。

世界の反対側まで帽子を運んできて売るという考えが、ルビーにはよく理解できなかった。だいたい、そんなことを考えつくのは、真剣さが足りない人間の証拠よ、といった。フランスもニューヨークもチャールストンも同じ。そんなところにあるもので、わたしがほしいものは何一つない。必要なものは何でもコールドマウンテンで作れるし、育つし、見つかる。ヨーロッパ？　どこでもいいけど、わたしは旅なんて信じない。正しく作り上げられた世界なら、誰だって自分に割り当てられた場所での生活に馴染《なじ》むもの。完全に馴染んだら、どこかほかへ行く必要なんてないし、きっと行きたいとも思わなくなる。駅馬車も鉄道も蒸気船もいらない。そんな乗り物は、誰も乗り手がいないまま腐っていく。誰もが満足しきって、家にいることを望む。そう望まないことが、いまも昔も、多くの悪の根源なんだから。わたしの思う安定した世界なら、遠くの隣人の飼い犬が遠吠《とおぼ》えしたからって、わざわざ出かけていって、それがハウンドなのかセッター

なのか、無地なのか斑《ぶち》なのか知ろうなんて思わない。そんなこと知らなくたって、長い幸せな年月を過ごすのには困らないんだから。

エイダは反論しようとも思わなかった。エイダ自身の人生でも、これから先、旅行や輸入帽子の占める場所はごく小さくなっていくだろう。髪が編み上がった。エイダは出来栄えを見てがっかりした。頭の中に描いていたものとはまるでちがう。私の芸術への試みはどれもそう、と思った。これでは、まるでもつれた麻縄。気が狂ったか酔っ払ったかした水兵の仕事みたい。

エイダとルビーは石段から立ち上がり、交互に相手の髪にさわり、飛び出た髪の毛やほつれ髪を撫《な》でつけた。そして、エイダの寝室に行き、整理箪笥の上にかかる大きな鏡に背中を向け、銀の手鏡をもって、そこに後ろ姿を映した。エイダの髪は、単純に、きっちりと編み上げられていた。指を当ててみて、まるで栗の木の枝にさわっているみたい、と思った。これなら一日中働いても、崩れることはない。

ルビーの番になった。長いあいだ、じっと見ていた。自分の頭の後ろを見たのは初めてだ、といい、手を髪に当て、掌《てのひら》であちこち撫でまわした。何度も何度も撫で、完璧《かんぺき》ね、といった。エイダの勝ちだといいはり、聞く耳をもたなかった。

二人はポーチに戻った。ルビーはすぐにも夜の仕事にかかりそうにして、庭に出ていった。だが、途中で立ち止まり、周囲を見回し、空を見上げた。首の辺りの髪と頭のてっぺんに手で触れた。空にはまだ明るさが少し残っている。それをポーチの影の下から見て、数ページくらいなら、まだ『真夏の夜の夢』が読めそうよ、とエイダに催促した。二人はまた石段に戻り、エイダが朗読した。注釈を加えながら読んでいった。ロビンが「馬のごとく、犬のごとく、豚のごとく、熊《くま》のごとく、火のごとく、どこでも」というところでは、ルビーが嬉しがり、大きな意味と喜びを包み込んだ言葉のように、それを何度も何度も繰り返した。

光はすぐに灰色に衰え、読めなくなった。二羽のコリン鶉《うずら》が野から森へ、森から野へ、寸分違《たが》わない三語のメッセージをやりとりしていた。ルビーは立ち上がり、じゃ、わたしは行くわ、といった。

―罠を見ていって、とエイダがいった。

―無駄よ。昼間はなんにも捕まらない。ルビーはそういって、歩み去った。

エイダは本を閉じ、栞《しおり》代わりに柘植《つげ》の葉をはさんだ。スカートのポケットからインマンの手紙を取り出し、西の方角に向けて、残りの光を全部そこに受け止めた。午後のうちに五回も読んでいたが、文面は曖昧模糊《あいまいもこ》。負傷したことが書いてあって、帰郷するつもりでいることも書いてある。だが……。六回目を読んでも、一回目以上のことはわからなかった。二人の関係について、インマンが何かの結論に達したらしいことはわかる。だが、エイダ自身は、お互いの感情がいったいどうなっているのかわからず、どうなっていると自分で思っているのかさえわからなかった。もう四年近くも会っていないし、最後の手紙を受け取ってからでも四箇月以上になる。あれはピーターズバーグからの走り書きだった。遠くの親戚《しんせき》にでも書くようなよそよそしい口調だったが、それ自体はとくに変わったことではない。戦争後の二人のことは何も考えないようにしよう——インマンは早くからそういっていた。戦争後どうなっているかは、誰にもわからないから、と。可能性はいろいろとある。喜ばしい可能性もあるし、残酷な可能性もある。だが、あれこれ想像しても、考えを曇らせることにしかならない、といった。戦争中の手紙のやりとりは不規則だった。頻繁に書き合う時期があって、沈黙の時期があった。だが、このところの沈黙は、二人の標準からいっても長すぎた。

エイダが見ている手紙には、日付がなかった。日付を推定できるような最近の出来事や天候のこともなかった。これが書かれたのは先週かもしれないし、三箇月前かもしれない。手紙の状態のひどさを見ると、後者に近いように思えたが、断定はできない。それに、帰郷とあるのはどういう意味なのだろう。すぐ帰るということなのか、戦争が終わったら帰るということなのか。いますぐなら、もうとうに帰り着いていていいのではなかろうか。それとも、出発したばかりなのだろうか。ルビーと二人で町に行ったとき、郡庁舎の格子《こうし》のはまった窓から囚人が語っていた話を思い出した。どの郡にもティーグみたいな人がいるのではないかしら、と恐れた。

目を細めて手紙を読んだ。インマンの文字は小さく、ぎっしりと詰まっている。薄暗がりのなかでエイダに読めたのは、この短い段落だけだった。

四年前に送った肖像写真をまだもっているだろうか。まだあったら、どうかもう見ないでほしい。いまのおれは、外見も内面もあれとまったく違っている。

もちろん、エイダはすぐに寝室に行き、ランプをつけ、あちこちの引き出しを開けて、写真を探しだした。最初からあまり似ているとは思わない写真だったから、奥にしまいこんであった。送られてきたとき、モンローにも見せた。モンローは写真術というものに懐疑的で、画家による肖像画なら若い頃に二度ほど描かせたことがあったが、写真はそれまで撮らせたことがなく、これからも撮らせるつもりはなかった。興味を引かれたようにインマンの顔を見つめていた。やがて写真ケースを勢いよく閉じると、本棚へ行って一冊の本を取り出してきた。エマソンがダゲレオタイプ写真を撮ってもらったときの文章があるといい、それを朗読しはじめた。「像を不鮮明にしてはならぬ。指の一本一本を同じ場所にとどめておかねばならぬ。いつしか力がこもり、手は戦いか絶望のときの拳《こぶし》のように握り締められた。顔を静止させておこうとする決意は緊張に変わり、瞬間ごとに高まっていく。眉《まゆ》は歪んで冥府《めいふ》の苦悶《くもん》を表し、目は発作を思わせる固定された眼差《まなざ》しとなる。これは狂気の相か、死の相なのか」

インマンの写真は、エマソンの言葉ほどひどくはなかったが、たいして違わないことをエイダも認めざるをえなかった。だから、記憶にある顔が汚されないように、それを引き出しの奥にしまいこんだ。

機械で撮った小さな肖像写真は、けっして珍しいものではなかった。エイダも何枚となく目にしていた。この村でも、息子や夫を戦場に送り出している家には、たいていある。だいたいが粗末なブリキケースに収められ、マントルピースかテーブルの上に飾ってある。聖書や蠟燭《ろうそく》、ガラックスの小枝が添えられていて、祭壇のような雰囲気を醸《かも》し出している。一八六一年には、一ドル七十五セントもっている兵隊なら、誰でも自分の表情を記録してもらえた。アンブロタイプ、フェロタイプ、カロタイプ、ダゲレオタイプと、いろいろあった。戦争初期にはどれもこれも滑稽《こっけい》に見えた写真が、時間が経《た》つにつれ、いまは死んでいるという人がふえてきて、だんだん見るのが苦痛になった。どの写真の兵隊も、長い露出時間のあいだ、体中から針鼠《はりねずみ》のように武器を突き出させ、じっと写真家の前にすわっている。ピストルを胸の前で交差させている者、銃剣つきのライフル銃を体のわきに立てている者、ぴかぴかのボーイナイフを写真機に向かって振りかざしている者、気取って略帽を斜めにかぶっている者、豚を殺す日より上機嫌でにこにこしている者。服装はさまざまだった。畑仕事に着るものから本物の軍服まで、男たちはあらゆる種類の服を着て戦っていた。こんなものを着ていたら平時でさえ誰かに撃ち殺されかねないと思うような、仰々しい服装の兵隊もいた。

インマンの肖像写真は、そうした写真とは違って、ケースにずいぶん金をかけていた。金線細工を施した美しい銀のケース。いま、ほこりのような曇りが浮いていて、エイダはスカートの腰の辺りで前後にこすり、それを拭《ぬぐ》い去った。ケースを開き、ランプにかざすと、写真が見えた。水に浮かぶ油のような像は、手で少し傾け、当たる光を加減しないと、何が写っているのかわからない。

インマンの連隊は、服装にはやかましくなかった。北軍兵士を殺すのに、服装をとくに変える必要はない——連隊長はそういう考えの持ち主で、インマンもその考えに従い、襟のないシャツに緩いツイードの服を着ていた。スローチハットをかぶり、その柔らかいつばが眉まで垂れ下がっていた。当時は先の尖《とが》った小さな山羊鬚《やぎひげ》をたくわえていて、兵隊というより紳士浮浪者の印象を与えた。腰にはコルトネイビーがある。だが、上着でほぼ隠されて握りの一部しか見えず、手で触れてもいなかった。両手は、開いたまま腿《もも》の上にある。視線をレンズのわき二十度のところに合わせようとしているが、露出中に動かしたらしく、滲《にじ》んで、奇妙な目になっていた。表情は真剣で厳《いか》めしい。何かを凝視しているように見えた。その頭にあるのは、きっと写真機でもないし、写真撮影という行為でもないだろう。固定された自分が、見る人の目にどう映るかでもない。それ以外の、特定しがたい何かをじっと考えていた。

　この写真とは違うといわれても……とエイダは思った。もともと、インマンが入隊するまえ、最後に会った日の印象とはまるで違う。この写真が撮られたのは、あれから何週間もあとではないはずなのに。あのとき、インマンは、まだ郡庁所在地の小さな部屋に住んでいたが、二日後、遅くても三日後には入隊することになっていて、別れをいいに黒谷まで訪ねてきた。モンローは居間の暖炉わきで読書をしていて、わざわざ出てこようとはせず、エイダだけがいっしょに小川まで歩いた。あのときのインマンの服装を、エイダはほとんど覚えていない。ただ、写真にあるのと同じスローチハットをかぶり、作ったばかりの長靴をはいていたことが印象に残っている。前日に雨が降り、冷たく湿った朝だった。空の半分は、まだ高く薄い雲で覆《おお》われていた。小川のわきの草地は、前年の刈り株のあいだから新芽が出はじめ、灰色から薄い緑色に変わりつつあった。雨で濡《ぬ》れ、脛まで埋まるぬかるみもあり、二人は道を注意深く選びながら進んだ。小川沿いから丘の中腹にかけて、花蘇芳《はなずおう》と花水木《はなみずき》が、灰色の木にピンクや白の花を咲かせていた。最初の葉が薄く現れはじめていて、枝に緑の霜が降りたように見えた。

　小川の岸に沿って歩き、草地を越え、樫《かし》と百合樹《ゆりのき》の木立で止まった。話しているあいだ、インマンは陽気になったり、真面目《まじめ》くさった口調になったりした。やがて帽子をとった。キスへの準備であることがわかった。手が伸びて、エイダの髪にとまった花水木の薄緑色の花弁をつまんだ。そのまま肩に降り、愛撫《あいぶ》し、引き寄せようとした。だが、襟元のブローチに触れ、その拍子にピンがはずれた。縞瑪瑙《しまめのう》と真珠のブローチが落ち、岩の上でひと跳ねして、川に飛んだ。

インマンは帽子をかぶりなおし、水の中に入って、苔《こけ》の生えた岩のあいだをしばらく探しまわった。ようやく見つけ、またエイダの襟元にピンでとめたが、ブローチも手も濡れていて、ドレスの首の辺りが水で黒く染まった。インマンはエイダから一歩下がった。ズボンの裾《すそ》から水が滴《したた》っていた。片脚をあげると、新しい長靴《ちょうか》の中から水が流れ出した。キスのタイミングは失われた。あのやさしい一瞬を取り戻す方法がないことを、インマンは悲しんでいるように見えた。

この人が戦争で殺されたら……？　エイダは心の中で問いかけている自分に気づいた。だが、もちろん、声にはできなかった。その必要もなかった。インマンのほうからこんなことをいった。おれが撃ち殺されたら、きっと五年もすれば、もう名前も覚えていてもらえないのだろうな、と。

インマンがふざけているのか、試しているのか、ただの真実を口にしているだけなのか、エイダにはわからなかった。

—そんなことをいわないで、といった。

だが、心の中では、永遠に覚えていられるものなんてあるのかしら、と思った。

インマンは目をそらし、いまいったことを恥じているように見えた。

—あそこ、といい、振り仰いで、コールドマウンテンの全体を視野に収めようとした。山はまだ冬の装《よそお》いで、スレートの柿板《こけらいた》のようなくすんだ色をしている。インマンは立ったまま山を見上げ、山についての話をした。子供の頃、チェロキーの老婆《ろうば》から聞いた話だ、といった。政府がインディアンの強制移住を決めた。軍隊が山に入ってインディアンを駆り集め、「涙の旅路」に送り出そうとしたが、この老婆はどうやってか軍隊の目を逃れおおせた。インマンには怖い老婆だった。百三十五歳だといい、白人がこの土地に入り込むまえのことを覚えているといった。自分の生きた時代への思いをぶつけるように、厳しい口調で語った。顔に無数の深い皺《しわ》があった。一方の目はまったく色を失って白く、ゆでて殻を取り去った鳥の卵のように見えた。顔に二匹の蛇の刺青《いれずみ》があった。長い体が波打つように伸び、尾がこめかみの髪の毛の中でとぐろを巻いていた。頭は口の両端にあって向かい合い、老婆がしゃべると蛇も口を開けて、語りに加わった。

カヌーガと呼ばれる村があった、と老婆はいった。昔、東西二つの支流が合流し、鳩《はと》の川になる辺りにあった。とうに消え失《う》せて、痕跡《こんせき》もないが、釣り人が餌《えさ》に使う小枝を川の縁に探すとき、ときどき土器の破片が見つかることがある。

ある日、一人の男がカヌーガにやってきた。どことといって変わったところのない男だった。よそ者らしかったが、村人は男を歓迎し、ご馳走《ちそう》をした。誰であれ、両腕を開いて迎え入れるのが村の習慣だった。食べている男に、遠い西の村から来たのか、と尋ねた。

—いや、近くの町に住んでいます、と男は答えた。その町の住人は、みな、あなた方の親戚です。

村人は不思議そうな顔をした。近くに住んでいる親戚なら、残らず知っているはずなのに……？

—どの町から来たのですか、と尋ねた。

—ああ、あなた方はご存じない、と男はいった。ほんのすぐそこにあるのですけれどね。そして、南のほう、ダツナラスグニの方角を指差した。これがコールドマウンテンの昔の名前だ、と蛇の刺青の老婆はいった。コールドマウンテンは「寒い山」。だが、昔の名前には、寒いという意味も、山という意味もない。まったく別の名前だ、といった。

—あそこには村も町もありませんよ、と村人がいった。

—いや、あるのです、と見知らぬ男はいった。輝きの岩が私たちの国への入り口です。

—輝きの岩なら、おれは何度も登ってるが、そんな国なんて見たことがないぞ、と一人がいった。ほかの村人もうなずいた。その場所なら、誰もがよく知っていた。

—まず断食しなくては、と男がいった。そうでないと、私たちのほうからは見えても、あなた方からは見えません。私たちの国はこちらの国とちょっと違います。こちらにはいつも戦いがあり、病気があります。どちらを向いても敵がいます。これまでに出会ったこともない強い敵がいつ攻めてきて、この国を乗っ取り、あなた方を追い出すかわかりません。あちらの国はいつも平和です。誰でもいずれ死にますし、食べ物を得るのに苦労することはこちらと変わりませんが、危険だけは考えずにすみます。心が恐れでいっぱいになることはありません。際限なく争い合うこともありません。私はお招きにあがりました。あちらでいっしょに暮らしませんか。場所は用意してあります。誰もが暮らせるだけの土地があります。しかし、来るときは、まず全員が集会場に集まって、七日間の断食をしてください。そのあいだ、誰も集会場を離れてはなりません。戦いの雄《お》叫《たけ》びをあげてもなりません。その七日が過ぎたら、輝きの岩に登ってください。岩がドアのように開きます。中に入って、私たちと暮らせます。

これだけいうと、見知らぬ男は去っていった。村人は男が立ち去るのを見送り、招待を受けるべきかどうか相談しはじめた。あれは救い主だという者がいて、嘘《うそ》つきだという者がいた。だが、最後には、招待を受けようと決まった。全員が集会場に集まり、七日間、そこにとどまって断食をした。毎日、水を一口か二口含むだけの生活をした――ただ一人の男を除いては。この男は、毎夜、みなが眠ったあと抜け出して、自分の家へ行き、鹿《しか》肉の燻製《くんせい》を食べ、明け方までに戻った。

七日目の朝、村人は輝きの岩を目指してダツナラスグニに登りはじめた。ちょうど日没の頃に到着した。岩は吹き寄せられた雪のように白かった。村人たちが前に立つと、岩がドアのように開き、山の中心までつづく横穴ができた。中には闇《やみ》でなく光があった。遠く、山の内部に開けた国が見えた。川と、肥沃《ひよく》な野と、広い玉蜀黍《とうもろこし》畑。谷の村。長く連なる家々。ピラミッドのような丘の上に集会場があり、四角い広場に人々が集まって踊っていた。かすかに太鼓の音がした。

雷が鳴りはじめ、ごろごろと轟《とどろ》く音が近づいてきた。空は黒くなり、洞窟《どうくつ》の外に立つ村人たちの周囲で稲妻が光り、全員が震えた。鹿の肉を食べた男が一人、恐怖でわれを忘れた。洞窟の入り口に駆け寄り、戦いの雄叫びをあげた。すると、たちまち稲妻がやみ、雷が遠ざかり、西のほうに消えた。村人たちは、雷が去っていく方角をしばらく見ていた。やがて岩に向き直ると、もう洞窟は消え、そこには白い岩の固い表面しかなかった。沈む日の最後の光を反射していた。

村人はカヌーガに引き返した。葬式の列のように頭を垂れ、暗い道を下った。誰の心にも、山の内部に見た光景がこびりついていた。やがて、見知らぬ男がいったとおりのことが起こった。村人は土地を取り上げられ、追い出された。わずかながら戦うことを選んだ者もいたが、岩山のあいだに隠れ、狩られる獣のように恐れながら暮らすことになった。

インマンが語り終えたとき、エイダはなんといってよいかわからなかった。素朴な民間説話ね、といった。

いって、すぐに後悔した。自分には何のことかわからなくても、きっとインマンには意味のある話なのだ、と思った。

インマンはエイダを見て、何かをいいかけた。だが、やめて、小川を見た。やがて、あの老婆は神様より年をとっているように見えた、といった。この話をしながら泣き、白い目から涙を流していた。

—でも、ほんとうの話とは思わないでしょう？　とエイダがいった。

—もっと暮らしやすい世界に住んでいた人だとは思う。それが追われる身になって、バルサムの森に隠れて暮らしていた。

どちらも、それ以上何をいっていいかわからなかった。さて、帰らなくては、とインマンがいった。エイダの手をとり、その甲に軽く唇で触れて、放した。

二十フィートほど行ったところで、インマンは歩きながら肩越しに後ろを見た。エイダはもう家の方向に戻りはじめていた。早すぎる、と思った。最初の角を曲がるまでも待っていてくれなかった。

エイダも思い直し、立ち止まり、振り返った。インマンと目が合い、手をあげて振ろうとしたが、そんな別れの挨拶《あいさつ》をするには、二人のあいだがまだ近すぎることに気づいた。手をあげる方向を途中でのろのろと変え、ほつれた髪の毛を首の上の大きな束髪にまとめようとした。最初からそうするつもりだったようによそおった。

インマンは歩くのをやめ、エイダのほうに向き直って、家に戻っていいぞ、といった。そんなところに立って、おれが行くのを見送ってくれなくてもいい。

—ええ、わかっているわ、とエイダがいった。

—そんなことをしたくもないのだろう、ということだ。

—そうやって、何かいいことでもあるのかしら。

—そうしてくれれば、ありがたく思う男もいる。

—あなたは違うでしょう？　軽い冗談口調をよそおったつもりだが、成功したとは思えなかった。

—おれは違う……。インマンは、その言葉の意味を嚙《か》み締めながらいった。目の前のこの世界とどう折り合う言葉なのか。

すぐに帽子をとり、もったまま脚の横につけ、姿勢を正した。手をいちど髪に走らせ、眉《まゆ》に指を一本当て、エイダに敬礼した。

—ああ、おれは違う、といった。では、な。また会えるときには会えるだろう。

二人はそれぞれの方向へ歩み去り、こんどは、どちらも振り返らなかった。

その夜、エイダは落ち着かなかった。戦争とインマンの入隊について、朝の気楽さはもうなかった。日没前に少し雨が降り、重苦しい夕方になっていた。夕食がすむと、モンローはすぐに書斎に行き、ドアを閉じた。これから何時間かかけて、今週の説教を書き上げる。蠟燭が一本だけ燃える居間に、エイダは一人すわっていた。「北米評論」の最新号を拾い読みしたが、とくに興味を引く記事もない。モンローの「ダイヤル」や「南部文芸誌」の古い号もぱらぱらとめくってみた。つぎにピアノの前にすわり、しばらく鍵盤《けんばん》を指で突ついた。それにも飽き、ピアノを離れると、耳には小川のかすかなせせらぎと、軒からときおり落ちる水滴だけが聞こえた。しばらく蛙《かえる》が鳴いていたが、これもすぐにやみ、あとは家のきしむ音。ときどき響いてくるモンローのくぐもった声。新しい表現を声に出して読み、リズムを試している。チャールストンなら、この時刻には、防水壁に波が打ちつける音が聞こえる。パルメット椰子《やし》の葉が風にざわめいている。馬車の鉄の車輪がごろごろと響き、馬蹄《ばてい》がこつこつと、不規則な時を刻む大時計のような音をたてる。散策する人々の話し声、ガス灯で照らされた石畳をこする革靴の音。だが、この山奥の谷には何の物音もなく、耳の中がじんじんと鳴った。あまりの静けさに、その一部が眉の骨の後ろに入り込み、痛みに変わった。窓ガラスの向こうにある闇は、ガラスを黒く塗ったときの闇。完全な黒。

静けさのなかで、いろいろな考えがエイダの頭を駆けめぐった。朝のことが思い出され、いくつかのことが気にかかった。だが、涙を流さなかったことは、そのなかに含まれない。何千という女がいう言葉をいわずにすませたことも、含まれない。既婚の女も未婚の女も、男が去っていくときには同じことをいう。言い回しはいろいろでも、つまるところ、いつまでも帰りを待っているという意味の言葉をいう。これをいわずにすませたことは、それでよい。

気にかかっているのは、インマンの問いかけだった。死の知らせが届いたとき、自分はどう反応するだろうか。エイダにはわからない。だが、いま、その可能性が、思いもしなかったほど暗い光景として心に浮かび上がってきていた。それに、インマンの物語を簡単にはねつけてしまったことに、気がとがめた。あれは老婆の物語ではない。きっと、インマン自身の恐れと願いの物語だった。あのとき、私にはなぜそれがわからなかったのか。

とにかく、朝の自分は軽薄にすぎた、と思った。非情で、鈍感だった。そうありたくない、と自分でいつも思っていることなのに……。もちろん、そのような態度にも使い道がある。相手を半歩後ろへ下がらせるには絶大な効果がある。おかげで、こちらは息がつける。だが、今朝は何も考えず、ただの習慣からあんな態度をとってしまった。それが必要な場面ではなかったのに、とエイダは後悔した。何か償いをしなければ、その態度が自分の中で固まっていきそうな気がした。このままでは、一月に見る花水木の蕾《つぼみ》のように、固く身構える女になってしまいそう。

その夜、エイダはよく眠れず、冷たく湿ったベッドで寝返りを打ちつづけた。いちど起き上がり、蠟燭《ろうそく》をともして、しばらく『荒涼館』を読もうとしてみたが、とても集中できなかった。火を吹き消し、また横になり、カバーの下で体をよじりつづけた。こんなとき、阿片《あへん》の一吸いができればいいのかしら、と思った。真夜中をはるかに過ぎてから、乙女の慰めをした。老嬢の慰め、寡婦《かふ》の慰め。十三歳の少女の頃、こんなことを発見したのは自分だけだと信じ、不安な一年を送った。こんなことをする自分の体は、どこかおかしくできている、生まれながらに卑《いや》しい、と思った。だから、数箇月年長のいとこ、ルーシーから、独りぼっちの愛のことを聞かされたときは、ほんとうにほっとした。ルーシーの意見は過激で、そんなものはただの習慣の一つよ、といった。とても一般的な習慣。嚙みタバコ、嗅《か》ぎタバコ、パイプタバコとあまり変わらない。要するに、どこでも誰もがやっていることよ、といった。エイダはほっとしながらも、そんな言い方は下品で、世をすねた人の考えだわ、と反論した。ルーシーは歯牙《しが》にもかけず、エイダが暗い秘密とみなしていた行為を——根にある深い堕落が顔に大きな汚れを残し、翌日、周囲の目にとまらずにはいないと思っていた行為を——不真面目なほどの陽気さで笑い飛ばした。だが、そんなルーシーの意見も、あれからの十余年という年月も、エイダの考えをさほど変えることはなかった。

その落ち着かない夜、心に夢のように勝手に流れ込んできた像は、インマンの姿だった。人体についてのエイダの知識は、なかば想像にすぎない。いろいろな動物や男の赤ん坊、イタリアの驚くべき彫像の数々から導かれた仮説だった。だから、はっきり見えたのは、インマンの指と手首と前腕。それ以外は勝手に像を結び、曖昧模糊《あいまいもこ》とし、正しい形をもたなかった。切なる思いと絶望で心をいっぱいにしたまま、エイダは夜明け近くまで起きていた。

だが、翌朝は頭の曇りが晴れ、明るく目覚めた。そして、昨日の過《あやま》ちを正そうと固く決心して起きた。雲もなく暖かな日だった。ドライブに行きたい、とモンローに頼んだ。モンローが手綱をとれば、行く先がどこになるかはわかっている。モンローは雇い人を呼び、ラルフを幌馬車《ほろばしゃ》につながせた。一時間後には町に着き、まず、馬の預り所に行った。ラルフが轅《ながえ》のあいだからはずされ、馬房に入れられて、升に半分の穀物をあてがわれた。

通りに出ると、モンローはズボン、チョッキ、トップコートにあるいくつものポケットを上から叩《たた》き、さすって、財布を探し出した。小さな二十ドル金貨をつまみ出し、まるで白銅貨でも渡すような気軽さでエイダに与えると、服でも本でも好きなものを買いなさい、といった。二時間したら、またここで落ち合おう……。モンローがこれから友人の老医師を訪ねることを、エイダは知っていた。二人で最近の作家や画家のことを話し合い、話しながら、小さなグラスに一杯のスコッチウイスキーか、大きなグラスに一杯のクラレットを飲む。そして、正確に十五分遅れでここに戻ってくる。

エイダはまっすぐ文房具屋に行き、あれこれ見て回る手間もかけずに、スティーブン・フォスターのものばかり数曲の楽譜を買った。この作曲家については、モンローとのあいだに激しい見解の相違があったが、この際、かまわない。つぎに本を探した。最初に手に触れたのがトロロープの三巻本で、重ねると立方体になるほどのボリュームがあった。とくに読みたい本ではなかったが、とにかくそこにあって、目にとまった。紙で包み、厩《うまや》まで届けておいてもらうことにした。小間物屋に行って、スカーフと、牛のなめし革の手袋、鹿皮色の足首までのブーツを買った。これも包んで、同様に届けておいてくれるよう頼んだ。通りに出て時刻を見ると、予定どおり、買い物にかかった時間は一時間にも満たなかった。

自分がやろうとしていることが、世間体が悪いどころの話ではないことはわかっていた。だが、エイダはあえて法律事務所と鍛冶屋《かじや》のあいだの路地に入り、板の階段をのぼった。部屋の前のポーチに立ち、ドアをノックした。

インマンは長靴《ちょうか》に靴墨を塗っていた。左腕を長靴に差し込んだ姿でドアを開け、ノブを握るもう一方の手には、ぼろ切れがあった。片足は靴下のまま。反対側の足には、まだ磨いてない長靴。上着を着ておらず、シャツの袖《そで》が肘《ひじ》まで捲《まく》り上げられていた。頭には帽子もなかった。

エイダを見て、インマンの顔いっぱいに驚きの表情が浮かんだ。もっともありそうにない場所、思ってもみなかった場所に、忽然《こつぜん》とエイダが現れた。この思いがけない事態に、何をどういってよいかわからないようだった。もちろん、わかっていたとしても、エイダを招き入れる言葉はなかっただろう。人差し指を立てて、一分だけ、一瞬だけ待ってくれという身振りをした。ドアが閉じられ、エイダはその前に一人で立っていた。開いたドアの隙間《すきま》から見えたものに、心が沈んでいた。そこは狭い部屋で、反対側の壁の高いところに小さな窓が一つあったが、そこから望めるのは、路地の向かい側に立つ商店の下見板と柿板《こけらいた》しかない。家具と呼べるものは、鉄製の狭いベッド、上に洗面器をのせた整理箪笥《だんす》、簡単な木の椅子《いす》と書き物机。そこに何冊かの本が積んであった。独居房のよう、と思った。あれやこれやで、恋人の住む部屋というより、修道僧の生活の場にふさわしい。

閉じるまえの身振りどおり、ドアはすぐにまた開いた。現れたインマンは、シャツの袖をおろし、上着を着て、帽子をかぶっていた。両足に長靴があったが、一方は茶色に汚れ、もう一方は脂《あぶら》で磨いたストーブの蓋《ふた》のように黒光りしていた。頭の中も多少は整理がついているようだった。

—すまなかった、といった。さっきは驚いたものだから。

—お邪魔でなければよかったけれど。

――いや、嬉《うれ》しい驚きだ。だが、顔には、その言葉を裏付ける表情が見当たらなかった。インマンはポーチまで出てきて、両腕を胸の前で組み、手すりにもたれた。日の光が帽子に当たって影を作り、口から上を隠した。長い沈黙があった。インマンがドアのほうを振り返った。それは開いたままになっていて、いま、閉じてくればよかったと思っていることがわかる。きっと、わざわざ閉めに二歩戻るのと、開いたままの戸口から濃厚な親密さを暗示する狭いベッドが見えるのと、どちらのきまり悪さを我慢するのがいいか考えている。

――昨日はあんなふうになってしまって、後悔しています、とエイダがいった。あんな嫌な終わり方は、少しも考えていなかったのに。あんな気まずい別れ方は……。

体のどこかで紐《ひも》が引かれたように、インマンの口が強く結ばれた。そして、なんのことかよくわからないな、といった。昨日はエスコとサリーに別れをいいに上流に行った。黒谷への道に差しかかったとき、ついでだから、君にもさよならをいっておこうと思った。その目的は果たせた。だから、おれにはあれで少しも不都合はない。

エイダには、これまで、詫《わ》びて拒絶されたという経験がなかった。だから、最初に感じた衝動は、そのままくるりと背を向けることだった。階段を降り、インマンのことなど永久に心から締め出す……。だが、実際にはそうしなかった。代わりにこんなふうにいった。もう二度と口をきくことさえないかもしれないのに、そんな言葉を真実として受け取るつもりはありません。あなたは認めたがらない。でも、あなたは何かを期待して来て、その期待は満たされなかった。それは、私が心に思うことと反対のことをしたから。私はすまないと思っています。昨日に戻ってやり直せるものなら、きっと違うようにすると思います。

―そんなことは誰にも許されない。戻るなんてことは。気に入らないことをあとから拭《ぬぐ》い去り、思うとおりに書き直すなんてことは、な。誰だっていまから進むしかない。

インマンは、まだ腕を組んだまま立っていた。エイダは腕を伸ばし、上着の袖の下からのぞいているシャツの袖口を、人差し指と親指でつまみ、引っ張った。引っ張ってインマンの腕組みをほどくと、手の甲に触れ、指の付け根から手首まで、うねる血管を指先でなぞった。手首をとり、強く握り締め、手の中にインマンを感じながら、手首以外の部分はどうなのだろう、と思った。

どちらも、しばらくは相手の顔を見られなかった。やがて、インマンは手を振りほどき、帽子をとると、つばを回転させながら空中に投げ上げた。落ちてくるのをつかまえ、こんどは手首をひねって、開いたドアの中へ放り込んだ。帽子は滑空して部屋のどこかへ消えた。二人は顔を見合わせて笑った。インマンは片手をエイダの腰に当て、反対側の手を頭の後ろに回した。エイダの髪は緩く上にまとめられ、留め具で固定されていた。キスのために――昨日、二人のあいだをすり抜けていったキスのために――エイダの顔を上に傾けたとき、インマンの指が留め具の冷たい真珠貝に触れた。

エイダは、当時の同じ身分の女たちと同様、幾重にも衣類を着込んでいた。その体は何重もの布と、それの作る襞《ひだ》の下に埋もれていて、腰に置かれたインマンの手は、コルセットの芯《しん》の鯨骨に当たった。インマンをよく見ようとエイダが一歩下がったとき、その動きと呼吸に合わせて骨がきしみ、ぶつかり合った。私は甲羅《こうら》の中に潜むテラピン亀《がめ》のよう、と思った。温かい血が流れ、柔らかい皮膚をもつ生き物が中にいるなんて、この腰に触れていた手にはきっとわからない。

二人は並んで階段を降りた。ドアの前を通り過ぎるとき、それは二人を中に招き入れるために開いているかに思えた。路地の出口近くで、エイダは向き直り、人差し指をインマンの襟のボタンにつけて、押しとどめた。

—ここまでで十分、といった。戻って。あなたが昨日いったとおり、会えるときにはまた会えるでしょう。

—あまり遠くのことでないといい。

—私もそう。

その日、二人とも、インマンの不在はせいぜい数箇月で終わるものと思っていた。だが、戦争はどちらの予想をも超え、長い長い出来事になった。

一日の遅れが、もう永久に

インマンは、黄色い男の描いた絵のような地図を頼りに、丘陵地帯を進んだ。夜は涼しく、葉が色づきはじめていた。四、五日歩くと、地図の端にある空白部分に入り込んだ。前方に、棚引く煙のようにブルーリッジ山脈が見えた。

この空白部分に住む人々は、そこを幸せの谷と呼んでいる。山の麓《ふもと》に、幅広く、長く延びる農耕地と草地の帯。だが、やはり穢《けが》れた土地。通り抜けるのに、三夜かかった。見通しのよい場所が多すぎて、昼日中に歩くのは不安だったが、夜は夜でピストルが発射され、松明《たいまつ》が燃え、道という道が黒い人馬でいっぱいになった。歩いていられる時間より、溝や干し草の山に潜んでいる時間のほうが長いように思えた。これは自警団。全員が酔っ払っていることは、夜明けを迎える浣熊《あらいぐま》狩りの一行と変わらない。ソールズベリ監獄から逃げ出した北軍兵士を追っている。きっと、動くものには見境なく引き金を引くだろう。

幸せの谷には、白い柱のある大きな屋敷が、広い間隔をおいていくつも立っていた。どの屋敷も多くの小屋に取り巻かれ、谷全体を好き勝手に分割し、それぞれの領地に君臨しているように見えた。夜、屋敷から漏れる明かりを見ながら、こういう屋敷に住んでいるやつらのために戦ってきたのか、と思った。そう思うと、吐き気がした。早く人《ひと》気《け》のない山の中へ入り込み、人間に邪魔されずに歩きたい、と思った。だから、北へ向かう狭い荷馬車道が見えたとき、すぐに谷の危険な道を捨てて、そちらに折れた。

道は尾根にのぼり、深い谷川に下り、ブルーリッジの峰を目指してふたたび急な登りになった。最初の日の残りと、つぎの日の全部を山登りに費やしたが、眼前には、依然、山の壁がそそり立ちつづけた。道はジグザグに際限なく登り、やがて周囲が晩秋の風景になった。山の季節は、平地の先を行く。木に残る葉と地面に散乱する葉とが、ほぼ同量に見えた。

午後遅く、冷たい雨が降りはじめた。夕方から夜へ、インマンは惰性で歩きつづけた。真夜中をかなり過ぎて、疲れきり、川獺《かわうそ》のようにびしょ濡《ぬ》れで歩いているとき、根元にうろのある栗《くり》の大木に出くわした。自然の治癒《ちゆ》力が働き、皮が厚い唇のようにそのうろを巻きはじめていた。インマンは中に這《は》い込んだ。ようやくしゃがめるほどの空間しかなかったが、少なくとも雨は落ちてこない。雨音を聞きながら、そこに長いあいだすわっていた。親指と人差し指で落ち葉を円筒形に固く巻き、巻き終わると外の暗闇《くらやみ》に弾《はじ》き飛ばした。そうやって木の中に潜んでいると、雨の夜に出るに出られず、濡れ鼠《ねずみ》になってふてくされている幽霊のような気がした。あるいは地の精か、橋の下のトロール鬼か。

除《の》け者にされ、憤《いきどお》り、恨みから通りがかりの誰にでも腹いせをする。朝を待ちながら、うとうとと眠ったり覚めたりを繰り返していたが、やがて、栗の木の真ん中にはめ込まれたままぐっすりと眠った。

フレデリックスバーグの夢をまた見た。夜が明けて間もなく、震えながら、不快な気分で目を覚ました。眠りに落ちたときと、何かが違っているような気がした。木のうろの入り口から立ち上がろうとしたが、下半身がすっかり麻痺《まひ》していることに気づいた。地面に爪《つめ》を立て、両腕をつき、必死でもがいて木から体を引き出した。脚になんの感覚もなかった。腰から下は鋸《のこぎり》で切り離されたも同然。何も感じない。自分が幻になりつつあるように思えた。爪先《つまさき》からしだいに上へ消えていき、いまに体全体がベールか霞《かすみ》になる。これからは霞になって、旅をつづける。

―旅をする影か、とつぶやき、それも悪くないな、と思った。

地面の濡れ落ち葉の上に、長々と伸びた。見上げると、水を滴《したた》らせている枝と葉のあいだから空が見え、その空には灰色の雲が厚かった。栗と樫《かし》の枝が鮮やかな秋の天蓋《てんがい》を作り、霧の塊が粉のように細かく、青白く、そこを通り抜けていく。森のどこかで、雷《らい》鳥《ちょう》が太鼓を叩《たた》いていた。低い荒々しい音が胸に響き、破裂する寸前の心臓の鼓動のように聞こえた。おれの心臓か？ インマンは地面から頭をもたげ、耳を澄ませた。これが地上で最後の一日なら、せめて緊張して迎えようと思った。だが、やがて羽ばたきが起こり、森じゅうに拡散して消えていった。インマンは寝たまま胸元から爪先まで見おろした。下半身がほぼ欠けるところなくついているのを見て、不思議な気持ちになった。爪先を左右に振ると、こんどは命ずるままに足が動いた。両の掌《てのひら》で顔を強くこすり、よじれた衣服を整えた。服を通して、皮膚までも水に濡れていた。

這っていって木の中から荷物を取り出すと、それに背中をもたれさせてすわった。水筒の蓋《ふた》をとり、一口、たっぷりと飲んだ。雑嚢《ざつのう》の中に残っている食べ物は、あと一カップ分のコーンミールしかない。枝を拾い集め、火を起こして粥《かゆ》を作ることにした。細い枝に火をつけ、一所懸命に吹いた。目の前に小さな銀色の玉がちかちか飛び跳ねるほど吹いたのに、火は一度燃え上がり、大量の煙を出しただけで、すぐに消えた。

――しかたがない。立ち上がって歩くぞ。何か耳をそばだてているもののために、インマンは声に出していった。だが、そういったあとも、長いあいだすわりつづけた。おれは瞬間ごとに強くなっている。そう自分を説得しようとしたが、その裏付けとなる証拠は、どこを探しても見出《みいだ》せなかった。

力を振り絞り、濡れた地面から立ち上がった。酔っ払いのように体がふらついた。しばらく歩いて、たまらず、前屈《まえかが》みになった。胃がねじり上げられ、吐き気がつぎつぎに込み上げてきた。何も出るものがないのに、激しい吐き気はやまず、内臓の一部がちぎれて飛び出してくるのではないかと心配になった。首の古傷と頭の新しい傷が燃え上がり、共謀して歯向かってきた。しばらく岩にすわって休んだ。

ようやく立ち上がると、その朝はもう止まらず、薄暗い森の中を歩きつづけた。道はほとんど使われておらず、曲がりくねり、もつれ、いったいどこへどう向かうつもりなのか、歩いているインマンにもわからない。だが、とにかく上に向かっていることは確かなようだった。灌木《かんぼく》や羊歯《しだ》の茂みが足元まで押し寄せ、地面は原始を回復しつつある。近い将来、この道は傷痕《きずあと》ほどにも残らないだろう。巨大な栂《つが》の森に入り、その中を縫うように数マイル進んだ。木々のあいだに霧が濃く残り、緑の枝はその向こうに隠されて、黒い幹だけが見えた。メンヒルの巨石のようだ、と思った。忘れられた民族が、歴史上のもっとも暗い思い出を永久に残すために建立《こんりゅう》した何かの跡。それが低い空に向かって突き上げている。

山肌を通るこの小道以外に、人間の痕跡《こんせき》は何もない。いまいる場所を解き明かしてくれる人影も見当たらず、インマンは方向を見失い、迷った。道は螺旋《らせん》を描き、さらに高く、高く登っていく。とにかく、一方の足を反対側の足の前に出す——インマンはそれだけを意識しつづけた。それに励みながら、目標に向かって少しでも前進しているという感覚は得られずにいた。

昼ごろ、山肌に沿って道を大きく曲がると、栂の大木の下に小さな老いた人間の頭が見えた。うずくまっているのか、背の高い羊歯の茂みの上に、頭と肩の一部だけが突き出していた。羊歯の葉はどれも霜に焼かれて茶色になり、その一枚一枚の先端で霧が露に凝固し、きらきらと光った。姿勢から見て、どこかの男が脱糞《だっぷん》しているところに踏み込んだかと思ったが、さらに近寄ると、小柄な老婆《ろうば》とわかった。しゃがみ込み、鳥用の罠《わな》に獣脂の餌《えさ》をつけていた。しわくちゃ婆さんだったか、と思った。

インマンは立ち止まり、奥さん、と声をかけた。

老婆は一瞬目を上げたが、手を振ろうともせず、背中を丸めたまま、罠の調節をつづけた。顔が楽しそうに輝いていた。餌をつけ終わると、立ち上がり、ためつすがめつしながら罠の周りを歩いた。何度も歩くうち、周囲の羊歯が完全な円形に踏み固められた。女が相当な年であることは、皺《しわ》やたるみから間違いない。だが、頬の皮膚が少女のようにピンク色に光っていた。頭には男物のフェルト帽があり、その下から流れ出る白髪は細く、肩までも届いた。着ているだぶだぶのブラウスとスカートは、どちらも柔らかななめし皮でできていた。折り畳みナイフか何かで適当な形に裁断され、大急ぎで縫い上げられたもののように見えた。腹の周りには、脂《あぶら》で汚れた木綿のエプロンがある。飾り帯がついていて、小口径のピストルの握りが突き出していた。足の長靴は、靴屋が作ったものなら、新米の靴屋だろう。先端が橇《そり》の刃のように上に曲がっていた。近くに生える大きな百合樹《ゆりのき》の根元に、銃身の長い鳥打ち銃が立てかけてあって、これは前世紀の遺物にも見えた。

インマンは一呼吸か二呼吸するあいだ女を見ていた。辺りに人間のにおいがぷんぷんしていたんじゃ、いくら罠を仕掛けても鶉《うずら》一羽捕まらないだろうに、といった。

—この年になると、もうあんまりにおいがしないんだよ、と老婆がいった。

—まあ、好きにすればいいが……。ところで、この道はどこかへつづいているのか？それともこの先で終わっているのか？

—一、二マイル行くと、獣道みたいなものしかなくなるよ。でも、どこまでもつづいていることはいる。

—西へ？

—だいたいはね。でも、尾根づたいに進むから、きっと南西っていうのが正しいんだろう。インディアンの時代からある交易の道だ。

—ありがとう、奥さん。インマンは背嚢の負い革の下に親指をかけ、先へ歩きかけた。だが、低い空からまた雨が降ってきた。重い一滴一滴が互いに距離をおき、砲撃された塔から降る鉛のように落ちてきた。

老婆は掌をカップにして突き出し、そこに雨がたまるのを見ていた。そして、インマンを見た。包帯のない首の傷をじっと観察し、それは弾の跡みたいだね、といった。

インマンは何もいわなかった。

—なんだかふらふらしてるじゃないか。顔が青いよ。

—なんでもない。

老婆はさらにじろじろと見ていて、何かお腹《なか》に入れたほうがいいって顔してるよ、といった。

—卵でも焼いてもらえるなら、金は払うが……。

—何だって？

—いや、少し金を払えば、卵の二つ三つも焼いてもらえないかと思ってな。

—食事を売る？　そりゃ、できない。わたしはそんなに困っちゃいない。でもね、一食くらい、ご馳走《ちそう》してやることはできる。ただし、卵はないよ。鶏に周りをうろちょろされるのがかなわない。鶏には魂がないからね。

—住んでいるのはこの近くなのか？

—一マイルも離れちゃいない。雨宿りして、ついでに食事でもしてってくれりゃ、わたしにも楽しい一日になる。

—そんなありがたい申し出を断ったら、罰があたるな。

あとにつづきながら、老婆が内股《うちまた》で歩くことに気づいた。インディアンはこの歩き方を好むといわれている。だが、インマン自身の経験では、秋沙《あいさ》のように外股で歩くチェロキーも多い。スイマーもその一人だったことを思い出した。しばらく登ると道が曲がり、そこからは大きな板状の岩の上を歩いた。断崖《だんがい》の縁を歩いているような気がした。

霧が濃く、目で確かめることはできないが、薄い空気のにおいから、かなりの高さであることがわかる。雨はしだいに収まって、霧雨程度になった。だが、つぎの瞬間、固い氷の粒が落ちはじめ、音をたてて岩にぶつかった。二人は立ち止まり、しばらくその様子を見ていた。雪霰《ゆきあられ》はほんの一分ほどで降りやみ、霧も晴れはじめた。霧の塊が上昇気流にのり、いくつもいくつも急速に移動していった。頭上に雲の破れ目ができて、青い空がのぞいた。インマンは首を伸ばし、仰向いてそれを見た。この調子だと、今日はあらゆる天気が見られそうだ、と思った。

そのあと、これまで登ってきた道を見おろし、左右の爪先のあいだに突然現れた下界のありさまに、激しい目眩《めまい》をおぼえた。確かに断崖の縁にいた。あわてて一歩下がったインマンの目に、はるか下方に伸びる谷川が見えた。一部は青く、一部は紫色。あの谷川から登ってきたのだ、と思った。ここで唾《つば》を吐けば、一昨日《おととい》いた場所まで一直線に落ちていくだろう。周囲の地形は高く、不規則だった。インマンは辺りを見回し、目を見張った。西のほうに大きな瘤《こぶ》だらけの山があり、霧を突き抜けて、空まで伸びていた。太陽が雲間から射《さ》し、突然、花忍《はなしのぶ》の大きな塊がインマンとその青い山のあいだに現れて、薄いガーゼのカーテンのように空気中に揺れた。山の北側には岩の芸術があった。鬚《ひげ》を生やした男の大きな横顔が、地平線をさえぎっていた。

——あの山には名前があるのか、と尋ねた。

—タナファだね。インディアンはそう呼んでる。

インマンは、老人の顔をもつ大きな山を見て、さらにその向こうの小さな山々を見た。煙のようなかすかな靄《もや》に包まれ、南西の地平線に消えていく。これは山の波。目のとどくかぎり、無限の山。もっとも遠い峰々は重なり合って灰色の塊となり、色がやや濃いだけで、もう周囲の空と区別がつかない。その形と亡霊のような出立《いでた》ちで何かを語りかけてきていたが、インマンは解釈の方法を知らなかった。少しずつぼやけていくさまは、首の傷が治りかけ、痛みが漸減《ぜんげん》し、ついには消滅していくのに似ていた。

インマンが見ている方向を、老婆が大きく腕で掃いた。地平線の遠い縁に見える突起を指し示した。

—テーブル岩に鷹《たか》の嘴《くちばし》、といった。インディアンが、夜、あそこで火を焚《た》いたっていうよ。百マイル離れていても見えたそうだ。老婆は立ち上がって歩きはじめた。わたしのキャンプはもうちょっと上だよ、といった。

二人は、やがて、これまでの道を離れ、狭くて木の多い窪《くぼ》みに入った。山肌にできた暗いポケット。腐った植物と水浸しになった地面のにおいがし、小さな流れが窪地を横切っていた。周囲の木々は小さいまま生長が止まり、瘤々になり、地衣類の髭を生やしていた。どれも同じ方向に曲がっている。インマンは二月のこの場所を想像した。きっと裸の木のあいだを颪がうなりながら吹きおろし、雪を巻き上げ、飛び散らせているだろう。

老婆のキャンプに着いた。傾斜する木々のあいだの空き地に、小さな錆色《さびいろ》の箱馬車が立っていた。放浪するものに生まれつきながら、いつしか根を下ろした建造物。アーチ形の屋根の柿板《こけらいた》に、点々と黒い黴《かび》、緑色の苔《こけ》、灰色の地衣類が見えた。三羽の渡《わた》り鴉《がらす》が屋根を歩き回り、割れ目から何かをついばんでいた。大きな車輪のスポークには昼顔の蔓《つる》。箱馬車の側面には、けばけばしい風景や人物が描かれ、金釘《かなくぎ》流の銘文と標語が添えてある。軒下に吊《つ》るされているのは、乾燥した薬草の束だろうか。ほかに、紐《ひも》につないだ赤唐辛子、さまざまなしなびた木の根。屋根から突き出すパイプから、一筋、細い煙が立ちのぼっていた。

老婆は立ち止まり、こらっ、と怒鳴った。

その怒鳴り声に、渡り鴉が鳴きながら飛び去った。森の中から小さな二色山羊《やぎ》の群れが現れ、箱馬車をぐるりと回って寄ってきた。突然、いたるところに山羊がいた。全部で二十四、五匹もいただろうか。寄ってきて、嗅《か》ぎ回り、首を上に伸ばしてインマンを見つめた。細長い黄色い目が賢そうに光った。山羊と羊はいろいろと似ているのに、山羊のほうがずっと好奇心が強く、頭がよさそうに見えるのはなぜだろう、と思った。山羊はインマンを取り巻き、押し合い圧《へ》し合いした。肩で押し、めーと鳴き、首の鈴を鳴らした。後ろのほうにいる山羊は、前の山羊の背中に前足をのせ、後ろ足で立ってインマンをよく見ようとした。

老婆は歩きつづけ、インマンはあとを追った。だが、前に一匹の大きな雄山羊がいた。雄山羊は一、二歩後退し、周りの小さな山羊を押しのけると、後ろ足で立ち上がり、前に倒れながら、頭でインマンの腿《もも》を打った。インマンは、何日もの強行軍で疲れ果てていた。食べ物もとらず、頭がぼんやりとしていた。山羊の頭突きを受けて思わず膝《ひざ》を突き、地面の汚れの上に仰向けに倒れた。雄山羊は茶と黒の斑《ぶち》。長く尖《とが》った顎鬚《あごひげ》が、悪魔のそれのように見えた。近寄ってきて、自分の手並みを誇るように、インマンを見おろした。目眩と頭の痛みが激しくなった。このまま気を失うのではないかと恐れたが、なんとか身を起こし、すわると、帽子をとって、それで山羊の横っ面《つら》を引っ叩き、一歩下がらせた。よろめきながら立ち上がり、上下左右の感覚を取り戻すと、腕を伸ばして、もう一度山羊を引っ叩いた。

老婆は後ろの出来事にもかまわず歩きつづけ、箱馬車の角から向こう側へ姿を消した。インマンと雄山羊、あと何匹かの山羊がぞろぞろとあとにつづいた。曲がると、そこには松の枝で屋根を葺《ふ》いた下屋《げや》があった。老婆はその下にしゃがみ、灰をかぶせてある石炭に焚き付けを近づけていた。やがて、火が勢いよく燃えはじめた。インマンもそこへ行き、手をかざして暖まった。老婆は、さらに大きなヒッコリーの木切れをいくつか放り込んだ。そのあと、白い琺瑯《ほうろう》引きの水盤を取り上げ、少し離れたところまで歩いていって、そこの地面にすわった。斑点《はんてん》のある茶色と白の小さな山羊が、一匹、近づいていった。老婆が体を撫《な》で、首の下を掻《か》いてやると、山羊はやがて脚を折り、地面に腹這《はらば》いになった。長い首を前に伸ばした。老婆はさらに顎のすぐ下を掻き、耳を撫でてやった。平和な光景だ、とインマンは思った。老婆は左手で撫でる動作をつづけながら、右手をエプロンのポケットに突っ込んだ。流れるような一連の動作で、刃の短いナイフを取り出し、顎の下の動脈を深く切り裂くと、その下に白い水盤を押し当てて、噴出する赤い血を受けた。山羊は一度ぴくんとしたが、そのまま老婆に毛皮を掻かれ、耳を愛撫され、震えながら腹這いの姿勢から動かなかった。赤い液体が水盤にゆっくりと満ちていった。山羊と老婆は、何かのしるしを待つように、どこか遠くのほうをじっと見つづけていた。

山羊が死につつあるあいだ、インマンは箱馬車の側面に描かれている絵と文字を見ていた。いちばん下には、青い線で輪郭だけ描かれた小さな人間が、手をつなぎ合って踊っていた。その上には、とくにこれという順序もなく、さまざまな人物像が描かれている。途中で放棄されたまま、未完成のものもいくつかある。苦痛に歪《ゆが》んだ顔が一つあり、「ヨブ」と記されていた。その下に筆記体で黒い文字が書かれていたが、広げた山羊の皮で途中から覆《おお》われ、一部しか見えなかった。見えるところは、造り主と反目して、と読めた。手を突き、膝を突き、四つんばいになっている男の絵もあった。頭が起こされ、上方の白い球体を見つめていた。太陽か？　月か？　ほかの何かか？　男の顔は無表情で、下には、なんじも迷える一人なりや？　とあった。描きかけの顔の一つは、ペンキで一刷《ひとは》きして、目をつけただけのもの。それの題は、個人の生はまさに短く、となっていた。

インマンは、絵から老婆の仕事ぶりに目を移した。小さな山羊を胸骨から肛門《こうもん》まで一直線に切り裂き、血のたまっている水盤に内臓を落とした。つぎに皮を剝《は》いだ。裸の山羊は首が長く、目をぎょろつかせ、不思議な動物に見えた。老婆はそれをいくつかに切り分けた。いちばん柔らかい部分を、乾いた薬草で包んだ。ひいた胡椒《こしょう》と塩、さらに少しの砂糖を振り、生の小枝に刺して、火であぶった。ほかの肉片は、水を張った鍋《なべ》に入れた。そこに数個の玉葱《たまねぎ》、大きな大蒜《にんにく》の玉を一個、乾燥した赤唐辛子五本、サルビアの葉を加えた。サマーセイボリーも、掌《てのひら》で揉《も》んで入れた。鍋には小さな脚があり、老婆は棒切れをとって鍋の下の石炭を少しこすり、ゆっくり煮える程度に火加減を調節した。――しばらくしたら、白豆を入れる。夕食までにはおいしくできあがるよ、といった。

霧がまた濃くなり、雨が箱馬車の屋根で音をたてていた。馬車の中は狭く、薄暗い。小さなストーブが置かれ、その前にインマンがすわっていた。薬草と木の根、土、薪《まき》の煙のにおいがした。箱馬車には裏のドアから入る。すぐに狭い廊下がある。片側にキャビネットとテーブル、反対側に小さな藁《わら》寝台があり、廊下はそれにはさまれた短い空間。三歩ほどで抜けると、ここに出る。墓二つ分ほどの広さながら、部屋と呼ぶこともできるだろう。片隅に、ラードバケツよりわずかに大きいほどの鉄ストーブが押し込まれ、防火のため、後ろの壁に屋根用のトタン板が張ってある。明かりには獣脂ランプが二つ。欠けた茶碗《ちゃわん》にラードを満たし、そこにぼろ切れを撚《よ》って差し込み、芯《しん》にしてある。燃えるとき出る煙から、かすかに山羊のにおいがした。

テーブルには紙の山があった。本で埋め尽くされ、開いた本の上に別の開いた本が置かれ、幾層にも積み重なっていた。どれもこれも、ページの縁が湿気で狐色《きつねいろ》に変わっている。壁のあちこちには、動植物の絵がピンで止めてあった。ほとんどはペンとインクの線描画だが、上に柔らかな色を薄く重ねたものも何枚かある。どれも余白に小さな書き込みがびっしりとあって、絵の簡素さをいくつもの詳細な物語で補っているかに見えた。乾燥した薬草と根の束が、天井から紐で吊《つ》るしてある。本の山のあいだと床のそこここに、小動物の茶色の毛皮の束がある。いちばん高い本の山のてっぺんには、夜鷹《よたか》の翼が置かれ、飛行中のように黒い羽根を広げている。ストーブでは唐檜《とうひ》の薪がくすぶり、隙間《すきま》から薄く立ちのぼる煙が、屋根の小舞《こまい》と小梁《こはり》の辺りに棚引いていた。

インマンは老婆《ろうば》が料理をするところを見ていた。ストーブの蓋《ふた》にフライパンをのせ、そこでコーンミールの生地を平べったいパンに揚げている。ぴちぴちと跳ねるラードに生地をくぐらせるようにして、つぎからつぎへ揚げていった。すぐに、皿にパンの山ができた。老婆は一枚をとり、あぶった山羊の肉をはさんで巻くと、それをインマンに手渡した。パンがラードで光り、肉は火と染《し》み込んだスパイスで深い赤茶色になっていた。

―ありがとう、とインマンがいった。

食べ方があまりに速く、老婆は肉とパンを皿のまま渡し、自分で巻け、といった。そして、インマンが食べているあいだ、フライパンをおろして鍋をのせ、山羊乳からチーズを作りはじめた。乳を掻き回し、ある程度固まると、柳の小枝で編んだふるいにあけた。乳清をブリキ鍋に流し込み、ふるいに残る凝固物を樫《かし》製の冷却桶《おけ》へ移した。老婆が立ち働いているあいだ、インマンは邪魔にならないよう、その動きに合わせて足をあちらへこちらへと移動させた。老婆は作業に忙しく、インマンは食べることに集中し、ほとんど言葉を交わすこともなかった。作業が終わると、老婆は、まだ暖かい乳清が入った陶製の広口コップをインマンに渡した。中身は、食器を洗ったあとの水の色をしていた。

―今朝、目が覚めたとき、夕暮れまでにチーズを作るところを見るだなんて、想像もしなかったろう、と老婆がいった。

インマンはその問いについてあれこれと考えた。その日に何が起こりそうかなど、ずっと昔に考えることをやめている。いくら考えても無駄。考えれば、悲観か楽観、どちらかに行き過ぎる。インマンの経験では、どちらも心を静めるのには役立たない。だが、たしかに、夜明けに浮かぶ考えのなかに、これまでチーズの影も形も浮かんだことはない。

老婆はストーブわきの椅子《いす》にすわり、靴をぬいだ。ストーブの扉を開け、箒藁《ほうきわら》でブライアーパイプに火をつけた。火の方向に突き出されたむき出しの足は汚れ、黄色い脛《すね》には鶏の脚のような鱗《うろこ》があった。帽子もぬぎ、ごしごしと指で頭を引っ掻いた。髪の毛はごく細く、どちらからどの角度でながめてもピンク色の頭皮が透けて見えた。

―ピーターズバーグで人殺しをやった帰りかい？と老婆がいった。

―なんにでも裏側がある。連中が寄ってたかっておれを殺そうとしはじめてから、ずいぶんになる。

―脱走したのかい？

インマンは襟を引っ張って、首の醜いみみずばれを見せた。負傷して、休暇中だ、といった。

―証明する書類は？

―なくした。

―そりゃそうだろう、と老婆がいった。パイプをふかし、踵《かかと》を突き出すように爪先《つまさき》を天井に向けて、汚れた足の裏全体にストーブの熱が当たるようにした。インマンはパンの最後の一枚を食べ、山羊の乳清で流し込んだ。乳清は、ほぼ思っていたとおりの味がした。

—チーズが切れていてね、だからいまちょっと作った。あれば、あんたにも食べさせてやるところだけどね。

—ずっとこの馬車に住んでいるのか？　とインマンが尋ねた。

—ほかに住むところがないもの。それに、これだといつでも移動できるのがいいんだよ。飽きたら、すぐにほかの場所に行けるからね。

インマンは箱馬車を見回した。その狭さ。固くて寝心地の悪そうな藁寝台。車輪のスポークに絡《から》みついていた昼顔の蔓を思い出した。ここにキャンプしてからどのくらいになる？

老婆は掌を上向きにして両手を開き、指を見おろした。指で年数をかぞえるのか、と思ったが、こんどは逆向きにし、甲をながめはじめた。皮膚は皺《しわ》だらけで、網状に深い線が走り、鋼鉄に彫り込まれた濃い影のように見えた。老婆は小さなキャビネットに行き、革の蝶番《ちょうつがい》のついているドアを開けた。いくつもの棚があり、どれにも革綴《と》じの日記帳がのっていた。あれこれと取り出し、探していた日記帳が見つかると、立ち上がって長いあいだページを繰っていた。

—今年が六三年なら二十五年になるね、と最後にいった。

—六四年だ、とインマンがいった。

—じゃ、二十六年だ。

老婆はもう一度日記帳をのぞきこみ、来年の四月で二十七年になるよ、といった。

—二十六年もここに住んでいるのか？

インマンは言葉もなく、狭い藁寝台をもう一度見た。

老婆は開いたままの日記帳を、表紙を上にして、テーブルに積み重なる本の山に置いた。動こうと思えば、いつでもできるんだよ、といった。山羊を馬車につないで、地面から車輪を掘り出して、どこかへ行く。昔もね、山羊に引かせて、どこへでも好きなところに行ったもんだ。世界中、旅をした。北はリッチモンドから南はチャールストン近くまで。その中間にある町で、行かなかったところはないよ。

—結婚はしなかったのか？

老婆は唇を結び、酸《す》っぱくなった牛乳を嗅《か》ぐように鼻を動かした。いや、していたよ、といった。まだしてるかもしれないが、まあ、向こうはとっくに死んでるだろうね。まだなんにも知らない娘のわたしが、老人と結婚したんだから。わたしの前に三人も奥さんをもらって、みんな死なせてる人でね。でも、すごい農場の持ち主だったから、家族は大乗り気でさ、わたしは売られるも同然に結婚させられた。好きな男がいたんだけどね、黄色い髪の。いまでも年に一度くらい、夢の中で笑い顔を見るよ。一度、ダンスのあと家に送ってくれて、途中、道を曲がるたびにキスをしてくれた。なのに、わたしはその老人と結婚させられた。妻っていったって、便利な働き手以上のものじゃない。前の三人の奥さんは、みんな丘の上の鈴懸木《すずかけのき》の下に埋まってて、旦那《だんな》はときどき一人で丘を登って、墓の前にすわってたよ。そういう男って、見たことあるだろう？ 六十五とか七十になってさ、五人もの奥さんを殺してるなんて男？ 働かせすぎて、赤ん坊を生ませすぎて、いじめて殺すんだ。ある晩、その男の横で目を覚ましてね、突然、わたしも同じになる、って思った。墓石が五つ並ぶうちの四番目になるんだ、って。だから、すぐに起き出して、夜明け前に逃げ出したのさ。いちばんいい馬に乗って逃げて、一週間後に、それをこの箱馬車と八匹の山羊と交換した。いまいる山羊は、あれから何代目の山羊なんだろう。もう数もわからなくなってるね。箱馬車は昔のままだけど、ほら、百年目の斧《おの》は、刃は二代目、柄は四代目っていうだろ？ あれと同じだよ。

—それからずっと一人なのか？

—そう、一人だけ。人間なんて、山羊さえあれば生きていけるってわかったからね。乳を出すし、チーズが作れる。繁殖の時期になって、必要以上にふえはじめたら、肉も食べられる。野菜は、季節の青物がいつでも手に入るし、罠《わな》を使えば鳥だってとれる。どこを探せばいいかわかっていれば、食べ物なんて勝手にどこにでも育っていてくれるんだ。ここから北へ半日ほどのところに、小さな町があってね、チーズをもっていけば、ジャガ芋や、コーンミール、ラードなんかと交換できる。植物から煎《せん》じ薬を作って、これも売れる。飲み薬、チンキ、塗り薬、いぼとり、何でも。

—じゃ、薬草医なのか。

—それもするし、ブラウニークッキーも作るし、パンフレットも書く。

—パンフレット?

—たとえば、罪と救済について。これはよく売れるよ。それから、正しい食餌《しょくじ》についてのパンフレットもある。なるべく肉を避ける、全粒粉を食べる、根菜を食べる……そういうやつ。頭の形についてのパンフレットもあるよ。頭を見れば、相手の何がわかるか。

老婆が手を伸ばし、インマンの頭に触れようとしたが、インマンは身をひねり、頭を遠ざけた。その食餌についてのやつをもらおう、といった。腹が減ったら読むことにする。そして、ポケットからいろいろな紙幣の束を取り出した。

—わたしは正金しか受け取らない、と老婆がいった。三セントだよ。

インマンがポケットをじゃらじゃらいわせ、三セントを探し出すと、老婆はキャビネットから黄色いパンフレットを一冊とり、手渡した。

—このとおりにすれば人生が変わる、って表紙には書いてあるけど、わたしはべつに保証しないからね。

パンフレットをぱらぱらとめくってみた。ざらざらの灰色の紙にかすれた文字が印刷してあった。「ジャガ芋――神々の食べ物」「キャベツ――精神の強壮剤」「全粒粉――豊饒《ほうじょう》の人生に至る道」そんな見出しが並んでいた。

最後の見出しがインマンの注意を引いた。声に出して読んだ。豊饒の人生に至る道。

―みんなの望みだ、と老婆がいった。だけど、一袋ばっかりの粉でそこへ行けるものかどうか、わたしには自信がないよ。

―ああ、とインマンがいった。豊饒とは、インマンの経験からいっても得がたいものだった。多いのは苦労だけ。苦労や困難はいくらでもあったが、誰もが望むものの豊饒となると、これは別問題になる。

―不足や欠乏のほうが、人生の一般原理だね。わたしにはそう見える、と老婆がいった。

―ああ、とインマンがいった。

老婆はストーブのほうへ体を屈《かが》め、パイプに残る吸い殻を叩《たた》き落とすと、パイプを口に戻し、笛のように鳴るかと思うほど何度も何度も吹いた。エプロンのポケットからタバコ袋を引っ張り出し、パイプに新しいタバコを詰め、たこのできた親指で固く押し込んだ。藁をストーブに突っ込み、火をつけ、パイプに押し当てて、火のつきぐあいを見ながら何度か吸った。

—その大きな赤い傷とちっちゃな新しい傷は、どうしてできたんだい?

—首の傷は、この夏だ。グローブタバンでな。

—グローブタバン? 地球亭か。酔っ払って、ナイフで喧嘩《けんか》でもしたのかい?

—戦争さ。グローブタバンはピーターズバーグの南だ。

—じゃ、北軍に撃たれたんだ?

—向こうはウェルドン鉄道を奪おうとする。こっちはそうさせまいとする。午後ずっと戦った。松林でも、箒草の中でも、古い野原でも、いろんな場所でな。平らなばっかりで、低い木しか生えない。ひどい場所だ。暑くて、ひどく汗をかいた。ズボンの脚から手でしぼれるほどにかいた。

—その傷のことは、きっと何度も考えたろうね。弾があと親指半分ほどずれてたら、あんた死んでたよ。いまだって、首がほとんどもげそうだ。

—ああ。

—その傷は、また破れるかもしれないよ。

—いま破れても不思議じゃない感じがする。

—新しい傷は? そっちはどうしたんだい?

—同じさ。撃たれた。

—北軍に?

——いや、これは別の連中だ。

老婆が手を振り、タバコの煙を掻《か》き回した。傷の理由など事細かに述べたてて、頭を混乱させてほしくないというしぐさに見えた。まあ、こっちの新しい傷はそんなにひどくないよ、といった。治れば、髪の毛で隠れて、あんたと恋人にしかわからなくなる。恋人が指を髪の毛の下に入れたら、ちっちゃなみみずばれに、おやっと思うだろうね。ねえ、教えておくれよ。そんな傷を負うだけの価値あることだったかい？　金持ち連中のニガーのために戦うのがさ？

——そんなふうには考えなかった。

——ほかにどんな考え方があるんだい？　あの辺の低地は、わたしもあちこち旅して知ってるよ。ニガーを所有することで、金持ちは高慢で醜くなったし、貧乏人は意地悪になった。あの土地にかけられた呪《のろ》いだね。ちょっと火を燃やしたら、大きく燃え上がりすぎて、こっちが焼き殺されかけてる。神様はどのみちニガーを解き放つよ。それを止めるために戦うなんて、神様にたてつくことだ。あんたはニガーをもってたのかい？

——いや。知り合いにも、もってたやつなんていない。

——じゃ、なんで、戦って死んでもいいなんて気になったんだい？

——四年前なら何かいえたかもしれないが、いまはわからんな。だが、もうたくさんだ、とはいえる。

——そりゃ、答えというにはちっと欠けるところがあるね。

——侵略者を追い返す、か。大勢の人間がそう考えていたことは確かだ。北の大きな町に旅した知り合いがいる。この国をああいう町みたいにしちゃならん、それを止めるために戦うんだ、といっていた。おれの場合は……北の連中が、ニガー解放のためだけに死にに来たとは思えない。そう考えるとしたら、それは人間というものをずいぶん寛大な目で見ていることになる。

——そんなりっぱな理由があるのに、じゃ、なぜ戦うのをやめて逃げ出したんだい？

——逃げたんじゃない。休暇だ。

——ああ、そうだった。老婆は椅子の背に体をあずけ、冗談でも聞いたように笑った。休暇中の兵隊さん。でも、書類をもってない。きっと盗まれたんだ。

——いや、なくした。

老婆は笑うのをやめ、インマンを見た。まあ、お聞き、といった。わたしはどこともつながってなんかいない。あんたが脱走しようとどうしようと、あの火の中に唾《つば》を吐くほども気にしちゃいない。

そして、その言葉を証明するように、口から何か黒い塊を吐いた。それは見事に弧を描いて飛び、開いたストーブの扉の中に落ちた。老婆はインマンを見て、あんたには危険がいっぱいってことだ、といった。

インマンは老婆の目を見た。きつい言葉にもかかわらず、それが親切さを泉のように湧《わ》き出させていることに驚いた。ここしばらく、この山羊飼《やぎか》いの老婆ほど心を開かせる相手に出会ったことがなかった。思わず、心にあることを話しはじめていた。六一年に感じたあの熱意を、いまは恥じていること。北軍の実体は、踏みつけにされた工場労働者だったこと。あまりに無知で、薬莢《やっきょう》の装填《そうてん》方法も知らず、弾が先になるように込めることを覚えるのに、何回もの訓練を要するほどだったこと……。そんな敵が無数にいた。あまりの数の多さに、北の政府自身が一人一人に価値を認めていないように見えた。何年間も、敵は際限なく向かってきた。無尽蔵に見えた。心が病むまで殺しつづけても、敵はまたぞくぞくと現れて、南へ行進してきた。

今朝のことも話した。遅く実を結ぶハックルベリーの藪《やぶ》を見つけたこと。その実は、太陽に向いた半分がほこりっぽい青色になり、陰になる半分がまだ緑色だった。それを摘み、朝食代わりに食べていると、旅行鳩《りょこうばと》の大群が頭上を飛び去り、一瞬、太陽を暗く覆《おお》った。どこか遠い南へ行き、そこで冬を越す。実がなり、鳥が飛んでいく——少なくともこれだけは変わっていない、とそのとき思った。この四年間、ものごとの変化だけを見つづけてきたことに気づいた。おそらく、変化への期待が、戦争初期のあの熱狂を生み出したのではなかろうか、と思った。原因の一部には、きっとそれがある。新しい顔、新しい場所、新しい人生への期待が、強力な牽引力《けんいんりょく》を発揮した。新しい法律もあった。いくらでも殺していいといい、殺せば、牢屋《ろうや》行きどころか勲章がもらえた。誰もが口では、守るための戦いだ、といっていた。財産と信条を守るために戦う、と。だが、退屈で、変化がほしかったのではないか、といまは思う。日常の繰り返しからくる退屈。太陽が描く終わりのない弧、季節の循環。その退屈が人々に武器をとらせたのではなかろうか。戦争は、そんな決まりきった生活のサイクルから人間を解き放った。戦争自体が一つの季節、ほかの何にも依存しない独立した季節となった。インマン自身、その魅力にひかれた。だが、やがてひどい疲れに襲われた。人間があらゆる理屈をこね、手に触れるあらゆる武器を使い、互いに殺し合うのを見るのに疲れきった。だから、その朝、インマンは実を見て、鳥を見て、元気づけられた。自分が正気を取り戻すまで、実と鳥が変わらずに待っていてくれたことを知り、幸せな気分になった。いまの自分がそうした調和の要素と絶望的にかけ離れているのではないか、と恐れはしたが……。

老婆は、インマンがいったことをしばらく考えていた。やがて、パイプの吸い口でインマンの頭と首を指し、まだ痛むかい? ときいた。

—治るのが嫌なようだ。

—見るからにそうだよ。ワインサップ林檎《りんご》みたいに真っ赤だ。でも、そっちの傷ならなんとかしてやれるかもしれない。わたしの力の及ぶ範囲だからね。

老婆《ろうば》は立ち上がり、キャビネットに行くと、籠《かご》いっぱいのしおれた芥子《けし》を取り出してきた。そして、阿片《あへん》チンキを作りはじめた。芥子の蒴果《さくか》を一つ一つ手にとり、縫い針で穴をあけ、上薬をかけた陶製の壺《つぼ》に入れた。それをストーブの近くに置き、阿片が滲《にじ》み出てくるのを待った。

―すぐに使えるようになるよ。そうしたら、これにコーンウイスキーと砂糖をちょっと足す。そのほうが飲みやすくなるからね。しばらく置いておくと、どろどろになってくる。痛みなら、なんにでも効くよ。関節の痛み、頭痛、なんでも。眠れないときは、これを一杯飲んで、ベッドに横になってごらん。たちまち、何もわからなくなるから。

老婆はキャビネットに戻り、口の狭い小さな壺を取り出し、指を一本突っ込んだ。指先についた黒いものをインマンの首と頭の傷に塗りつけた。車軸に注《さ》すグリースのように見えたが、薬草と根の強いにおいがした。老婆の指が傷に触れたとき、インマンはぎくりと身を引いた。

―ただの痛みだ、と老婆がいった。いずれ消える。消えて、記憶に残らない。少なくとも、最悪の痛みはね。痛みは薄れていく。幸せはいつまでも事細かく覚えているけど、痛みのほうは忘れる。人間の心はそうできてるんだ。神様のお恵みだね。神様が気にかけてくださっている証拠さ。

インマンは反論しかけたが、口をつぐんでいることにした。理屈にいくら誤りがあっても、そう考えることで心が慰められるなら、それで不都合はないではないか。だが、口が勝手に動きはじめた。

—痛みに理屈はいらない。おれとしては、こんなものを作らなきゃならん人の心の状態のほうに興味がある。まあ、あんまり知りたくはないがな。

老婆は、ストーブの扉の内側で燃えている火を見た。つぎに、薬で汚れている自分の人差し指を見た。それに親指を重ね、すばやく三回ほどこすると、エプロンの布をつまんで拭《ふ》き取った。そのまま手は忘れられ、老婆の体の横に落ちて動かなくなった。

—あんたもこの年になるとわかる、といった。昔の楽しかったことを思い出すだけでも、十分な痛みなんだよ。

老婆は、軟膏《なんこう》の入った壺に玉蜀黍《とうもろこし》の穂軸で栓をし、それをインマンの上着のポケットに入れた。もっていきな、といった。なくなるまで、傷にたっぷりすり込むといい。でも、襟につけちゃだめだよ。洗っても落ちないからね……。そのあと、山羊の皮で作った幅広い袋に手を突っ込み、大粒の丸薬を一摑《ひとつか》み取り出した。薬草を丸めて縛っただけの丸薬は、葉巻きを小さく輪切りにしたもののようにころころしていた。それをインマンの手に山盛りにした。

—一日に一個。いまからだよ。

インマンは一個を残して、ポケットにしまった。その一個を口に入れ、飲み込もうとした。丸薬が口の中でふくらむように感じられた。それは嚙《か》みタバコのように濡《ぬ》れて大きくなり、喉《のど》を下っていかず、古靴下のようなひどい味がした。インマンはむせ、目から涙を流し、乳清の入った広口コップをとって、飲み干した。

夜になってから、二人は白豆と山羊肉のシチューを食べた。粗朶《そだ》小屋の屋根の下に並んですわり、森の中にかすかな雨が落ちる音を聞きながら食べた。インマンは二度もお代わりをした。そのあと、二人とも阿片チンキの入った小さな陶製カップを手にもち、火に粗朶をくべながら、話をした。インマンは知らないうちにエイダのことを話しはじめていて、そんな自分にふと気づいて驚いた。エイダの人柄と容姿をあれこれと話し、病院で寝ながら考えたことを語った。結局、自分はエイダを愛している。結婚したい。ただ、結婚するということは、架空の将来をある程度信じることを意味する。二人は一対の線になり、時間の中を先へ先へ伸びていく。先へ行くほど互いに近づき、最後には一本の線になる……。語るインマン自身が完全に信じている考えではなかった。それに、エイダが申し込みを受け入れてくれるかどうかもわからない。こんな身も心も擦り減った男からの申し込みでは、誰だって考えるだろう。エイダはとても美しい、と最後にいった。立ち居振舞いに薊《あざみ》のようなところがあるが、とても美しい。目は伏し目勝ちで、いくぶん非対称に顔についている。そのため、いつも悲しげな表情に見えるが、自分の考えでは、それがいっそう美しさを際立《きわだ》たせている。

聞いていた老婆が呆《あき》れ顔になった。パイプの吸い口をインマンに向け、聞きなさい、といった。美しさのために女と結婚するなんて、そんなばかなことをしちゃだめだよ。歌声がいいからって、鳥を食べるかい？　まあ、世の中によくある誤りではあるがね。

二人はしばらく黙り込み、すわったまま阿片チンキをすすりつづけた。それは甘く、どろどろしていた。粘り気と不透明さは、蜀黍《もろこし》シロップとあまり変わらない。蜂蜜《はちみつ》酒に似たところもあるが、もちろん、蜂蜜の味わいはない。阿片チンキはカップにしつこく粘りつき、舌先でなめないと、なかなかとれなかった。雨が強く降りはじめ、粗朶小屋の屋根を通して何粒かが落ちてきた。ときどき火の中に飛び込み、じゅうと寂しい音をたてた。雨と火。ほかには何もない。インマンは、自分がコールドマウンテンに住んでいるところを想像してみた。寂しい山奥は、ここともあまり変わらないだろう。そこに引きこもり、霧のかかる岩の上に小屋を建て、何箇月も人影を見ずに過ごす。山羊飼いのこの老婆の生き方に似て、汚《けが》れなく、隔絶された生活になる。インマンはそのイメージに強く引かれながらも、心の中に、そんな生活の一瞬一瞬を嫌っている自分がいるのに気づいた。そんな生活は、きっと寂しさと憧《あこが》れで毒された日々となる。

―ここの冬は寒かろうな、とインマンがいった。

―まあね。いちばん寒い時期には、火を熱くして、毛布を厚くする。わたしのいちばんの心配はインクと水彩絵の具さ。机で仕事をしているときに、凍らないようにするのがたいへんだ。あんまり寒くてね、水の入ったコップを腿《もも》にはさんで仕事することもあるんだよ。そうやっても、筆先に絵の具をつけて紙にもっていくまでに、もう毛が凍ってしまう。

—その本には何を書いているんだ？

—記録を残しているんだよ。絵を描いて、説明を書く。

—何について？

—なんでも。山羊、植物、天気。あらゆるものの目的を書きとめておく。いま起こっていることを書きとめるだけでも、いくら時間があっても足りないよ。一日さぼってごらん。一日の遅れが、もう永久に取り戻せない。

—読み書きや絵はどうやって習った？

—あんたとおんなじ。誰かから習ったのさ。

—そうやって人生を過ごしてきたわけか？

—これまでのところはね。まだ死んでるわけじゃない。

—ここに住んでいて、寂しくないのか？

—そりゃ、ときどきは。でも、やることがいっぱいある。やることをやっていれば、あんまりくよくよしてる暇はないよ。

—ここで一人のとき、病気になったらどうする？

—薬草がある。

—死んだら？

—何にだって、それなりの不便があるものさ。隠遁《いんとん》生活だって同じだ。何が起こっても、助けは期待できない。だけど、自分の面倒を見られなくなったら、もうそれ以上生きていてもしかたがないよ。わたしの場合は、まだまだ遠い先のことだと思うけどね。死ぬときは、たぶん独りぼっちだろう。埋めてくれる人もいないだろうが、それはちっとも気にならない。もうすぐ死ぬな、と思ったら、崖《がけ》の岩の上に寝ることにするよ。きっと渡り鴉《わたりがらす》がついばんで、運び去ってくれるだろう。それか虫だね。どちらか選べるものなら、鴉の黒い翼で運ばれたいものだけど……。

雨がいっそう強く降りだした。粗朶小屋の屋根から水の滴《したた》る速度も速くなり、二人は夜をそれで切り上げることにした。インマンは箱馬車の下に潜り込み、自分の毛布にくるまって眠った。目覚めると、すでに一日が過ぎ去って、夜がまたやってくる時刻になっていた。渡り鴉が一羽、車輪のスポークにとまり、じっと見ていた。インマンは起き上がり、傷に軟膏を塗り、丸薬を飲み、阿片チンキとウイスキーをまた一杯飲んだ。老婆が白豆と山羊肉のシチューを温めてくれ、箱馬車の階段にいっしょにすわって、話をしながら食べた。昔、州都まで山羊を売りに行ったことがある、と老婆がいい、長い、とりとめのない話を聞かせてくれた。ある男に六匹の山羊を売った。代金を受け取ってから、山羊の首に鈴をつけたままであることに気づいた。返してくれと頼むと、男は拒絶し、取り引きはもう終わっている、といった。鈴は売り物ではないといったが、男は聞き入れず、犬をけしかけた。その夜遅く、老婆はナイフをもって引き返し、山羊の首輪を切り取って、鈴を取り戻した。そして、州都の通りをののしりながら歩いて帰った。話を聞くインマンの頭の中には、霧がかかりはじめていた。体の中で薬が効いているのがわかった。話が終わると、手を伸ばし、皺《しわ》と染《し》みのある老婆の手の甲を軽く叩《たた》きながら、山羊の鈴のヒロインだ、といった。

インマンはまた眠った。目覚めると、辺りは暗かった。雨はもう降っていなかったが、寒く、山羊が暖かさを求めて周りに集まっていた。その発散する強い刺激臭に、目から涙が流れた。まだ寝入ったときと同じ日のうちなのか、また一日が過ぎ去っているのか、見当がつきかねた。箱馬車の床の割れ目からは、獣脂ランプの明かりが幾筋も糸のように漏れていた。インマンは床下から這《は》い出し、地面の濡れた落ち葉の上に立った。月のかけらが東の空に昇りはじめていて、すべての星があるべき場所にあり、冷たく、こわれやすそうに見えた。窪《くぼ》みの上の尾根に、空を背景に巨大な裸の岩が黒く立ち上がっていた。天による包囲を恐れ、警戒して立つ歩哨《ほしょう》にも見えた。インマンは、いま、無性に歩きたくなっていた。箱馬車のドアまで行き、ノックした。老婆の返事を待ったが、答えはなく、ドアを開けて入ると、中は空っぽだった。机の上と周辺の紙の山を見た。日記帳を一冊取り上げ、山羊の絵のところを開いた。人間のような目と足をもっていた。

下に書き込まれている文章は解読が難しかったが、何匹かの山羊について、寒い日と暑い日の行動を比べているように読めた。さらに先のほうへページを繰ってゆき、植物の絵を見つけた。そして、さらに山羊の絵。山羊がありとあらゆる姿勢でとらえられ、限られたパレットで柔らかく色づけされていた。衣類の染料で描かれているかに見えた。絵に添えてある説明を読んだ。山羊が何を食べ、互いにどう反応し、一日一日どのような気分に支配されて過ごすかが書かれていた。山羊の文化と習性をあらゆる細部にいたるまで書きとめる——老婆はそれをやろうとしているかに思えた。

これも一つの生き方だ、と思った。雲の中での隠遁生活。騒がしい世の中は、消えかかる記憶になり、心は神の繊細な創造物だけを見つめる。だが、日記を読み進みながら、老婆が何十年の歳月をかぞえるときの心境を思った。若い頃のある出来事から何年経《た》ったかをかぞえるとき、老婆は何を感じているのだろう。老人の妻にさせられなかったら結婚していたはずの、黄色い髪の若者とのロマンス。浮かび上がるような幸せを感じた秋のある日。収穫のあとのダンスの夕べ。ポーチに出て、木の上に琥珀色《こはくいろ》の月が昇るのを見ながら、唇を開き、若者のキスを受けた。家の中ではフィドルが古風な音楽を奏《かな》で、老婆は、いま、その音楽を特別な懐《なつ》かしさで思い出しているだろう。あまりにも多くの年月が過ぎ去っている。ほろ苦い物語が裏になくても、きっとその年数を思うだけで悲しくなる。

インマンは箱馬車の中を見回し、一つの鏡もないことに気づいた。身繕いするときは、きっと手探りでやるのだろう、と思った。いま、自分の顔がどんな様子か、老婆は知っているのだろうか。長い髪は細く、白い蜘蛛《くも》の巣になっている。皮膚は垂れ、皺になり、目と顎《あご》の周りにはたるみがある。眉《まゆ》の上は変色して斑《まだら》になり、耳からは剛毛が生えている。頬だけがピンク色を保ち、目だけがまだ明るく青い。目の前に鏡を差し出したら、そこからにらんでいる自分の残骸《ざんがい》に驚くだろうか。恐れて、逃げようと身をよじるだろうか。老婆の心には、まだ数十年前の自分の面影が住み着いているのだろうか。世の中とこれほどかけ離れた生活をしている人の、心の状態はどんなものか。

インマンは、山羊飼いの老婆が戻るまで長いあいだ待った。明け方になった。ランプを吹き消し、枝を何本か折って、小さなストーブにくべた。早く旅をつづけたかったが、礼をいわずに出発したくはなかった。朝もかなり経ってから、老婆が戻ってきた。箱馬車のドアから入ってきたとき、その手には兎《うさぎ》の後足が握られ、二匹の兎が頭を下にしてぶら下がっていた。

――もう行かねば、とインマンがいった。食事と薬の代金を受け取ってもらえるかと思って待っていた。

――払ってくれてもいいけど、受け取らないかもしれないよ、と老婆はいった。

――とにかく、いろいろとありがとう。

—ああ、気をつけてね。わたしに子供がいたら、やっぱり同じことをいうだろう。気をつけて。

—ああ、そうする。

箱馬車から出ようと向きを変えたインマンを、老婆が押しとどめた。ほら、これをもっていきな、といい、四角い紙を一枚手渡した。そこには秋の草《くさ》薙《さる》萸《とりいばら》がスケッチされ、青紫色の球形の実の房がていねいに描かれていた。

自由気ままな野蛮人

ルビーは、夜明けの最初の気配で起き上がり、小屋を出て、家に向かった。これからストーブに火を起こし、玉蜀黍《とうもろこし》粉の鍋《なべ》をかけ、卵を何個か焼く。光はあるかなきか。そのうえ、辺りには霧が濃かった。冬を除く一年中、黒谷の底は早朝の一時間か二時間、霧に埋もれる。だが、そんな薄暗さのなかでも、家に近づいていくルビーの目は、黒いスーツ姿の男を認めた。玉蜀黍納屋《なや》の横に立っている。ルビーはまっすぐに台所のポーチに行き、中に入った。ドア枠の上に、二股《ふたまた》の枝が二本、釘付《くぎづ》けにしてあって、そこに弾を込めた散弾銃がかけてある。それをとり、二つの撃鉄をともに起こして、急ぎ足で納屋に向かった。

男は大きな灰色のスローチハットを目深《まぶか》にかぶり、頭を下げている。肩を納屋の壁にもたれさせ、体重をかけた脚に反対側の脚を交差させ、爪先《つまさき》を地面にちょんと突いている。駅馬車の到着を待ち、何気なく道端の木に寄りかかっている旅行者のように見えた。何事かじっと考えながら、時間が経《た》つのを忘れているようだった。

乏しい光の中でも、男の服が最高の材質と仕立てであることが見てとれた。長靴も、多少すり減ってはいるものの、玉蜀黍泥棒より地主にふさわしいものに見えた。だが、男はくつろいだ姿勢でいるようでいて、じつはそうではなかった。右腕が納屋の壁の穴にすっぽりとはまり込んでいた。

ルビーは男に歩み寄りながら、この玉蜀黍泥棒をどう怒鳴りつけてやろうか、と考えていた。散弾銃は下向きながら、膝《ひざ》の辺りをしっかり狙《ねら》っている。ルビーが近づくと、男が頭を仰向け、邪魔な帽子のつばの下からルビーを見た。にやりと笑い、これは奇遇だ、といった。

――じゃ、まだ死んでなかったのね、とルビーがいった。

――ああ、まだだ、とスタブロッドがいった。父ちゃんを自由にしておくれ。

ルビーは納屋の壁に散弾銃を立てかけ、ドアの錠を開けると、中に入った。土の床から杭《くい》を引き抜き、罠《わな》の顎《あご》を開いて、スタブロッドの手を解き放った。歯には布が巻いてあったが、外に出て、壁の穴から引き抜かれた腕を見ると、手首の骨を覆《おお》う薄い皮が破れて、血が滴《したた》っていた。そこを中心に、前腕に広く青あざができていた。スタブロッドは無事なほうの手でそこを撫《な》でた。上等なリンネルのハンカチを取り出すと、帽子をぬぎ、額と首を拭《ぬぐ》った。

――罠にかかったまま立ってると、夜ってのはじつに長いもんだ。

――そりゃ、そうでしょ。ルビーはスタブロッドをながめ、変わった、と思った。ずいぶんな老人が目の前に立っていた。頭からは髪の毛が半分ほど消え失《う》せ、髭《ひげ》は胡麻塩《ごましお》になっている。だが、小柄で痩《や》せこけていることは変わらない。キルティングの枠だってもっと肉がついてる、と思った。

—で、いくつになったの？　ときいた。

スタブロッドは立ったまま、口を動かしながら頭の中で計算した。たぶん、四十五くらいかな、とようやくいった。

—四十五！

—そんなところだ。

—とてもそうは見えない。

—そりゃ、ありがとよ。

—違う。その反対よ。

—えっ、そうか？

—ほかの誰かだったら、きつく問いただすところよ、とルビーがいった。身なりじゃ、とてもお金に困ってるようには見えないもの。他人の玉蜀黍に手を出さなきゃならないようにはね。でも、あんたなら、なるほどと思うわ。あっちからちょっと、こっちからちょっと、どうせまた酒造りでしょ。そのスーツは、誰かからくすねたか、トランプで勝ったってとこね。

—まぁ、そんなとこだ。

—当然、戦争から逃げ出したわけね？

—休暇だ。わしは英雄だからな。

—あんたが？

—どの戦いだって、わしが先頭で突撃したもんだ。

—将校って、どうしようもない兵隊ほど先頭に置きたがるんですってね。早く厄介払いができるから、って聞いたわよ。

そして、スタブロッドに何もいう暇を与えず、いっしょに来て、といった。散弾銃を取り上げ、家に戻った。ポーチの階段にすわって待つようにいい、中に入ると、火を起こして、コーヒーを沸かしはじめた。ビスケットパンの生地をこね、あれこれと朝食の準備にかかった。ビスケットパンに、玉蜀黍粥《がゆ》に、卵。揚げたベーコンが数切れ。エイダが降りてきて、窓際《まどぎわ》の椅子《いす》にすわり、コーヒーを飲んだ。早朝のこの時刻は、いつもむっつりしている。

—やっと罠にかかったわよ、とルビーがいった。

—やっと……？　で、なんだったの？

—わたしのおやじ。いまポーチにいる。ルビーはそういいながら、ベーコンの肉汁から作ったホワイトグレービーを、フライパンの中でかき混ぜた。

——えっ？

——スタブロッド。戦争から帰ってきたらしいわ。でも、死んでようと生きてようと、わたしにはどうでもいいことよ。朝食を一皿食べさせてやって、さっさと追い返すわ。

エイダは立ち上がり、ドアから外をのぞいた。いちばん下の段にすわっているスタブロッドの、痩せた前屈《まえかが》みの背中が見えた。左手を前に構え、メロディを口ずさんでいる。金勘定のように指が前後に動き、掌《てのひら》を叩《たた》いている。

——入ってもらえばよかったのに。椅子に戻って、エイダがいった。

——外で十分よ。

朝食ができあがると、ルビーはスタブロッドの分を洋梨《ようなし》の木の下のテーブルに運び、自分はエイダといっしょに食堂で食べた。スタブロッドのがつがつと食べているさまが、窓から見えた。噛《か》むのに合わせて、帽子のつばが上下に揺れた。皿を取り上げ、ついた脂《あぶら》を最後の一滴までなめとるか、と見えたが、さすがにそこまではしなかった。

——中で食べてもらってもよかったのに、とエイダがいった。

——けじめはきちんとつけなくちゃ、とルビーがいった。

皿をとりに、ルビーが外に出た。

——行くところはあるの？　とスタブロッドに尋ねた。

——ああ、とスタブロッドが答えた。帰る家だけじゃなくて、仲間みたいなものもできたぞ。いまな、重装備の無断離隊者といっしょにいる。山の中の深い洞窟《どうくつ》で、自由気ままな野蛮人みたいに暮らしてる。連中のすることは、狩りをして、食べて、一晩中酔っ払って、音楽を楽しむことしかない。

―じゃ、ぴったりじゃない、とルビーがいった。あんたの人生の目的は、酒瓶を片手に一晩中踊ってることだったもの。さあ、食べ終わったんなら、もう立ち去ってくれていいわよ。やるものは、もうないんだから。こんど玉蜀黍泥棒なんかにきたら、一発お見舞いするからね。それも、岩塩の弾じゃないんだから。

そういって、家畜でも追い立てるように、手をひらひらと動かした。スタブロッドはポケットに手を突っ込み、コールドマウンテンの方角へぶらぶらと去っていった。

その日は暖かく、日が明るく照り、乾いていた。今月に入って雨は一日だけ、それも朝にちょっと降っただけで、地面に落ちた葉も、木に残っている葉も、ぱりぱりと冷たく乾いた音をたてた。そよ風が吹くたびに頭上で鳴り、ルビーとエイダが納屋まで歩いていくと、その足元の地面でも鳴った。二人は、タバコの葉の乾きぐあいを見にいく。納屋の軒下に、片持ち梁《はり》から紐《ひも》で吊《つ》られた棒が長く伸びていて、そこに、柄側で何枚かずつくくられた幅広い葉が逆さまにかかっていた。垂れ下がる葉は、黄ばんだ古い木綿のスカートのように広がり、どこか人間的で、女性的で、不吉な形をしていた。ルビーは葉に触れ、指でこすりながら、ぶら下がる束のあいだを歩き回った。順調に乾いている、といった。この乾燥したありがたい天気のせいよ。それに、植えるのも刈り取るのも、きちんとしるしに従ってやったせい。もう少しすれば糖蜜水《とうみつすい》に漬け、棒状の嚙みタバコにねじって、何かとの交換に使える。

—納屋の二階で一休みしましょう、とルビーがいった。腰をおろすにはいい場所よ、と。そして、梯子《はしご》をのぼり、干し草戸にすわり、両脚を大きく広げて外に垂らした。女がそんな恰好《かっこう》ですわるところを、エイダはこれまで見たことがなかった。

同じようにするのは、最初、はばかられた。だから干し草の上に横ずわりし、脚をスカートできちんと覆った。ルビーの目がおもしろがって見ていた。わたしはこうやってすわって平気。だって、生まれつきまともじゃないんだから、といっていた。あんたもこうやって平気。だって、最近、まともであることをやめたんだから……。エイダも干し草戸に行き、同じようにすわった。二人は何もせず、ただ藁《わら》を嚙んで、少年のように足をぶらぶらさせた。戸の枠は大きく、納屋より上に立っている家が見えた。その向こうには上の畑。さらにその向こうにはコールドマウンテン。乾いた空気の中で、山は近く、輪郭がくっきりとしていた。点々と秋の色が混じり、染《し》みのない真っ白な家が気取って見えた。台所の黒い煙突から、羽毛のような青い煙が一筋、まっすぐに立ちのぼっていたが、谷を降りてきたそよ風が渦巻きにして運び去った。

―この土地の経営方法を知りたいっていったわね？　とルビーがいった。

―ええ、とエイダが答えた。

ルビーは立ち上がり、背後に回ると、床に膝《ひざ》を突き、エイダの目を手で覆った。

―聞いて、といった。ルビーの手は暖かかった。荒れていて、顔の皮膚にちくちくした。干し草と、タバコの葉と、小麦粉と、何かもっと深いにおいがした。清潔な動物のにおい？　ぴくぴくと瞬《まばた》きするエイダの瞼《まぶた》に、細い骨が触れた。

―何が聞こえる？　とルビーがいった。

木を渡る風の音が聞こえた。まだ木にしがみつく葉の乾いた音。そういった。

―木の音！　そういうばかな答えを予想していたというように、ルビーは軽蔑《けいべつ》した口調でいった。ただの木でおしまい？　まだまだ先は長いわね。

手を離して、もとの場所に戻ってすわると、もうその話題に触れようとしなかった。エイダは、何をいうべきだったのか、と考えた。きっと、一般論ではだめ、ということかしら。少なくともポプラと樫《かし》を聞き分けるくらいのことができなくては。一年中で、いまがいちばん聞き分けやすい時期なんだから。きっと、それができるまで、この土地を知りはじめたことにすらならない。

午後遅く、まだ暖かかったが、日の光がこわれそうに青く射《さ》していた。その傾きぐあいは、一年がまた終わりに向かって動いていることを告げていた。こんなに暖かく乾いた日は、きっともう残り少ない。二人はそんな日に名残を惜しみ、夕食を外でとることにした。エスコがもってきた鹿肉《しか》のテンダーロインを焼き、ジャガ芋と玉葱《たまねぎ》を炒《いた》め、おくてのレタスにベーコンの肉汁をかけてしなしなにした。

洋梨の木の下のテーブルから茶色の落ち葉を払いのけ、席をしつらえていると、森から、南京袋《なんきん》を手にしたスタブロッドが現れた。近づいてきて、ポケットに招待状でももっているように、何食わぬ顔でテーブルについた。

──追っ払え、っていって。わたしがやるから、とルビーがエイダにいった。

──でも、たっぷりあるから、とエイダがいった。

食事中、ルビーは一言も口をきかず、スタブロッドはエイダを相手に戦争の話をした。早く終わってくれると、山から降りてこられるんだが、といった。だが、まだまだつづくだろうな。誰にとっても辛《つら》い季節になる……。エイダは思わず相づちを打っていた。だが、青く降り注ぐ光の中で谷の中を見回すと、辛い季節など無縁のことのように思えた。

夕食がすむと、スタブロッドは地面から袋を拾い上げた。中からフィドルを引っ張り出し、膝の上に置いた。珍しい作りのフィドルだった。渦巻きがあるはずの場所に、大きな蛇の頭が彫られている。蛇は後ろに反り返り、頭の先を首に届かせている。小さな鱗《うろこ》の一枚一枚と、細長く裂けた瞳孔《どうこう》が、丁寧に彫ってあった。スタブロッドは自慢げだった。それも道理。とても完璧《かんぺき》とはいいがたかったが、脱走兵として隠れ潜むこの数箇月間に、自分で作り上げたフィドルだった。以前の楽器は、家に逃げ帰る途中で盗まれた。だから、見本もないまま、記憶の中にある寸法を思い出しながら、新しいフィドルを作った。楽器製作の原始時代から伝わる、珍しい遺物のように見えた。

二人がよく鑑賞できるよう、スタブロッドはそれを前に向け、後ろに向けた。そして、製作の苦労話をした。まず、材料探しだ、といった。何週間も尾根を歩き回り、適当な唐檜《とうひ》と楓《かえで》と柘植《つげ》を探した。しばらく寝かせておいてから、長い時間かけてナイフで削り、フィドルの部品を作った。形を切り取り、端食《はしばみ》を工夫した。胴の横板にする木を柔らかく煮て、形にたわめた。滑らかな曲線を保つように、慎重にな。冷まして乾かしたら元に戻った、なんてことじゃ、なんにもならん。

緒止板《おどめいた》と、駒《こま》と、指板を、記憶から彫り上げた。鹿の蹄《ひづめ》を煮て、膠《にかわ》を作り、糸巻き用の穴をあけたあと、すべての部品を貼《は》り合わせて、乾かした。ワイヤを使って魂柱《こんちゅう》を立て、柘植の指板を山牛蒡《やまごぼう》の実で紫色に染めた。そして、また何時間もかけて毒蛇の頭を彫った。反り返って、頭が胴体に触れているここを念入りにな。最後に、夜中に誰かの道具小屋に忍び込み、ワニスの小缶を一つ失敬し、全体に塗った。弦を張り、調律し、夜また忍び出て、馬の尾を切り取り、弓に張った……。

できあがった作品を見たとき、スタブロッドはこれでほとんど弾ける、と思った。あと残る仕事は一つ、蛇を殺すことだ、と。しばらくまえから、がらがら蛇の尻尾《しっぽ》を楽器の中に入れることを考えていた。それで音がうんとよくなるのではなかろうか。きっとほかでは得られない凄《すご》みと深みを与えてくれるに違いない。尻尾のがらがらは、大きければ大きいほどいい……。スタブロッドにとって、尻尾探しは神聖な探索の旅になった。フィドルの中の尻尾そのものが効くことはもちろん、尻尾を手に入れるという霊的修行によって、奏《かな》でる音楽がぐんと向上するように思えた。

その目的を秘め、コールドマウンテンを歩き回った。秋の最初の涼しさが来ると、蛇は冬にそなえ、ねぐらを探して動きはじめる。並みの大きさのがらがら蛇を何匹も殺した。だが、殺して尻尾を見るたびに、その哀れなほどの小ささにがっかりした。最後に、黒いバルサムの生える高みまで登った。そこで、平らな岩の上に日向《ひなた》ぼっこする、巨大な老いた横縞《よこじま》がらがら蛇に出会った。長さはさほどでもない。この種の蛇はそう長くはならない。だが、胴体が人間の腕よりも太かった。背中の縞がくっつき合い、ほとんど黒蛇と見まがうほどに黒く見え、環状のがらがら部分は、人差し指ほども長く伸びていた。エイダにその話をしながら、スタブロッドは自分の人差し指を伸ばし、反対側の親指の爪《つめ》を第三関節の辺りに当てた。そして、こんなに長かったといいながら、かさかさになったそこの皮膚を、何度も何度も爪で切るように叩いた。

岩に近寄り、おい、おまえのがらがらをもらうぞ、と蛇に話しかけた。蛇は、拳《こぶし》ほどもある頭を岩からもたげ、裂けた黄色い目でスタブロッドを値踏みした。半ばとぐろを巻き、逃げるより戦う、という姿勢を示した。一瞬、尾を振った。まずはウォームアップ。そして、本格的に尾をきしらせはじめた。脳髄を隅から隅まで凍りつかせるほどの、恐ろしい音がした。

生来臆病《おくびょう》なスタブロッドは、当然、逃げ腰になった。だが、尻尾のがらがらがなんとしてもほしかった。ポケットナイフを取り出すと、二股《ふたまた》に分かれた長さ四フィートほどの枝を切り取り、蛇のところへ戻った。蛇はまったく動かず、これから起ころうとする戦いを思い、楽しんでいるように見えた。スタブロッドは蛇の攻撃範囲を目測し、そこからさらに半歩下がった辺りに立った。蛇がぴくりと身動きし、地面から高く頭を持ち上げた。

—ワッ、といい、蛇の顔の前で棒を振った。

蛇は臆せず、尾をきしらせつづけた。

—ワーッ！　スタブロッドはさらに大声を張り上げ、枝を突き出した。だが、蛇はとぐろの巻き方を緩めた。きしり音がやや弱まり、低音になって、もう飽きたというように静かになった。

蛇を本気にさせるには、どうやら、こちらも本気で挑発しなければならない。スタブロッドはそっと前進し、屈《かが》み込んだ。ナイフを歯のあいだにくわえ、二股の枝を右手にもって高く掲げた。そして、左手を蛇の攻撃範囲に突き出すと、すばやく振った。蛇が動いた。地面と平行に宙に飛んだ。顎《あご》の蝶番《ちょうつがい》が外れ、ピンク色の口が人の掌ほども大きく開き、下向きの牙《きば》がむき出しになった。だが、狙《ねら》いをはずした。

スタブロッドは枝を突き出し、蛇の頭をはさんで、岩の表面に押しつけた。足を持ち上げ、頭の後ろを踏みつけると、激しく地面を叩いている尻尾を手でつかんだ。口からナイフを抜き、尻尾のがらがらをきれいに切り取って、驚いた猫のようにすばやく飛びのいた。蛇はしばらくのたうっていたが、気をとりなおし、また攻撃の姿勢に戻った。尻尾を振って鳴らそうとしたが、そこには血を流す付け根があるばかりだった。

——せいぜい長生きしろよ。スタブロッドはそう声をかけ、手のがらがらを振りながら、立ち去った。フィドルで奏でる音符の一つ一つに、これからは違った音色が加わる。すべての音のどこかから、蛇の暗い慟哭《どうこく》が聞こえる。スタブロッドはそう信じた。

ルビーとエイダにフィドルの誕生を語り終えると、すわりなおし、驚異のものを見る目つきでそれをながめた。そして持ち上げ、展示物のように二人の目の前に差し出した。いまのわしは、戦いに行くまえのわしとはどこか違うぞ。これがそれを証明している、といった。戦争の何かが、わしと、わしの音楽を変えたようだ。

ルビーは疑わしそうにしていた。戦争に行くまえのあんたは、フィドルになんか興味がなかった、といった。ダンス会場で、ただ酒でもふるまってもらえるときじゃなきゃ、弾くことなんてなかった。

——いまのわしは熱に浮かされたみたいに弾くそうだ。そう、人にいわれる。

変化は突然やってきた、とスタブロッドはいった。一八六二年一月。軍は、リッチモンド近くの冬の陣地に駐屯していた。ある日、男が野営地にやってきて、フィドルを弾ける者はいないかと尋ね、スタブロッドのところに連れてこられた。十五歳になる娘がいる、とその男はいった。それがいま死にかけている。朝いちばんに火を起こそうとして、いつものように焚《た》き付けに石油を注いだ。だが、今朝は熾《おこ》ったままの石炭があったらしい。それにまともにかかった。ストーブに蓋《ふた》を戻した直後、火が爆発的に燃え上がった。鋳鉄《ちゅうてつ》の円盤がものすごい力で吹き飛ばされ、娘の頭を打った。さらに穴から炎の束が噴き上げ、娘の肉を骨まで焦《こ》がした。娘は死にかけている。それはどうしようもない。だが、一、二時間後に意識が戻った。あの世に行くのに、何か助けてほしいことはないかときくと、フィドル音楽があればそれでいい、と答えた。

スタブロッドは楽器を取り上げ、男の家までついていった。一時間ほど歩いたろうか。寝室に入ると、部屋の壁際《かべぎわ》に家族がずらりと並んでいた。火傷《やけど》の少女は、枕《まくら》を支えに上体を起こしていた。髪の毛が束になって抜け落ち、顔は皮を剝《は》がれた浣熊《あらいぐま》のように見えた。赤裸の皮膚から滲《にじ》み出した液で、頭の周りの枕カバーが濡《ぬ》れていた。耳の上が深く裂けていた。ここにストーブの蓋が当たったった。出血こそ止まっていたが、傷はまだ茶色にさえ変わっていなかった。少女は、スタブロッドの頭のてっぺんから足の爪先《つまさき》までじろじろと見た。赤い皮膚の中で動く白目が、驚くほど鮮やかだった。何か弾いてちょうだい、といった。

スタブロッドは、ベッドわきの背の高い椅子《いす》にすわり、調弦を始めた。いつまでも糸巻きをいじっていると、少女がしびれを切らし、弾きながら送ってくれるつもりなら、早くしないと間に合わないわよ、といった。

まず「鍋《なべ》の中の豆」を弾き、つぎに「サリー・アン」を弾き、手持ちの六曲をつぎつぎに弾いた。どれもダンス曲ばかりで、さすがのスタブロッドにも、こういう場にはふさわしくないことがわかっていた。だから、できるだけゆっくり弾くようにつとめたが、いくらテンポを遅くしても、荘重な音楽にはならなかった。弾き終わったとき、少女はまだ生きていた。

―もっと弾いて、といった。

―これしか知らない、とスタブロッドがいった。

―情けない。あんた、いったいどういうフィドル弾きなの?

―へたくそな駄目フィドル弾きだ。

少女の顔にちらと笑いが浮かんだが、笑ったための痛みが目に現れ、口の端はたちまち下を向いた。

―じゃ、わたしに一曲作って。

スタブロッドはその不思議な頼みに驚いた。自分で曲を作るなど、それまで考えたこともなかった。

―そんなことができるとは思えん。

―なぜ？　やったことがないの？

―ああ。

―とにかく、やってみて。時間がないんだから。

スタブロッドはすわったまま、しばらく考えた。弦をつまみ、調律をやり直し、フィドルを首で押さえて、弓を当てた。そして、出てきた音に自分でも驚いた。メロディはゆっくりと、たどたどしく進み、主として持続低音と重音でムードを作り出していった。スタブロッド自身にはわからなかったが、その曲はすさまじくも恐ろしいフリギア旋法で奏でられていた。少女の母親が聞きながら突然泣き出し、椅子から立ち上がって、廊下へ逃げていった。

曲が終わると、少女はスタブロッドを見て、いまのはよかったわ、といった。

―いや、よくなかった、とスタブロッドは謙遜《けんそん》した。

―よかった、と少女が繰り返した。そして、顔を横へ向けた。呼吸に痰《たん》がからみはじめ、喉《のど》がぜいぜいいった。

父親がスタブロッドのところへ来て、肘《ひじ》をとり、階下の台所へ連れていった。テーブルにつかせると、牛乳を一杯注ぎ、また階段をのぼっていった。カップが空になるころに戻ってきた。

―死んだ、といった。ポケットから北の一ドルを取り出し、スタブロッドの手に押しつけた。あんたが楽にいかせてくれた、といった。

スタブロッドはその一ドルをシャツのポケットに入れ、家を出た。野営地に戻る道々、何度も立ち止まり、初めて見るもののように手のフィドルをながめた。これまで上達しようなどと考えたこともなかったが、いまは、すべての曲を練習してみる価値があるように思えた。耳に届いてくるあらゆる物音に、何か火がめらめらと燃えるような感じがあった。

それから毎日、少女のために作った曲を弾いた。何度弾いても、飽きることがなかった。飽きるどころか、死ぬまで毎日弾きつづけても、そのたびに何か新しいことが学べる曲だ、と思った。繰り返すうち、指はその曲の形に弦を押さえ、腕はその曲の形に弓を引き、弾くという感じがしだいに失《う》せていった。なんの努力もなく、音が自然に発生した。曲はスタブロッドから独立し、一日に秩序と意味をもたらす習慣になった。夜が来ると、ある人は祈り、ある人はドアの掛け金を念入りに確かめ、ある人は一杯やる。そのように、スタブロッドはフィドルを弾いた。

火傷の少女と出会った日からあと、スタブロッドの心はしだいに音楽に占領されていった。もう戦いにはなんの興味も湧《わ》かず、訓練への参加もいいかげんになった。もともといてもいなくてもよい戦力で、とがめられることもなかった。いまのスタブロッドは、できるだけ多くの時間をリッチモンドの薄暗い酒場街で過ごしたかった。汚れた体、こぼれた酒、安物の香水、空けてないおまるの悪臭漂う場所。じつをいえば、戦争に加わって以来、そうした場所に足繁《あししげ》く通ってはいた。だが、いまは目的が違った。店の客のためにときどきニガーが演奏する。その音楽が聞きたかった。毎晩、酒場から酒場へ、確かな技量をもつ弦楽器奏者を探して歩いた。ギターでも、バンジョーでもいい、とにかく天才を。見つかると、自分もフィドルを取り出し、明け方まで弾いた。そして、弾くたびに、何か新しいことを学んだ。

最初は、調弦や、指使い、フレージングだけに目を凝らしていたが、やがてニガーの歌詞も聞くようになった。生活の中のもろもろの欲望と恐れが、そこに透明に、誇らかに歌われていて、目を見張った。自分自身について、これまで感じたことのないものを感じはじめていた。頭に浮かんだことさえないようなことを、いま学びつつあるような気がしていた。たとえば、音楽が喜び以上のものであること。その発見は、ただの驚きを通り越して衝撃だった。音楽には確かな手応《てごた》えがあった。音が集まり、空気中に鳴り響いて、消えていく。その形が万物の法則を物語っているように思え、なぜか心が慰められた。物事には正しい並べ方がある、と思った。音楽がそういっている。生活も、きっと混乱と成り行き任せだけではない。そこには形があり、目的がある。物事はただ起こるものと思っていたスタブロッドに、音楽は強力に反論してきた。

――いまじゃ、九百ものフィドル曲を覚えたぞ、といった。そのうち百曲ほどは、自分で作ったやつだ。

ルビーはその数字を信じなかった。あんたのこれまでの人生じゃ、何をかぞえるのでも、二つの手で間に合ってきたのに、といった。十以上もかぞえなきゃならないものなんて、もったことがなかったのに。

――九百曲だ、とスタブロッドがいった。

――じゃ、何か弾いてみなさいよ、とルビーがいった。

スタブロッドはしばらく考えていた。そして、親指を弦に走らせると、糸巻きをひねり、また弦に触れ、ほかの糸巻きをひねって、風変わりな調弦をした。E線を三フレットほど下げ、A線の第三音と同じにした。

――こいつにはまだ名前をつけとらんが、そうさな、「緑の目の娘」とでも呼べるかな、といった。

新しいフィドルに弓が当たると、驚くほど澄んだ音が流れ出てきた。鋭くて、透明。特殊な調弦のせいか、不思議で不調和な和音効果が生まれていた。調べはゆっくりとした教会旋法だったが、有無をいわせぬリズムをもち、広い音域を使った。何よりも、聞く者の心に物悲しい思いを生じさせるメロディがあった。すべては消え去るもの、ここにあって、つぎの瞬間失せるもの、はかないもの——そう思わせた。曲のテーマは憧《あこが》れだった。

スタブロッドの演奏を、二人は目を丸くして見つめていた。わびしい曲だからか、普通のフィドル奏者が使う、短い、叩《たた》きつけるような奏法を捨て、弓を長く引いて、甘く、耳に残る音を作り出していた。ルビーには聞いたこともない音楽だったし、エイダにも同じだったろう。スタブロッドの演奏は、人が息をするように自然だった。生きる価値ある人生の中心に位置しているという、確信があった。

スタブロッドが演奏を終え、灰色の無精鬚《ひげ》が生える顎の下からフィドルをとると、長い沈黙があった。小川のそばで鳴く蛙《かえる》の声は、やがて来る冬を思ってか、いつになく悲しげだった。だが、希望に満ちてもいた。スタブロッドはルビーを見た。厳しい評価を予期し、身構えていた。エイダもルビーを見た。ルビーの顔に浮かぶ表情は、まだ不足だ、といっていた。物語一つとフィドル一曲では、心を和らげるには不足。スタブロッドには何もいわず、エイダのほうを向いていった。人生のいまごろになって、やっと少しは使いものになるかもしれない道具を見つけるなんて、なんだかとっても変。あんまりどうしようもなくて、スタブロッドなんて呼ばれてきた男なのよ。スタブロッドって、棒杙のこと。いちどハムを盗んで、棒杙《ぼうぐい》で半殺しにされてから、そう呼ばれてきたんだから。

エイダには、奇蹟《きせき》に近いことに思えた。選りによってそんなスタブロッドという男が、ここに証明として現れた。これまでの人生をいかに無駄に過ごしてきても、救いへの道は——どれほど部分的な救いであっても——まだ見つかるのだ、と思った。

赤く血塗られた花嫁の床《とこ》

インマンは何日も山の中をうろついた。ひどい天気がつづき、霧が立ち籠《こ》め、道に迷った。新月の頃から雨が降りつづき、いまはもう満月になるかとも思えたが、空が雲に覆《おお》われたままでは、確かなことはわからない。日数をかぞえていればよかったが、最初の一滴が落ちた瞬間からそんなことを始めるやつもいなかろう。日も月も星も、少なくとも一週間は見ていない。これでは、同じ場所をぐるぐる巡り歩いていてもわからない。ただの円でなく、多少複雑な幾何学図形だったとしても、一定の方向に進んでいないことは同じかもしれない。

行く先をまっすぐに保つため、真正面に見える何かを目標に選ぶことにした。まず、あの木。そこに着くと、こんどはあの岩。そうやってしばらく歩いたが、ふと、これを全部結んだら、大きな円になるだけではないか、と思った。結局、小さな円と大きな円の違いだけか……。そのあとは、霧の中を闇雲《やみくも》に歩いた。別れ道に来るたび、衝動的に西と思うほうを選び、とにかく動きつづけた。

山羊《やぎ》飼いの女からもらった薬を、なくなるまで使った。よく効いて、いま、頭の傷には小さく肉が盛り上がり、首の傷は固い銀色の線になった。痛みは退《ひ》いて、遠くの騒音になった。たとえば、川岸に暮らす人が聞く遠いせせらぎ。これなら、いつまで聞いていても苦にならない。だが、インマンの頭の中身は、同じ速度では治らなかった。

雑嚢《ざつのう》の食べ物が底を突いた。だが、高地にあるバルサムの森は、獲物に見放された場所になっていた。最初は狩りをした。つぎに蜊蛄《ざりがに》とりに励んだ。これを煮て食べる。何時間かがんばってみたが、ようやく帽子の窪《くぼ》みを満たすだけの量しかとれず、食べたあとも、空腹感にさして変化はなかった。楡《にれ》の若木の皮を剝《は》いで、嚙《か》んだ。フライパンほどもある大きな紅色の茸《きのこ》の傘を食べたが、十五分後には、また猛烈に飢えていた。最後にはもう探すのもやめ、ただ手をカップにして小川の水を飲み、流れの縁から野生の胡椒草《こしょうそう》を引き抜いて食べた。

ある日の午後、小川の縁の苔《こけ》むす地面に這《は》いつくばり、頭を耳まで濡《ぬ》らしながら、野の獣のように水辺の草を食べた。口に胡椒草の辛みを感じるだけで、頭は空白になっていた。水溜《みずた》まりを見おろすと、揺らめきながら、不気味に見上げる男の顔があった。すぐに指を水に突っ込み、その顔をかき乱した。とてもじっと見る気にはなれなかった。

ああ、翼が生えて飛んでいけたら、と思った。この土地からまっすぐに立ち去れる。巨大な翼がこの体を運び上げ、運び去る。長い羽根が風を切る。下界は長い巻き物となり、ほどけて、明るい絵がつぎからつぎへ展開する。この体は地面に縛られず、水路や丘がなんの苦労もなくするすると下を通り過ぎていく。体は上昇し、さらに上昇し、透明な空の黒い一点になり、どこかへ消え去る。きっと、木の枝や断崖《だんがい》の岩のあいだに住むだろう。人間が一人、二人、ときおり使者として訪れ、人間世界への復帰を促しても、いつも無駄足に終わる。おれは高い尾根に飛び、そこにとまり、明るい光をながめながら平穏な日々を過ごす。

インマンは上体を起こし、川の流れと丸い岩の対話をしばらく聞いていた。草地の葉に落ちる雨の音を聞いた。濡れた鴉《からす》が一羽、栗《くり》の木に舞い降りた。身を震わして羽根の水気を切ると、そのまま気分悪そうにうずくまった。インマンは身を起こし、人間に定められた二本の足で立った。そして、ほとんど使われた形跡のない山道を歩きはじめた。

つぎの日、誰かに跡をつけられているような気がした。ぐるりと振り向くと、豚のような目をした小さな男がいた。色褪《いろあ》せたオーバーオールと黒い上着を着て、すぐ後ろを音もなく歩いていた。腕を伸ばせば、首をつかんで締め上げられそうな距離だった。

——おまえは誰だ。

男は跳ねるように木々のあいだに逃げ、大きな百合樹《ゆりのき》の後ろに隠れた。インマンがその木まで歩き、後ろをのぞきこんだときは、もう影も形もなかった。

インマンは歩きつづけ、ときどき後ろを振り返った。突然振り向いて、影のような尾行者の不意をつこうとした。たまに、少し離れた木々のあいだに姿が見えることがあった。こいつはおれの行く方角を探ろうとしている、と思った。探って、自警団に告げ口に行くつもりか……。ルマットを引き抜き、空中で振り回した。

―撃ち殺すぞ、と森の中に怒鳴った。いまに見てろ。絶対やってやるからな。脅しじゃない。その腹に、犬が通れるほどの穴をあけてやる。

豚の目の男は距離をおきながらついてきた。木のあいだにちらちらと姿が見えた。だが、インマンが道に沿って大きく曲がると、こんどは前方の岩陰から出てきた。

―いったいなんの用だ、とインマンがいった。

小柄な男は口に二本の指を当て、しばらくそのままにしていた。これが秘密結社の合図であることは、インマンも知っていた。赤紐《あかひも》団だったか、アメリカの英雄だったか。病院にいるとき、奉仕団で来ていた一人が教えてくれた。どちらも北部連邦への同調者が作る組織で、複雑な秘密の合図を使うことでは、フリーメーソンにも劣らない。インマンも合図を返した。それには、指を一本、右目のわきに走らせる。

小柄な男はにやりと笑って、ひどい時代だな、といった。これは合い言葉。正しい返事は、ああ、いずれよくなる。向こうが、なぜ、と聞き、こちらが、解放のきずなを求めているから、と返す。

合い言葉を知ってはいたが、インマンはそれを返さなかった。そこでやめておけ、といった。おれはアメリカの英雄でもなんでもない。政治的にもほかのことでも、どっちにも忠誠なんか誓っていない。

―無断離隊者かい？

―離れるような隊があれば、そういうことにもなるだろう。どっちの味方でもない。息子がシャープスバーグで撃ち殺された。それからは、どっち側にも糞《くそ》の一摑《ひとつか》みもやりたくねえ。

―じつをいうと、わしもな、あんたと同じさ。どっち側にも糞の一摑みもやりたくねえ。

―シャープスバーグにはおれもいた、とインマンがいった。

男は手を差し出し、ポッツ、と名乗った。

インマンも握手をして名乗った。

―シャープスバーグはどんなだった？

―ほかと同じだが、スケールが違った。最初は向こうがこっちへ爆弾を放り込み、こっちもお返しをした。それからは突撃と撃ち合いだ。葡萄弾《ぶどうだん》にマスケット弾。大勢が死んだ。

二人は、近くの森を見やりながら、しばらく立っていた。あんたは骨と皮だ、とポッツがいった。

―食い物がない。一所懸命に歩いているつもりなんだが、道もはかどらない。

―何か食べるものがあればやるところだが、あいにく何もなくてな……。あのな、この道を三マイルか四マイル行くと、いい娘《こ》の住んでる家がある。きっと食事をさせてくれるはずだ。うるさいことは何もきかん。

雨が風にのって斜めに降りはじめ、肌を打った。インマンは蠟《ろう》引きの布を体に巻きつけ、速度を緩めずに歩きつづけた。頭巾《ずきん》をかぶり、ぼろをまとった姿は、昔の巡礼者。それとも、魂の平安のために放浪する黒衣の僧か。世界との接触で生じた穢《けが》れを、歩くことで清めようとしているかに見えた。鼻先から滴《したた》る雨が鬚《ひげ》の中に落ちた。

一時間もしないうちに、ポッツが教えてくれた家にたどりついた。そこは、じめじめした小さな谷の入り口で、道より少し高いところに、一部屋だけの小屋がぽつんと立っていた。角材で建てられ、窓には脂《あぶら》を引いた紙が張ってあった。煙突は泥と枝。細く立ちのぼる茶色の煙が、たちまち風で運び去られた。丘を少し登ったところの豚小屋に、うごめくものが見えた。家と煙突のあいだの隅には鶏小屋がある。インマンは柵《さく》の門まで歩いていって、大声で呼んだ。

身を刺す氷が雨に混じりはじめていた。顔の両側から頬が押され、空っぽの口の中で両頬が触れ合うかに思えた。返事を待ちながら、柵のすぐ内側に生える黒花臘梅《くろばなろうばい》を見ると、赤い実にもう氷がつきはじめていた。もう一度大声で呼んだ。

まだ少女のような若い女がドアをわずかに開け、茶色の頭を突き出したが、すぐに引っ込めた。そして、ドアの掛け金をかける音が聞こえた。怖がっている、とインマンは思った。当然だ、と。

もう一度呼んだ。今度はポッツの名前を出し、ここへ来れば食事がもらえると聞いてきた、と付け加えた。ドアが開き、少女がポーチに出てきた。

―なぜ、最初からそういってくれなかったの？　といった。

顔立ちのよい娘だった。小柄で、ほっそりして、皮膚に張りがあった。髪の毛は茶色。この冷たい天気には似合わない、木綿のプリントドレスを着ていた。インマンは門柱の釘《くぎ》から鎖をはずし、ポーチまで歩いた。途中、身にまとった布を引き剝がし、一度よく振ると、ポーチの端の横木にかけて、水を滴らせた。背嚢と雑嚢をおろし、ポーチの乾いたところに置いた。そのまま降る氷雨《ひさめ》の中に立ち尽くし、女の言葉を待った。

―どうぞ、と女がいった。上がってくださいな。

―食事の代金は払う。インマンはそういって、ポーチに上がり、女のわきに立った。

―そりゃ貧乏なのはたしかだけど、みすぼらしい食事にお金までいただこうとは思わないわ。お出しできるのは、玉蜀黍《とうもろこし》パンがちょっとと隠元豆がちょっと。それで全部なんだもの。

女が向きを変えて家に入っていき、インマンもつづいた。部屋は暗かった。明かりは暖炉の火と、窓の脂紙から射《さ》し込むかすかな茶色の光。磨かれた木の床に反射するその光の中で、清潔な部屋が見てとれた。だが、納屋《なや》のように何もない部屋でもあった。家具といえるものはテーブルが一つ、椅子《いす》が二つ、あとは食器棚とロープ製のベッドが一つずつ。

ベッドの上のキルティング以外に、飾りというものがなかった。愛する人の写真も、イエスの絵も、雑誌の挿し絵さえも、この家の壁にはない。偶像禁止の教えがこの家にだけ徹底しているように思えた。マントルピースの上に小像はなく、暖炉の箒《ほうき》にさえリボンが結ばれていない。キルティングだけが目ににぎやかだった。このパッチワークの描き出す図柄はなんだろう。この国で知られ、名前を与えられているものではない。星形の花でもないし、飛ぶ鳥でもない。攪乳器《かくにゅうき》でも、ポプラの葉でもない。それは架空の動物の群れのように見えた。空想の黄道十二宮なのだろうか。くすんだ感じの赤と緑と黄色は、木の皮や花、木の実の殻から抽出されたものと思えた。キルティング以外には茶色一色のこの小屋で、生まれたての赤ん坊の赤い肌が痛々しかった。赤ん坊は固くくるまれ、松の枝で作った粗末な揺りかごに寝かされていた。枝には、まだ皮がついていた。

部屋の中を見回すインマンは、突然、自分の汚れを意識した。この清潔な閉じた空間にいると、着ているものが悪臭を放つのがわかった。長い旅で溜まった汗の強烈なにおいがする。長靴とズボンの脚は脛《すね》まで泥で固まり、インマンが歩くと足跡が歴然と残った。長靴を脱ごうかとも考えたが、靴下が腐った肉のように臭《にお》うことを恐れた。最後に靴を脱いだのは、いつのことだったろう。家はさほど古くなく、削られた木材のすがすがしい香りがかすかに残っていた。栗とヒッコリー。インマンだけがその香りに溶け込まず、一人不調和だった。

女は、椅子の一つを暖炉のわきまで引いていって、そこにすわるよう身振りで示した。インマンのぐしょ濡れの衣服から、すぐに薄い蒸気が立ちのぼりはじめ、ズボンの裾《すそ》から泥水が落ちて、木の床に小さな水溜まりをつくった。足元を見おろすと、暖炉の前の床が半円状にこすられ、そこだけ色が薄くなっていた。ロープで杭《くい》につながれた犬がぐるぐると歩き回り、届く範囲の土を円く踏み固める様子を思い出した。

火のわきの鉄棒には、隠元豆を入れた鍋《なべ》が蔓《つる》でぶら下がり、炉のダッチオーブンには、できたての玉蜀黍パンが一塊あった。女は皿に豆を山盛りにし、パンと、皮を剝いだ大きな玉葱《たまねぎ》を一つ添えて、インマンの前に置いた。さらに、湧《わ》き水を汲《く》んだ桶《おけ》と、柄杓《ひしゃく》ももってきた。

―食べるのはテーブルでもここでもいいけど、ここのほうが暖かいかしら、といった。

インマンは皿とナイフとスプーンを膝《ひざ》にとり、食べはじめた。脳の一部は礼儀正しさを命じていたが、犬に堕した中枢《ちゅうすう》がいうことをきかず、大きな音をたててかぶりつき、がつがつと食べ、絶対に必要なとき以外は嚙むことさえ省略した。玉葱を切る手間を惜しみ、林檎《りんご》のようにかじった。熱い豆を掬《すく》っては口に放り込み、脂っぽいパンの端をかじりとり、その食べ方の忙しさに自分でも恐れをなした。豆の汁が鬚から滴って、汚れたシャツの胸や腹に落ちた。呼吸を忘れて食べつづけ、苦しくなると慌《あわ》てて息をし、そのたびに鼻が笛のようにひゅうひゅうと鳴った。

やっとのことで、噛む作業の速度を落とした。柄杓に一杯、冷たい湧き水を飲んだ。女はもう一つの椅子を炉の反対側に引っ張ってきて、インマンをじっと見ていた。死骸《しがい》を食い散らす野生の豚でも見るように。嫌悪《けんお》しながらも、そのすさまじさに目が離せないというように。

―すまない、とインマンは謝った。何日も食べていないものだから。胡椒草と小川の水だけでな。

―すまながるようなことじゃないわ、と女がいった。抑揚のない口調で、女が許すつもりだったのか、いさめるつもりだったのか、インマンには解釈しかねた。

初めて女をまじまじと見つめた。青白く、細い体の少女だった。太陽も十分には射さないこんな谷間で、一人暮らすには似つかわしくない。きっと心もとなかろう。ドレスのいちばん上が山査子《さんざし》の長い棘《とげ》でとめられていて、ボタンも十分に買えない生活がうかがわれた。

―あんたはいくつだ？

―十八。

―おれはインマン。あんたは？

―セーラ。

―なぜ、こんなところに独りぼっちでいる？

―夫がいたの、ジョンていう。戦争に行って、しばらく前に死んでしまった。バージニアで殺されたんだって。この赤ん坊を見ることもなかった。だから、いまは二人だけなの。

インマンはしばらく何もいわずにすわっていた。あの戦争で死んだことの意味は何ったのか、と思った。死ぬ意味をいうなら、自分のこめかみにピストルを押し当て、後頭部を吹き飛ばしても同じだったのではないか。どちら側の男たちも……。

―誰か手伝ってくれる人はいるのか？

―誰も。

―どうやっているんだ？

―手押しの鋤《すき》があるから、これでできるだけのことをやるしかないわ。いま、丘に玉蜀黍畑と野菜畑を一つずつ作ってるけど、今年はどっちもあんまり出来がよくなかった。手回し臼《うす》があって、玉蜀黍は粉にひけるし、鶏が何羽かいて、卵もとれる。ほんとは雌牛もいたの。だけど、この夏に、山を越えてきた北軍の襲撃隊にやられちゃった。あるかなきかのちっちゃな納屋も燃やされたし、蜂《はち》の巣までもっていかれたのよ。おまけに斧《おの》を持ち出して、うちのブルーティック犬をそこのポーチで叩《たた》き殺していったわ。わたしを怖がらせたかったのね、きっと。この冬は、いまいる豚一匹で乗り切るしかないから、そのうち殺さなくちゃならないけど、ほんとうは怖いの。これまで一人で豚を殺したことなんてないから。

―助けがいるな、とインマンはいった。こんな細い体で豚の屠殺《とさつ》ができるとは思えなかった。

―わかっているけど、要ることと有ることとは、すぐには一致しそうにないから。家族はみんな死んじゃったし、近所には頼めるような人はいないし。ポッツがいるけど、あの人は、こういう仕事で頼れる人じゃないもの。必要なことは自分でやるしかないわ。

そんなことをしていたら、五年で老いてしまう。インマンはそう思って、この家に立ち寄ったことを後悔した。道端に倒れ、もう起き上がれないことになっても、あのまま歩きつづければよかった。自分さえその気になれば、今晩からでもこの少女の人生に踏み込み、死ぬまで懸命に支えてやることもできる――その気になれば……。そう思うと、悲しくなった。全世界が落とし罠《わな》になって、この少女の頭上にぶら下がっているような気がした。いまにも落下して、少女を押しつぶしそうに思えた。

外はほぼ暗くなり、部屋からも光が引いて熊《くま》の巣なみになり、あとは暖炉の放つ黄色い光だけになった。少女は両脚を伸ばし、暖炉の暖かさのほうへ突き出していた。灰色の厚手の靴下は男物。足首のところで折り曲げてあって、ドレスの裾が少し上に引かれ、細いふくらはぎを包む皮膚が見えた。その皮膚に添って細い産毛《うぶげ》がはえ、暖炉の光に柔らかく金色に光った。インマンの心は、何日もの断食でまだ混乱していたのだろうか。ふと、そのふくらはぎを撫《な》でてやりたい、と思った。おびえる馬をなだめるとき首を撫でてやるように、撫でてやりたい。それほどに、少女の体には絶望の色が濃かった。どちらからどう見ても、絶望の形が見えた。

—おれが手伝おう。ふと気づくと、そういっていた。時期はまだちょっと早いが、この天気なら豚を殺せる。

—そんなことはお頼みできないわ。

—頼まれたんじゃなくて、おれが申し出ている。

—じゃ、何かとの交換に……。その着ているものを洗濯して、繕ってあげるというのはどうかしら。ずいぶん必要に見えるもの。上着のそこの裂け目なんて、楔《くさび》を打ち込んで縫い付けてやってもいいくらい。そのあいだ、夫のものを着ていてくだされればいいわ。ジョンも同じくらいの背丈があったから。

インマンは上体を折り曲げ、また、膝の皿から食べはじめた。やがて、玉蜀黍パンの耳で豆の汁の残りを拭《ぬぐ》い取り、それも食べ終えた。女は何もいわず、また皿に豆を一盛りし、パンを一切れフォークでとってくれた。赤ん坊が泣きはじめた。インマンが二皿目にかかっているあいだ、女は部屋の薄闇《うすやみ》の中に戻り、横向きにベッドにすわると、ドレスのウエスト辺りのボタンをはずし、赤ん坊に乳を含ませた。

見まいとしたが、女の乳の丸さが目の端に入った。それは、きめの粗い光の中でふっくらと膨らみ、白く発光しているように見えた。やがて、赤ん坊を胸から引き剝《は》がすとき、一瞬、濡《ぬ》れた乳首の先端に光が反射した。

暖炉に戻ってきた女の腕には、折り畳んだ衣類の束があり、その上に清潔そうな長靴が一足のっていた。インマンは女に空の皿を返し、女がインマンの膝に衣類と長靴を置いた。

――ポーチに出て着替えてくださいな。そして、これを使って。

そういって、瓢簞《ひようたん》の底で作った洗面器に水を張って渡し、さらに灰色の石鹼《せつけん》と布切れを一枚よこした。

インマンは夜の闇の中に出た。金属製で、ポーチの端に洗濯板があり、その洗濯板の上に立つ柱に小さな鏡がかかっていた。かつてはよく磨いてあったに違いないが、いまは錆《さ》びはじめている。若いジョンが髭を剃《そ》る場所だったのだろう。黒い樫《かし》の木にはまだ枯れ葉がしがみつき、そこに細かな氷の粒が音を立てて落ちていた。だが、谷の入り口のほうに目をやると、雲の切れ間から月が姿を現し、その表面をかすめて、千切れ雲がつぎつぎに飛び去っていくのが見えた。このポーチで、女の目の前で、襲撃隊は犬を殺したという。インマンはその犬のことを考えながら、寒さの中で裸になった。脱いだ服は、剝がれた毛皮にも似て、濡れて重く、だらりと床に落ちた。鏡を見ずに、石鹼と洗い布で強く体をこすった。最後に、瓢簞に残った水を頭からかぶり、渡された服を着た。死んだ男の服は、何度も洗濯して薄く柔らかくなっていたが、よく体に合った。長靴も、インマンの足にあつらえたようにぴったりだった。だが、どこかに別の人生の殻をまとっている感じがあった。家に入りながら、幽霊もこんな気持ちだろうか、と思った。過去の形を保っていても、きっと借り物のような感じがしているのではなかろうか。

セーラは獣脂蠟燭に火をともし、テーブルにのせた桶の中で食器を洗っていた。光の周辺の空気が濃く見えた。近くにあって光を反射する物体には、どれにも光の輪がある。それより遠くの陰の中のものは、存在を完全に消し、ふたたび現れることもないように思える。テーブルの上に屈《かが》む少女の背中は、美しい曲線を描いていた。おれの将来がどれほど向こうまで伸びても、この形が再現されることはあるまい、と思った。これは心に刻み、とどめておくべきもの。老人になったとき、この記憶は役に立つ。時の経過を押しとどめることはできなくても、きっと慰めになる。

インマンは、また暖炉わきの椅子にすわった。やがて、女も来た。二人は黙ってすわり、赤い火を見つめつづけた。女が目を上げた。美しい顔には、解読不能な表情があった。

——納屋があれば、そこで寝ていただくところだけど、といった。でも……。

——おれなら玉蜀黍小屋でいい。

女はうなずくように視線を火に戻し、インマンはまたポーチに出ると、荷物と蠟《ろう》引きの布を抱え、家の後ろの玉蜀黍小屋に回った。雲が本格的に散り、月が現れていた。その光の中に近くの風景が浮かび上がり、形をなしはじめていた。空気は冷たく、明朝の凍る寒さを予告していた。インマンは小屋に入り込み、玉蜀黍の山を掘って、できるだけ平らに毛布を広げた。谷の上のほうで梟《ふくろう》が何度か鳴き、鳴くたびに音階を少しずつ降りてきた。豚が身動きし、鼻息を何度か響かせたが、すぐに静まった。

冷たい、眠りの浅い夜になりそうだ、と思った。だが、裸の地面に寝ることに比べたら、どれほどましなことか。青い月の光が鎧板《よろいいた》から縞《しま》状に射し込んでいた。その光の中で雑嚢《ざつのう》からルマットを取り出し、十発とも装塡《そうてん》されていることを確かめた。セーラの死んだ夫のシャツのすそで拭うと、半撃ちにして枕元《まくらもと》に置いた。つぎにナイフを取り出し、靴底のきれいな縁で刃を研いだあと、毛布に丸まって眠った。

いくらも眠っていなかったろう。枯れ葉を踏む足音で目覚めた。玉蜀黍をがさつかせないよう、ゆっくりと手をピストルに伸ばした。足音は、小屋から十歩ほどのところで止まった。

——家へ戻ってくださいな。セーラはそういうと、向きを変え、歩み去った。

インマンは玉蜀黍の山から身を起こし、立ち上がると、ピストルをズボンの腰の内側に差した。仰向いて、谷の狭い空を見た。オリオン座が高く上がり、こちらの稜線《りょうせん》からあちらの稜線へ、谷をまたいでいるように見えた。この狩人《かりゅうど》には迷いがない。自分の心を知り、それに従っている。インマンは家に向かって歩いた。脂紙《あぶらがみ》の窓が日本提灯《ちょうちん》のように光っていた。中に入ると、暖炉に新しいヒッコリーの薪《まき》が足され、炎が高く上がっていた。部屋は、これ以上ないほど明るく、暖かかった。

セーラはベッドに入っていた。編んでいた髪がほどかれ、肩に濃くかぶさって、月の光に輝いていた。インマンは暖炉に行き、小さなマントルピースにピストルを置いた。揺りかごが火の近くに引き寄せられ、赤ん坊が顔を下にして眠っていた。白っぽいにこ毛の生えた丸い頭だけが、覆《おお》いの下から突き出していた。

—大きなピストル。そんなのをもって、無法者みたい、と女がいった。

—おれはいったい何なのだろう。どういう名前で呼ばれるものなのか、自分でもよくわからない。

—わたしが何かお願いしたら、きいてくださるかしら？

たぶんとか、できればとか、何か条件のついた答えをすべきだろうと思った。だが、実際には、ああ、と答えていた。

—ここへ来て、いっしょに寝ていただける？　でも、それ以外は何もしないで。そうしてくださる？

インマンはセーラを見て、その目には何が見えているのだろうと思った。夫の服を着た怪物だろうか。半ば望み、半ば恐れていた霊の降臨だろうか。インマンの目は、女を覆っているキルティングを見た。どの枠にも角張った獣が描かれていた。目が大きく、四肢が短く、不格好で、紋章のように見える。夢に出てきた動物を思い出しながら、印象をパッチワークにしたように見える。肩は筋肉で盛り上がり、足には何本もの棘が生え、咆哮《ほうこう》する口は大きく開かれて、長い歯で埋まっている。

――そうしてくださる？女がもう一度いった。

――ああ。

――きいていただけると思った。そう思わなければ、きっとお願いしていなかった。

インマンはベッドに行き、長靴を脱ぐと、服を着たままキルティングの下に潜り込み、仰向けに横になった。ロープの上に敷かれたマットレスには新しい藁《わら》が詰められ、乾いた秋の甘いにおいがした。そして、そのにおいの下にセーラ自身のにおいがあった。花が地面に落ちたあとの濡れた月桂樹の香り、と思った。

装塡し、撃鉄を起こした散弾銃でもあいだにあるかのように、二人は並んだまま、ぴくりとも動かなかった。だが、数分すると、女のすすり泣きが聞こえてきた。

――行ったほうがよければ、出ていくが……。

——お願い、黙って。

女はしばらく泣きつづけ、やがて泣きやむと、起き直り、キルティングの隅で目を拭った。そして、夫のことを語りはじめた。インマンが口を開いて何かいいかけると、お願い、黙って、と制止した。インマンに望むのは、ただ話を聞いてくれることのようだった。女の話に特別のことはなかった。これまでの人生を語った。ジョンとどう出会って、恋に落ちたか。この小屋を建てるときは、ジョンと並んで男みたいに働いたこと。木を切り倒し、枝葉を落として削り、重ねて、隙間《すきま》を埋めたこと。この土地に——インマンには生活が成り立つかどうか疑わしく思えるこの土地に——予定していた幸せな生活のこと。この四年間の厳しい生活のこと、ジョンの死、食べ物の不足。唯一《ゆいいつ》楽しかったことは、ジョンが短い休暇で帰郷したこと。幸せいっぱいで、その結果が、暖炉のわきで眠る赤ん坊であること。この赤ん坊がいなかったら、わたしをこの世につなぎとめておくものは何もない、とセーラはいった。

最後に、外のあれはいい豚よ、といった。ずっと森の中で栗《くり》の実を食べて育った。森から連れてきてからは、澄んだラードがとれるように、もう四週間、玉蜀黍を食べさせている。太って、目なんかもうふさがってしまいそう。

話し終えると、女は腕を伸ばし、インマンの首の傷に触れた。最初はほんの指先で触れ、つぎに掌《てのひら》全体で覆うようにし、しばらくそのままにしていたが、やがて離した。

横になり、背中を向けると、その呼吸はすぐに深く、規則正しくなった。この女の生活は、嘆きと苦しみの瓶詰めのようだ、と思った。一匹の豚が栓となり、あふれないようにふさいでいる。そんな寂しく心細い生活を他人に語るだけで、きっと少しは心が静まるのだろう、とインマンは思った。

くたびれていたが寝つけず、セーラが眠る横で、天井に踊る火の影を見ていた。暖炉の薪が小さくなり、火は弱まっていった。

優しさの籠《こ》もる手であれなんであれ、女の手で触れられたのはいつ以来だろう、と思った。そのあいだに、自分は以前とまったく別の生き物に変わってしまった。救われない者として、罪を担《にな》いつづけるのが運命。女の優しさなど永久に許されないものとなり、この人生は暗い過《あやま》ちになった。悲しみの絶えない、インマンの病んだ心には、セーラの腰に手を伸ばし、引き寄せ、朝まで寄り添って眠ることなど思いもよらなかった。ようやく訪れた眠りは、キルティングが送り込んだ夢で乱された。あの幻獣に追いかけられ、暗い森の中を逃げ惑っていた。どこをどう向いても、逃げ込める隠れ家はなかった。その暗い世界の全体が、陰惨な決意のもとに、ただ一人のインマンに立ち向かってきた。すべてが灰色と黒のその世界で、幻獣の牙《きば》と爪《つめ》だけが月のように白かった。

インマンは揺り起こされた。セーラが肩を揺すぶり、早口で何かをいっていた。起きて、出ていって。

夜が灰色に明けようとし、家の中は凍りつきそうに寒かった。道にかすかに馬の音が聞こえ、この家に近づきつつあった。

―早く、とセーラがいった。自警団か襲撃隊かわからないけど、あなたがここにいないほうが、お互いのためだから。

セーラが裏口のドアに走り、それを開けた。インマンは長靴に足を突っ込み、マントルピースのルマットをとると、外へ駆け出した。泉の向こうの木立と藪《やぶ》まで全力で走り、中に飛び込んで、まず身を隠した。それからじりじりと動き、家の前面が見える位置まで移った。都合よく、捻《ね》じれた月桂樹の濃い茂みがあって、そこに潜んだ。月桂樹の下にたまる闇の中を這い、二股《ふたまた》になった幹の後ろに張りつくと、身を隠したまま、そっと家のほうをのぞいた。凍った地面が足元でざくりと音を立てた。

セーラがナイトガウンのまま、凍った地面を裸足《はだし》で豚小屋に走っていくのが見えた。豚小屋の入り口に渡した横棒を落とし、豚を外へ誘い出そうとしたが、豚は立ち上がらない。セーラは泥だらけの豚小屋に入り込み、豚を蹴飛《けと》ばした。汚泥《おでい》の表面に張った氷が割れ、中に沈んだ足は、振り上げられたとき、泥と豚の糞《ふん》で真っ黒になっていた。豚はやっと起き上がり、歩きだしたが、巨体に加えて腹が低く垂れ下がり、地面に転がった入り口の横棒さえもまたぐのに苦労した。ようやく豚小屋を出て、セーラの命令どおり森に向かい、歩き方に勢いがつきはじめたとき、道の下のほうから声がした。

—そこで止まれ。

青い制服が見えた。北軍兵士が三人、みすぼらしい馬にまたがっていた。下馬し、正面の門から入ってきた。二人は左腕にスプリングフィールド銃を構えている。銃口は下向きながら、指は用心鉄《ようじんがね》の内側にある。三人目の男はピストルをもっていた。これはネイビーリボルバー。上に向け、上空の鳥でも撃つような構えながら、その目はまっすぐセーラを見据えていた。

ピストルの男がセーラに近づいた。地面にすわれといい、セーラが従うと、豚もその横に寝転がった。ライフル銃の二人はポーチに上がり、家に入った。一人が掩護《えんご》して、もう一人がドアを開け、先に中に踏み込んだ。家に入った二人はしばらく出てこず、そのあいだ、ピストルをもった男はセーラの横に立ち、顔を見るでも話しかけるでもなく、ただ待っていた。家の中からは、ものがぶつかる音、壊れる音が聞こえていたが、やがて二人が出てきた。一人の指先に赤ん坊がぶら下がっていた。鞄《かばん》でももつように、くるんでいる布の襞《ひだ》に指をひっかけていた。赤ん坊が大声で泣き出し、セーラが立ち上がりそうにしたが、ピストルの男に押し戻され、凍った地面にまたすわりこんだ。

三人の北軍兵士は庭で何事か相談を始めた。赤ん坊の泣き声と、その赤ん坊を返してくれと懇願するセーラの声に邪魔され、相談の内容は聞き取れなかった。だが、声の調子はわかった。ハンマーで打ち叩《たた》くような平べったい早口。そのアクセントを聞いているうちに、激しく反撃したい気持ちがむらむらと沸き上がってきた。だが、ルマットで確実に狙《ねら》うには、距離がありすぎる。たとえ距離が適当でも、どうすればセーラと赤ん坊と自分自身に死をもたらさずに攻撃できるのか、インマンにはわからなかった。

突然、話の内容が聞こえた。三人はセーラに金のありかを尋ねていた。どこに隠してある……？　それが目当てか、とインマンは思った。財産なんて、いま目に見えているこれだけしかない、とセーラはいい、おそらく、それが真実に違いなかったろう。だが、三人は何度も何度もしつこく尋ねた。最後にはポーチまで引き立てていき、ピストルの男がセーラの両手を後ろで押さえているあいだ、ライフル銃の一人が馬に戻り、ズック製の鞍嚢《あんのう》から古びた革紐《かわひも》を取り出してきた。鋤《すき》につける革紐のように見えた。ピストルの男はそれでセーラを柱に縛りつけ、赤ん坊を指で差した。一人が赤ん坊をくるんでいる布を剝《は》がし、凍りついた地面に裸同然で転がした。今日一日かけてもいい、とピストルの男がいい、セーラが絶叫した。

男たちはポーチの端にすわり、足をぶらぶらさせて、雑談を始めた。刻みタバコを紙で巻き、それを唾《つば》で濡《ぬ》れた端まで吸い尽くした。やがて、ライフル銃の二人が馬のところに行き、サーベルをもって戻ると、宝に行き当たることを期待して、冷たい庭のあちこちを突き刺して回った。そのあいだ赤ん坊は泣きつづけ、セーラは懇願しつづけた。ピストルをもった男がゆっくりとポーチの端から立ち上がった。セーラのところまで歩き、銃身を両脚の合わさり目に当てて、どうやらほんとうにないようだな、といった。他の二人も寄ってきて、そばに立って見ていた。

インマンは森を通って家の裏口に戻りはじめた。ポーチと自分とのあいだに家を置くことが第一、と思った。裏手からそっと横に回り、ポーチの三人を襲う。向こうに見られるまえに、少なくとも一人は撃ち倒しておきたかった。まずい攻撃計画ではあっても、見通しのよい庭からいきなり突撃するよりはましだろう。自分も女も赤ん坊もきっと殺されるだろうと思ったが、ほかにこの状況から抜け出す方法を思いつかなかった。

だが、さほど移動しないうちに、男たちがセーラから離れた。インマンも止まり、状況をうかがった。こちらに有利な勢力分散が起こらないか、と期待した。ピストルの男が馬に戻り、ロープをとると豚のところまで歩み寄り、それで首を縛った。ライフル銃の一人がセーラを柱から解き放ち、もう一人が地面の赤ん坊の片腕をつかんで拾い上げると、セーラに押しつけた。そして、二人で庭の鶏を追いはじめた。雌鶏《めんどり》を三羽つかまえ、脚を紐で縛って、鞍《くら》の後ろに逆さまにぶら下げた。

セーラは赤ん坊をしっかり抱きしめていた。だが、ピストルの男が豚を引き立てていくのを見ると、うちにはその豚しかないの、と叫んだ。それをもっていくなら、いま二人の頭を砕いて、殺していって。結局、同じことになるんだから。だが、男たちは馬に乗り、道をもと来たほうに戻りはじめた。豚はピストルの男の綱に引かれ、懸命に小走りでついていき、道を曲がって見えなくなった。

インマンはポーチに駆け寄り、セーラを見上げた。赤ん坊を暖めてやれ、といった。それから、火を起こせ。頭まで炎が上がるほど大きく。そこに大鍋《おおなべ》をかけて湯を沸かしておいてくれ。そういいおいて道を駆け去った。

インマンは北軍兵士の跡をつけた。森の端に身を隠して移動しながら、おれはいったい何をするつもりなのか、と思いつづけた。何かが起こってくれないものか、と願いながら歩いた。

三人はさほど遠くまで行かなかった。せいぜい二、三マイル。道から岩だらけの小さな谷にそれると、入り口にある窪《くぼ》みを下り、そこからこんどは少し上がって、針槐《はりえんじゅ》の若木に豚をつないだ。流れの速い谷川のわきに陣取り、そこに張り出している岩棚の下で火を起こしはじめた。今夜はここで野営し、腹一杯食らうつもりなのだろう。必要とあれば、豚をこの場で殺すかもしれない。インマンは森を通って遠回りし、三人の真上の岩棚に出た。岩陰に隠れ、様子をうかがっていると、男たちは二羽の雌鶏の首をひねり、その羽根をむしって、内臓を抜いた。木の枝に串刺《くしざ》しにして、火にあぶりはじめた。

三人は岩にもたれてすわり、鶏が焼き上がるのを待っていた。故郷のことを話しているのが聞こえた。ライフル銃の二人はフィラデルフィアの出身。ピストルをもった男はニューヨーク。家が懐《なつ》かしい、早く家に帰りたい、と話していた。そうしてくれていたらどんなによかったか、とインマンも思った。これからやろうとしていることを、できればやりたくはなかった。

岩棚の縁に沿って、ゆっくり、静かに移動した。少し行くと、岩棚は下って地面と同じ高さになった。露出した巨岩の縁に浅い洞窟《どうくつ》があり、頭を突っ込んでみると、深さはほんの十フィートほど。かつては浣熊《あらいぐま》狩りの一行が雨宿りに使っていたものらしく、入り口に、火を焚《た》いた跡が黒い輪になって残っていた。もちろん、もっと古い時代から使われていたものだろう。洞窟の壁にいろいろな記号が書き残されている。奇妙な角張ったしるしは、失われた文字ででもあるのだろうか。いまの人間には、AとZの区別もつかない。ほかに、見かけない獣の絵もあった。この地表からとうに消え失《う》せた獣なのか。それとも、いまは古瓢箪《ひょうたん》のように空っぽになった頭蓋骨《ずがいこつ》に住んでいた、空想世界の住人だったのか。

インマンは洞窟から離れ、こんどは岩棚の周囲をめぐるようにして、谷川沿いに下りながら野営地に近づいた。男たちの視野から少しはずれたところに栂《つが》の大木があった。低いところから枝が伸びていて登りやすく、地面から十フィートほどよじ登ると、枝に立って、黒い幹にぴったりと身を寄せた。虎斑木菟《とらふずく》が、昼間、こうやってじっと身を隠しているのを見たことがある。野生の七面鳥をまねて三回鳴き、しばらく待った。男たちの話し声が聞こえた。何をいっているかはわからなかったが、すぐに、ピストルをもった男がゆっくりと目の前に歩いてきた。インマンのいる木の真下に来て、立ち止まった。足元に、男の帽子のてっぺんが見えた。男はピストルを腋《わき》の下にはさみ、帽子をぬいで、いちど髪を手でなでつけた。後頭部がはげかかっていて、頭皮にポーカーチップほどの白い場所がある。インマンはその場所に狙いをつけた。

—おい、と呼んだ。

男が仰向き、インマンが発射した。仰向いたことで角度が狂い、はげた場所をはずした。弾は肩に当たり、首の付け根から入って腹を破裂させた。激しい嘔吐《おうと》にも似た、鮮やかな色のものが噴出した。男は、脚の骨が突然溶けたかのように地面に倒れ、両腕で地面を掻《か》き、這《は》って逃れようとした。だが、地面はもう男の手でつかめないものになっていた。ごろりと仰向けに転がり、あの衝撃とともに打ちかかったのはどんな襲撃者か……と、目で探していた。二人の目が合い、インマンは挨拶《あいさつ》代わりに二本の指で帽子のつばに触れた。男は、深い混乱の中で死んだ。

—どうだ、とれたかい？　下のほうから呼ぶ声が聞こえた。

あとは比較的簡単に運んだ。木からおり、さっきの道を逆にたどった。横に回り込むようにして長い岩棚の背後を通り、こんどは川下から男たちの野営地に近づいた。石楠《しゃくな》花《げ》の藪に潜んで、じっと待った。

　ライフル銃をもつ二人の男は、火のわきにすわったまま、死んだ男を何度も呼んでいた。男の名前はイーベン。いくら呼んでも返事はなく、二人はスプリングフィールド銃を取り上げて、上流へ様子を見に出かけた。インマンは木立に隠れながら、跡をつけた。やがて、なかば引き千切られたイーベンの死体が見つかり、男たちはしばらくその死体をながめながら、どうすればいいかを話し合っていた。ほんとうは、ここで起きたことを忘れてしまいたかったろう。さっさと尻尾《しっぽ》を巻いて、家に逃げ帰りたかったろう。それは声の調子から明らかだったが、そうはいかないことは二人にもわかり、インマンにもわかっていた。二人は殺人者を追わなければならない。そして、追う先は上流になる。上流に逃げたとしか、二人には考えられないだろうから。

　インマンもそっとつづき、後ろから谷を登った。二人は、谷川の岸近くに密度濃く生える大木のあいだを進んでいた。川からあまり離れると、道を見失うのが怖い。森には馴染《なじ》みのない都会育ちのうえ、これからやろうとする殺人のことが心にのしかかり、口数が少なくなっていた。二人にとって、ここは人跡未踏の地にも等しい場所。おずおずと注意深く歩んでいたのだろうが、インマンの目には、都会の大通りでも歩いているつもりか、と映った。懸命に殺人者の足取りに目をこらしていても、泥の中に深く大きな足跡でも残されていないかぎり、二人の目には何も見えなかったろう。

インマンは徐々に二人との距離をせばめ、最後には、手を伸ばせば襟に触れられそうな背後まで迫った。そして、ルマットで撃ち倒した。最初の一人は背骨と頭蓋骨の継ぎ目辺り。貫通する弾に額の大部分をもっていかれ、男はどさりとその場に倒れた。もう一人は、体の向きを変えようとする瞬間に、腋の下。意外にも致命傷にはならず、がっくりと膝《ひざ》をつきながら、まだライフル銃をにぎっていた。

—家にとどまっていれば、こんなことにならずにすんだ、とインマンはいった。男は長いスプリングフィールドの銃身を旋回させ、インマンに狙いをつけようとしたが、そのまえに胸を撃ち抜かれた。あまりに近くからの銃撃で、ルマットの吐いた火が男の上着を燃やした。

フィラデルフィアの二人が倒れた場所は、洞窟からさほど上流ではなかった。インマンは二人を洞窟に引きずり込み、並んですわらせておくことにした。スプリングフィールド銃ももってきて、男たちのわきの壁に立てかけた。つぎに谷川を下り、栂の大木まで戻った。見ると、三羽目の雌鶏が足の紐をほどいて逃げ出し、ニューヨークの男、イーベンの破れた腹に頭を突っ込んでいた。破裂した内臓の、色とりどりの肉をついばんでいた。

インマンは男のポケットを探り、刻みタバコと紙を見つけた。そのまま地面にしゃがみ込み、雌鶏の食事をながめながら、タバコを紙に巻いて吸った。吸い終わり、長靴の踵《かかと》で火を踏み消すとき、ある聖歌を思い出した。普通は対位法で歌われるが、インマンは歌詞を心に思い浮かべながら、それをハミングした。

死への恐れは永久《とわ》に除かれたり
死して、われはふたたび生きん
水晶の川のほとりで魂は歓喜す
死して、われはふたたび生きん
ハレルヤ、ふたたび生きん

インマンは、目の前にあるものをどうとらえればよいか、と思案した。フレデリックスバーグとマリーズハイツの丘を思い、ピーターズバーグと爆弾破裂孔の底を思い、あれと比べれば、これはなんでもない、と結論した。どちらでも、おれは大勢の人間を殺している。その多くは、きっとこのイーベンより善人だった……。そう思いながらも、これは決して他人には明かせない物語だ、とも思った。
インマンは立ち上がり、鶏の脚をつかんで、ニューヨークの男の体から引き離した。そのまま川まで運び、ざぶざぶと水に浸けて真っ白な羽根に戻してやると、北軍兵士の紐で両脚を結わえなおし、地面に転がした。鶏はしきりに頭をねじり、急に世界への関心と生きることへの熱意が高まりでもしたかのように——と、インマンには思えた——その黒い目で世界をきょろきょろとながめはじめた。

インマンはイーベンの両足をもち、ずるずると洞窟までひきずっていくと、戦友といっしょに中にすわらせた。洞窟の大きさは、三人が円陣を組んですわるのにちょうどよい。三人のすわる姿からは、酔《よ》っ払いがこれからトランプでもやろうかという雰囲気が感じとれる。だが、どの顔も眉《まゆ》をひそめ、困惑していた。顔の表情から見ると、死はメランコリーのように、魂の憂鬱《ゆううつ》のように、徐々に体内に浸透していったようだ。インマンは洞窟入り口の焚き火跡から炭になった枝を一本とり、前夜、夢の世界で自分を追いかけてきた獣を壁に描いた。セーラのキルティングにあった幻獣たち。その角張った体は、鋭いもの、固いものの前で人間の体がいかにもろいかを思い出させた。壁に刻まれた古い絵は、チェロキーのものなのか、それ以前にここに来た人々のものなのか。インマンの絵はそこに溶け込んで、よい仲間となった。

インマンは野営地に戻り、馬を点検した。陸軍の烙印《らくいん》が押されているのを見て、心が重くなった。鞍と轡《くつわ》をはずし、三度往復して、すべての荷物を洞窟に運び込んだ。ただ、雑嚢《ざつのう》一つを残し、焼き上がった二羽の鶏をそこにしまった。馬を洞窟のずっと上流まで引いていって、撃ち殺した。頭に一発ずつ。楽しい仕事ではなかったが、烙印が押されているのではしかたがない。これ以外の処分方法では、いずれ自分とセーラに災いが及ぶ危険がある。そのあと、また野営地に戻って、生きている鶏を料理ずみの鶏と同じ雑囊に放り込み、肩にかけた。豚を針槐から解き放ち、ロープを引っ張って、その場所を立ち去った。

小屋に戻ると、セーラが庭に大きな火を燃やしていた。その上に黒い大鍋がかかり、湯が煮えたぎって、ひんやりした空気中に湯気の雲を噴き上げていた。藪《やぶ》の上には、すでに洗いあがったインマンの服が広げてあり、乾きつつあった。インマンは仰向き、太陽を見た。まだ朝のうちであることを知り、あれだけのことがあったのに……と、信じられない思いがした。

二人は丸焼きの鶏で早めの昼食をすませ、仕事にかかった。二時間もすると、豚は屠《ほふ》られ、湯づけされ、毛を削《そ》ぎ落とされて、後ろ足の腱《けん》に通した鉤《かぎ》で木の大枝に吊《つ》るされていた。地面に置かれたいくつかの桶《おけ》で、内臓と血が湯気を上げていた。セーラはこれからラードを作る。板状の脂肪を手にとり、レースのショールか何かのように透かして見ていたが、やがてくしゃくしゃに丸めると桶に入れ、精製にかかった。インマンは斧《おの》で胴を解体した。背骨の両側を切り裂いて、全体を二つの肉の塊にした。さらに関節に沿って斧を入れ、豚肉の通常の部位に切り分けていった。

二人は夕闇《ゆうやみ》近くまで働きつづけた。すべての脂肪をラードに精製し、内臓を煮込み用に丹念に洗い、肉の切れ端や屑《くず》を挽《ひ》いて腸詰にし、腿肉《ももにく》とばら肉を塩漬けにした。頭も、血を抜いてから塩漬けにした。

すべての作業が終わり、二人は手足と顔を洗って家に入った。セーラが夕食の準備にかかり、インマンは待っているあいだ、ラードをとったあとの滓《かす》をかりかりと嚙《か》んだ。これは、やがて玉蜀黍パンに混ぜられる。セーラは玉葱《たまねぎ》と胡椒《こしよう》をたっぷりきかせ、肝臓と肺臓のシチューを作った。どちらの臓器も保存がきかない。二人は食べ、いちど食べ終わって休んだのち、また食べた。

——鬚《ひげ》を剃《そ》ってみたら？　と夕食後にセーラがいった。きっと見栄《みば》えがよくなると思う。

——剃刀《かみそり》を貸してもらえるなら、やってみてもいいが。

セーラはトランクに行って中を掻き回し、剃刀と、油を染《し》み込ませた重い革砥《かわと》をもってきた。それをインマンの膝に置いた。

——これもジョンのもの、といった。

髭剃り用に水桶から十分な水を黒い鍋に汲《く》み、それを火にかけて暖めた。蒸気が上りはじめると、小さな瓢箪の洗面器にあけ、ブリキの蠟燭《ろうそく》立てに蠟燭をともした。インマンはそれを全部抱えて外に出て、ポーチの端にある洗濯板の上に並べた。

まず、剃刀を研ぎ、鬚を濡《ぬ》らした。剃刀を持ち上げたとき、ジョンのシャツの袖口《そでぐち》に茶色い血の染みができていることに気づいた。男か豚か、どっちかのだ、と思った。金属製の鏡をのぞき、顔の端に剃刀の刃を当てると、ちらつく蠟燭の明かりのなかで剃りはじめた。

一所懸命に毛を剃りとり、剃刀の切れ味が鈍くなると、研ぎなおしてまた剃った。鬚は、戦争の二年目からずっと剃ったことがない。この数年間で初めて自分の素顔を見ることに、複雑な思いがあった。剃ることをやめていたのは、髭剃りのあいだずっと自分の顔を見ているのが嫌だったことが一つ。それと、過去二年間は剃刀をきちんと持ち歩くことや、湯を沸かすことが難しかったことがもう一つ。さらに、剃らなければ、失敗することが一つ少なくてすむようにも思えた。

なかなか時間のかかる仕事だったが、ようやく顔がむき出しになった。鏡のあちこちに茶色の錆《さび》が浮きはじめていて、インマンの目には、そこに映っている青白い顔の傷とも見え、かさぶたとも見えた。鏡の中から見返してくる目は細く、斜視のような感じまであって、これは見覚えがないが……と思った。顔のやつれと窪《くぼ》みの影の濃さも、ただの飢えのせいとは思えなかった。

向こうでにらんでいるこの顔は、きっとセーラの年若い夫とはまったく違うだろう、と思った。ジョンの童顔があるはずのところに、どこかの殺し屋の面相がはまり込んでいる。冬、暖炉の前にすわっていて、ふと暗い窓を見上げたとき、この顔がにらみ返していたら、どんな衝撃を受けるだろう。どんなひどい発作や痙攣《けいれん》を引き起こすことだろう。

だが、これは自分のほんとうの顔ではない、とも思った。いずれ時間とともによくなっていくはずだ、と信じた。そう信じられるところがインマンの強さだったろうか。

部屋に戻ると、セーラがにこりと笑い、少しは人間らしくなったわ、といった。

二人は暖炉の前にすわり、火を見つめた。セーラの腕に抱かれた赤ん坊が、苦しそうなしわがれた咳《せき》をしていた。生きて冬の終わりを迎えることは難しかろう、とインマンは思った。腕のなかでむずかり、なかなか寝つこうとしない赤ん坊のために、セーラは歌をうたいはじめた。声を恥じるような――自分の人生が声として外に現れるのを嫌がるような――歌い方だった。歌いはじめたとき、何かが喉《のど》をふさいでいて、強く力を込めないと歌が出てこなかった。胸にたまった空気の力はどこかに行き場所を探したが、顎《あご》は固く閉じて前に突き出され、口も結ばれて、歌の道は閉ざされていた。しかたなく遠回りをし、鼻に抜け道を見つけた。その鼻声には、聞いていて苦しくなるほどの寂しさがあった。

歌声は甲高い叫びを薄暮の中に運んだ。声色は絶望と憤《いきどお》りを語り、どこか下のほうにパニックの気配を秘めていた。喉をふさぐものに逆らって歌う。インマンには、これまでに見た何よりも勇敢な行いに映った。厳しい戦いを、甚大《じんだい》な被害に堪えてようやく引き分けにもちこむのを見ているような気がした。セーラの振り絞る歌声は、今日まで生き長らえた前世紀の女の声のように、老いて、疲れ果てていた。若い娘の歌声ではない。若い頃に美声でならしたという老婆《ろうば》なら、声の衰えを逆手にとった歌い方と評することもできただろう。衰えを受け入れ、それと和解し、かえって利用する――その模範例といえたかもしれない。だが、セーラは老女ではない。若い娘の老いた声は、聞く者の心を騒がせ、逆なでした。そんな母親の歌声に、赤ん坊がいっそう泣き叫ぶことは当然と思われたが、実際はそうはならなかった。赤ん坊は子守歌を聞くように慰められ、母の腕の中で眠りはじめた。

「美しいマーガレットと優しいウィリアム」は、古い歌だという。だが、インマンは聞いたことがなかった。子守歌ではない。歌の言葉は恐ろしい物語になっていた。

　わたしは夢に見た、赤い豚の群れた部屋
　赤く血塗られた花嫁の床《とこ》

それを終えると、「さすらいの旅人」に移った。最初はただハミングし、足で拍子をとっていた。やがて歌いはじめたが、そのときはもう音楽とはいえないものになっていた。病んだ魂が不毛な孤独を吐露し、悲鳴を上げていた。そこから感じとれるものは痛みしかなかった。鼻に鋭い一撃を食らった直後の、圧倒的で混じりけのない痛み。歌が終わったあとの長い沈黙が、ときどき、暗い森の中で鳴く梟《ふくろう》の声で破られた。死と孤独を扱い、霊の世界を少なからず背負っている歌には、ふさわしい終わり方だったろう。

セーラの捧げた音楽には、慰めの要素などかけらもなかった。赤ん坊の慰めになるはずはなかったし、それ以上にインマンの慰めにもならなかった。これほどに暗く非情な歌に、悲しみを和らげる効果など、とうていありえないと思われた。だが、なぜだったろう。その夜、二人はほとんどしゃべることもなく、ただ火の前に並んですわっていた。生きるための作業に快く疲れ、休息できることに満足し、幸せすら感じていた。そして、夜も更《ふ》けた頃、二人はまた一つのベッドに入って眠った。

翌朝、インマンは豚の脳みそを食べた。半茹《ゆ》でにし、イーベンの内臓をついばんでいた鶏の卵とかき混ぜて食べた。そして、また旅をつづけた。

心の満たされる日

秋になると、エイダとルビーは長い時間を林檎《りんご》畑で過ごし、重く実った林檎を摘んだ。皮をむき、輪切りにし、ジュースを絞った。

快適な作業だった。木々のあいだでの収穫は、汚れることも少ない。雲のない空は青く澄み、空気が乾いている。真昼でさえ光はもろく、斜めに射《さ》し、その角度を見ただけで、もう一年が終わりかけていることがわかる。

二人は朝早く、梯子《はしご》をかついで出かけた。林檎畑の草には、まだ露が降りている。木に梯子をかけ、枝の高さまでのぼった。袋に林檎を詰めていると、袋がしだいに重くなり、支えている枝がしなって、梯子が揺れた。もってきた袋を全部いっぱいにしてから、橇《そり》をつけた馬を林檎畑に引いてきて、袋をのせて家に運び、空けた。これを何度も繰り返したが、さほどの重労働ではない。あの草刈りのときと違い、夜、ベッドに入ってからエイダの心に呼び起こされる光景も、平和で静かだった。赤色や黄色の林檎で枝がたわみ、その向こうに深く青い空が見える。手が掌《てのひら》を上にして伸ばされ、林檎に触れようとしているが、もう少しのところで届かない。

長いあいだ、二人は食事のたびに林檎を食べた。フライにし、シチューにし、パイにし、ソースにした。輪切りにして乾燥させ、布の袋に詰めて、台所の天井に吊《つ》るしておいた。ある日、庭に火を起こし、大きな鍋《なべ》いっぱいに林檎ペーストを作った。あまりの量に、二人で鍋のわきに立ち、手にした大きなへらで中身を掻《か》き回した。『マクベス』に出てくる魔女みたい、これじゃ秘薬の調合だわ、と思った。林檎ペーストはどろりと濃く、スパイスや赤砂糖で古い馬具の色に変わっていた。それをいくつもの甕《かめ》に詰めた。間違いなく一年間は食べられるだけの量がある。病気になったり風で落ちたりしたくず林檎からは、林檎酒を作った。搾《しぼ》り滓《かす》は豚にやった。これで肉が甘くなる、とルビーがいった。

やがて林檎酒のアルコール度が上がり、十分に飲めるほどになった。ある日の午後、ルビーが物々交換にでかけた。下流のアダムズ家で牛を一頭殺したらしい。これでどのくらいの肉が手に入るか試してみようといい、林檎酒を二瓶とった。出がけに、エイダに二つの仕事をいいつけていった。一つは、下の畑から出た雑草の山を燃やしておくこと。これまで下の畑には手が回らず、ずっと放置してきたが、先日ようやくその一部の雑草とりをした。もう一つは薪《まき》割り。畑の縁を取り巻く背の高い草むらの中に、六つの部分に切断された古い黒樫《くろかし》の丸木を見つけた。これをこのあいだ教えた方法で、薪に割っておくように。いずれ樵《きこり》の真似《まね》事《ごと》もしなくちゃならないから、ちょうどいい訓練よ。

そのうち山に分け入って、ヒッコリーか樫の木を切り倒すんだから。枝を払って、J形鉤《かぎ》で馬に引かせ、家まで降ろし、適当な長さに切って、薪に割って……。

そんなことをするだけの腕力があるだろうか、とエイダはいぶかった。だが、ルビーは大丈夫といい、詳しく説明してくれた。必要なのはばか力じゃない。ほどよいペースと、忍耐と、リズムよ。鋸《のこぎり》を引いて、放す。反対側の人が引っ張ってくれるのを待って、また引く。力を入れすぎちゃだめ。大事なのは、気持ちだけ先走らないこと。いつまでもつづけられるリズムを保つこと。今日は今日で精一杯やって、明日また起きて同じことを繰り返せることが必要。それ以上やっちゃだめ。もちろん、それ以下もだめ……。

エイダはルビーを見送り、薪割りを先にやろう、と思った。焚《た》き火は、午後の涼しさの中で楽しむことにしよう。

野菜畑から道具小屋に行き、掛矢《かけや》と楔《くさび》を探し出し、下の畑へ運んだ。まず、樫の丸木の周りに腰の高さまで伸びている草を踏み固め、円形の作業空間を作った。丸木は横に寝かされていて、切断面の直径は二フィート以上あるだろう。切られて、もう二、三年になる。雇い人がそのまま忘れたと見え、木全体が灰色に変わっていた。乾燥した丸木は、切り倒したばかりの生丸木ほど簡単には割れないからね、とルビーがいっていた。

円筒形の大きな丸木を、一本一本立てていった。地面から引き剝《は》がす感触が楽しかった。直立させてみると、親指ほどもある黒光りする鍬形虫《くわがたむし》が、腐りかけている皮の中に逃げ込むのが見えた。ルビーに教わったとおりの方法で、丸木を割りはじめた。まず、切断面にひび割れを探す。見つかったら、それを楔で広げていく。全力を出しちゃだめよ、ゆっくりやるの……。七ポンドの掛矢を少しだけ持ち上げ、あとは楔の上に落ちるにまかせる。掛矢の質量と、重力と、角度の魔法が力を合わせ、丸木を解体していく。楔を打っては、じっと待つ。数秒後に布を引き裂くような音がして、割れ目が開いていく。その音が快かった。掛矢で打ち叩《たた》くにもかかわらず、薪割りは静かな仕事だった。木材繊維の強固な結合力と掛矢の重さが、仕事にゆっくりしたリズムを生み出していた。一時間とちょっとで、ただ一本を残し、すべての丸木を薪に割り終えた。最後の丸木は、幹から大きな枝が生えていた部分で、木目が複雑にくねり、これだけは割るのが難しかった。どの丸木からも八本の薪がとれた。いま、地面にはこんな燃やしごろの薪が四十本転がっている。いつでも家に運んで燃やせる。そう思うと大きな達成感があった。だが、ふと、これで何日分かしら、とも思った。四日？　よくもって五日？　一冬もたせるにはどれほどの薪がいるかしら、と計算を始めた。だが、気が遠くなりそうな数字になる予感があって、途中で放り出した。

エイダのドレスは、肩から背中にかけて汗でぐっしょり濡《ぬ》れ、首には髪の毛がへばりついていた。家に帰り、泉から柄杓《ひしゃく》でたてつづけに二杯も水を飲んだ。さらに、帽子をとり、柄杓二つ分の水をかけてから、髪の毛を絞った。顔を濡らし、手でこすり、ドレスの袖《そで》で拭《ふ》いた。家の中に入り、携帯机と帳面をもってまた出てくると、ポーチの縁に射す日の光の中にすわり、体が乾くのを待った。
ペンをインク壺《つぼ》に浸し、チャールストンにいるいとこのルーシーに宛《あ》てて手紙を書きはじめた。しばらくは、ペン先が紙をこする音だけが聞こえた。

いまマーケット通りで出会っても、あなたには私がわからないのではないかしら。というより、わかってても知らん振りをしたくなるかもしれないわね。いまの私の容姿や服装にはデリカシーのかけらもないから。

裏口のポーチにすわって、膝《ひざ》の携帯机でこれを書いています。ドレスは古いシャツウエスト。樫の丸木を薪に割ってきたばかりで、汗でぐっしょり濡れています。頭の麦藁《むぎわら》帽子は、縁とてっぺんがほつれかけていて、麦藁があっちからもぴょん、こっちからもぴょん。あの干し草の山とそっくり。昔々、夕立が過ぎ去るまで、二人でじっと隠れて待っていたあの干し草の山、あなたは覚えているかしら。ペンを握っている指が鐙革《あぶみがわ》のように黒いのは、胡桃《くるみ》の実から核を取り出すとき、あの臭い種皮の色が染《し》みついたから。人差し指の爪《つめ》はぼろぼろで、昔は鑢《やすり》をかけていたなんて嘘《うそ》みたい。でも、悪いことばかりではないわよ。手首の皮膚が黒いと、花水木の花を彫ったこの銀のブレスレットが、とても明るく引き立ってすてきだもの。

今日はとても秋らしい一日で、何を書こうとしてもおセンチになってしまいそうです。私は、いま、休憩中。ドレスが乾くのを待っています。乾いたら、こんどは焚き火をして、雑草の山を燃やします。

父が死んでからやってきたいろんな荒っぽい仕事は、ちょっとやそっとでは語り尽くせません。でも、それで私は変わりました。まず、ほんの数箇月の労働なのに、体が驚くほど変わりました。一日中戸外にいるから、一ペニー銅貨みたいに日に焼けているのは当然として、手首や前腕にはちょっとした筋肉も盛り上がりはじめているみたい。鏡に映る顔は、以前より引き締まっています。頰骨の下の窪《くぼ》みも深くなって、たまに、ここに見かけない表情が浮かぶような気がします。畑で働いていると、ときどき心が真っ白になっている自分に気づきます。ほんとうに何も考えていない瞬間。ただ、感覚だけは周囲のあらゆることを敏感にとらえていて、鴉《からす》が頭上を飛び去れば、その何もかもを心に記録するけれど、もうその黒さを何かにたとえようなんてしません。何かにたとえるものではなくて、それ自身で独立し、比較を絶するものであることがわかったから。一種の無というべきかしら。心が真っ白になるそんな瞬間から、新しい私が生まれてきたのだと思います。外からはわからないかもしれないけれど、私は安らぎに似たものと感じています。

手紙を読み返し、変な手紙だこと、と思った。それに、ルビーにはひとことも触れていない。まるで一人だけで生活しているような印象を与えるのはずるい、とも思った。だが、書き直しはあとにする。書きかけをひとまず机の蓋《ふた》の下にしまい込み、干し草用の大きな五叉《さ》フォークをとり、マッチを何本かもった。さらに、ショールと『アダム・ビード』の第三巻を腋《わき》の下にはさみ、脚を短く切り詰めた椅子《いす》をぶら下げて、雑草の山に向かった。

先月のある日、エイダとルビーは大鎌《おおがま》や藪《やぶ》刈り鎌、弓鋸《ゆみのこ》までも手にして、一日のほとんどを下の畑で過ごした。ブラックベリーの茎や丈高い草を刈り、かなりの大きさに育っていたバンクス松やヌマックを切り倒した。切り払った草木はそのまま放置して、もう何週間かになる。日の当たる地面に寝かされ、どれもかなり乾いていた。エイダはしばらくフォークを使い、散らばっている木や草を集めた。一つの山にまとめてみると、玉蜀黍《とうもろこし》納屋《なや》ほどの大きさになり、刈られた枝葉のしおれたにおいが空気中に満ちた。山《やま》裾《すそ》の部分を少し蹴《け》り起こし、枯れた草や朽ちた細枝をむき出しにすると、そこに火をつけた。すぐについた。しっかり燃えはじめたのを確かめ、脚の短い椅子を暖かさの伝わる近くまで引き寄せ、『アダム・ビード』を読みはじめた。読書はなかなか進まなかった。火が畑の切り株に燃え移り、あちらへもこちらへも走っていきそうになり、しょっちゅう立ち上がっては、フォークの背でそれを叩き消さなければならなかった。それに、燃えるにしたがって山は低くなる。平らになった山を周辺から中央へ掻き集め、また山形に盛り上げなければならない。できる山の直径はしだいに小さくなっていき、午後も遅くなる頃には、畑から細長い円錐《えんすい》が突き立って、てっぺんから炎を上げていた。いつか本で見た南米の活火山を思い出した。

ページに考えを集中できないことの言い訳に、せっせと枯れ草を集めた。だが、考えてみれば、アダムとヘティとその他大勢には、ずいぶん前からいらいらしている。大枚を費やした本でなければ、とうに放り出していたかもしれない。この物語の人々はどうしてもっとのびのびできないのかしら、と思った。みんな状況に飲み込まれ、縮こまっている。必要なのは広い視野よ、大きな見通しよ。インド諸島でも、アンデスでも、どこへなりと行けばいいのに……。エイダはそういいたい気持ちだった。

とうとう、読みかけのページに鋸草の茎をはさんで、本を閉じた。それを膝の上にのせ、文学のおもしろさが薄れてゆくのかしら、と思った。さまざまな方向を強力に指し示してくれるように思えた読書なのに、ある年齢、ある心の状態に達し、人生が確かな道を歩みはじめると、そうでもなくなるのかしら……。

すぐそばに大きな薊《あざみ》が一本生えていた。先日の草刈りで、この薊だけよけて刈ったことを思い出した。拳《こぶし》ほどもある紫色の花が見事だったから。だが、いまは枯れて、銀色に近い白になっている。エイダは手を伸ばし、頭花をばらばらにほぐしはじめた。世界中のどんな小さな場所も、何かの生き物の住《す》み処《か》になっているみたい。じゃ、薊の家に住んでいるのは、いったいどんな生き物かしら、と思った。すぐに冠毛がそよ風に舞い散り、煙くさいドレスと髪の毛にひっかかった。枯れた花の奥にエイダが見つけたものは、小さな蟹《かに》に似た生き物だった。ピンの頭ほどもあるかどうか。それが一匹だけ孤独に住んでいた。後ろ足を一本の冠毛に絡《から》ませ、一対の小さな鋏《はさみ》を目の前に振り上げて、恐ろしげに見せようとしていた。エイダはふっと息をかけ、光沢のある冠毛と名無しの生き物を空中に吹き飛ばした。それは上昇気流に乗り、死者の魂のように、高く舞い上がって空に消えていった。

雑草の山に火をつけて本を読みはじめたとき、光はまだ明るく、その明るさには斑《むら》もなかった。地平線近くの白から天頂の青まで、空は連続的に変化し、平板すぎておもしろみに欠けた。二流どころの風景画の感じ、と思った。だが、山腹に生い茂る木々と下の草地に、いま、夕闇《ゆうやみ》のしるしが現れはじめた。柔らかな色がさまざまに空に群れ、渦を巻き、やがて西の空全体が、エイダの日記帳の見返しを思わせる大理石模様になった。カナダ雁《がん》がV字に連なり、鳴きながら南へ飛んでいく。きっと今晩のねぐらを探している。風が強まり、野菜畑に立つ案山子《かかし》のスカートをはためかせた。

ウォルドが帰ってきて、納屋の横の門前に立っていた。じっと待っているが、いまに鳴きはじめて、乳搾《しぼ》りを催促する。エイダは立ち上がり、雌牛を納屋に入れて、乳を搾った。空気は淀《よど》んで湿り、日が落ちるとともに冷えてきた。乳搾りの様子を見に振り返った牛の息が、白い霧になり、濡れた草のにおいを運んだ。エイダは乳首を引っ張りながら、乳が飛び出してくるのを見ていた。バケツに乳が満ちてくるにつれ、音が変わる。最初は底や側面にぶつかって高いざあざあ音を立てていたのが、やがて低いぽとぽと音に変わる。ウォルドのピンク色の乳首に触れ、指の皮膚が黒く見えた。

搾った牛乳を冷蔵小屋に運び込んでから、また畑に戻った。火はゆっくりと燃え、しだいに灰に変わっていく。このまま一晩放っておいても、もう危険はない。だが、まだここを去るつもりはなかった。道を帰ってくるルビーの目に、午後の仕事をきちんとこなし、煤《すす》だらけになって最後まで番をしている自分を見せたかった。

空気が冷たい刃をもちはじめ、エイダは肩にショールを巻いた。あと何日くらいだろう、と思った。いずれ、日没時にこうして外にすわっていることは――毛布にくるまっていてさえも――できなくなる。そういう寒さまで、あと何日くらいだろうか。草には露がおりていた。エイダは腰をかがめ、落ちていた『アダム・ビード』を拾い上げ、表紙をスカートで拭《ぬぐ》った。焚き火に近づき、干し草用フォークで掻き混ぜた。空に盛大に火の粉が上がった。また畑の縁に行き、燃やす材料を集めてきた。切り落とされたヒッコリーの枝、乾いたバンクス松。火に放り込むと、たちまち炎が大きくなり、暖かい空気の範囲が広がった。エイダは椅子を引き寄せ、すわって火に手をかざした。そして、山の稜線《りょうせん》を見た。濃淡さまざまの暗さが遠くへ消えていく。空を見た。あそこの藍色《あいいろ》がもう少し深まれば、金星と、もう一つの惑星が西の低い空に光りはじめる。きっと木星か土星だと思う。あの二つが先導役。後ろに目も眩《くら》む満天の星空がつづき、ゆっくりと回転する。

この日も、太陽が稜線のどこに沈むかを頭に刻み込んだ。ここ数週間、稜線に日が沈む地点を記録しつづけている。一日の終わりがどんどん早くなり、それにつれて日没点が南へ南へ移動していくのを見てきた。もし、ほんとうに死ぬまでこの黒谷にとどまる決心がついたら、そのときは、太陽が沈む稜線上の南端と北端に塔を建てよう、と思った。絶対にそうする。太陽が一年中いつも自分の所有する稜線に沈むなんて、これはとってても気分のいいことではないかしら。太陽は南へまたは北へ進みながら、十二月と六月に、突然、方向を転換する。いま来た道を引き返しはじめる。だから季節が繰り返される。その折り返し点に塔を建てよう、と思った。だが、しばらく考えているうちに、塔でなくてもいいような気がしてきた。その場所の木を何本か間引いて、尾根に刻みをつけるだけでもいい。そうしたら、毎年、太陽が刻み目に近づくのを期待と興奮をもって観察できる。決められたある日、太陽は刻み目に沈み、つぎの日は、来た道を引き返しはじめる。それを観察できたら、どんなに嬉《うれ》しいことだろう。それを毎年見つづけていたら、年月の経過はきっと恐ろしい直線的な進行であることをやめ、循環と復帰に形を変えるだろう。この観察をつづけていれば、私にも居場所が見つかる。あなたはいまここ、一年のこの時期、この場所にいる、といえる。私はどこにいるの? その問いにちゃんと答えられるようになる。

日はだいぶ前に沈んだが、エイダは火のそばにすわり、ルビーを待ちつづけた。さっきまで西に明るく光っていた金星と土星も、もう山の後ろに落ちた。代わって、東に満月がのぼっていた。森の中に物音がした。枯れ葉を踏む足音。低い話し声。エイダは本能的に五叉フォークをとった。地面に突き立ててあったそれを手にして、光の輪の外へ移動し、様子をうかがった。畑の縁に人影が動き、エイダはさらに闇の中へ後退した。フォークを体の前に構え、五本の鋭い歯の先端を音のする方向へ向けた。自分の名前が聞こえてきた。

—ミス・モンロー? アーダさん、いるかね? 誰かの声がそっと呼んだ。

姓も名も、父の嫌っていた発音だった。生前の父は、間違える人がいると、誰彼の区別なく追い回し、いい直させて飽きなかった。エイダはエイダ。エーダでもアーダでもない。モンローは、モンではなくローに強勢を置く。だが、この一夏、エイダは周囲の人々の自然な好みに逆らうのをやめた。こちらの都合だけ押しつけてもしかたがない。そして、いま、声が呼んでいるとおりのアーダ・モンローであることを学んだ。

—どなた?

――わしらだ。

スタブロッドとその連れが、暗闇から光の中に歩み出てきた。スタブロッドは左腕にフィドルと弓をかかえている。連れは粗末な造りのバンジョーをもち、その棹《さお》をつかんで前に突き出していた。身分証明のため、国境で書類でも呈示しているようなしぐさに見えた。二人ともまぶしそうに、焚《た》き火の光の中で目を細めていた。

――ミス・モンロー、とスタブロッドがもう一度呼んだ。わしらだ。

エイダは眉《まゆ》の上に手をかざし、光をさえぎりながら二人に近づいた。

――ルビーはいまいません、といった。

――べつにルビーに用事があるわけじゃないんだ、とスタブロッドがいった。ちょっと訪ねてみただけでな。お邪魔でなければ。

二人は楽器を置き、スタブロッドはエイダの椅子のすぐわきの地面に腰をおろした。エイダは椅子を引っ張り、スタブロッドとのあいだに適度の距離をおいて、すわった。

――ちょっと木を集めてこい。火をもう少し大きくしようぜ。スタブロッドがバンジョーの男にいった。

男は何もいわず、森の縁に消えた。枝を拾い集めている音がして、それを適当な長さに叩《たた》き折っている音が聞こえてきた。スタブロッドは上着の下にごそごそと手を入れ、茶色の液体が詰まった一パイントほどのポケット瓶を探り出した。瓶の表面は無数の引っ搔《か》き傷や指紋で汚れ、ほとんど不透明に見えるほどに曇っていた。その栓を抜き、瓶の口を鼻の下に近づけたり遠ざけたりした。焚き火の方向に突き出し、ウイスキーを通ってくる光をしばらくながめていたが、ためらいがちに一口すった。そして、小さく、高低二音の口笛を吹いた。

—わしには上等すぎるが、まあ、いただくか、といった。

たっぷりと一口飲み、親指でもとどおりに栓をすると、瓶をしまった。

—ずいぶん久しぶりですね、とエイダがいった。お元気でした？

—まずまずですわ、とスタブロッドが答えた。無法者みたいに山に隠れ住んでいるんだから、そう楽しいってわけにはいかん。

エイダは、郡庁舎の鉄格子《てつごうし》越しに囚人から聞いた物語を思い出し、スタブロッドに語りはじめた。無断離隊者に何が待っているかを警告するつもりだったが、スタブロッドはもう知っていた。その話は郡内を何度も駆けめぐっている、といった。最初はニュースとして、つぎは話の種として、最後にはもう伝説として。

—ティーグとあの一団は殺し屋だ、とスタブロッドがいった。とくに数を頼んでかかってくるから始末が悪い。

薪集めの男が帰ってきて、折れた枝を火の中に投げ込んだ。木立まで何度か足を運び、さらに多くの薪をもってくると、火のそばに山と積んだ。そのあと、スタブロッドと並ぶように地面にすわりこんだ。一言もしゃべらず、エイダを見ようともせず、火にさえ斜めに構えて、じっとスタブロッドだけを見つづけた。

—お連れの方はどなた？　とエイダが尋ねた。

—スワンガーかパングルだと思うんだ。自分じゃ、あるときはこっちだといい、別のときはあっちだというがな。どっちの一族も、自分とこの一員だとは認めたがらん。ちょっと頭が弱いものでな。わしにはパングルに見えるが……。

男は大きくて丸い頭をしている。それが首の上に不安定にのっている。大きな頭に小さな中身を与えたのは、神様の茶目っ気なのだろうか。もう三十近くになるはずだ、とスタブロッドはいうが、周囲からは少年扱いされていた。「少年」には、ちょっとした謎《なぞ》さえも解けない。「少年」にとって、この世界には秩序も因果関係もなく、先例もない。見るものすべてがそのつど新しく、毎日が驚異の連続だった。

小麦粉と豚の脂身《あぶらみ》だけで育てられたかのように、ぶよぶよと太っていた。尻《しり》は大きく、胸には雌豚も顔負けの乳房がある。それはシャツをはちきれそうに膨らませ、歩くたびにぱたぱたと波打った。ズボンはだぶだぶで、裾は長靴にたくしこまれているが、上の部分がたるんで長靴にかぶさっている。足は小さく、あの体重を支えるにはいかにも不十分に見える。髪の毛はほぼ白く、皮膚は灰色がかっていて、全体として陶製の皿の印象を与えた。そこにホワイトソースを入れ、ビスケットパンを盛った感じだろうか。最近バンジョーを弾けるとわかった以外この世のことには何一つ才能をもたなかったが、優しく親切な性格だった。目の前を通り過ぎるすべてのものを、大きくて柔和な目でながめることができた。

二人がどう出会ったかをスタブロッドが語りはじめた。そのあいだ、男は上の空だった。自分が話題になっていることを気にしないどころか、気づいてさえいないように見えた。このパングルは育ち方がちょっといいかげんだった、とスタブロッドがいった。周囲からは、ものごとの価値がわからないと見られている。筋道を立てて考えられないし、たいした仕事もさせられない。あまり働かせすぎると、その場にすわりこんでしまう。鞭《むち》さえ平然と受け止めて、梃子《てこ》でも動かない。だから、若い頃に家を追い出され、それ以後は、コールドマウンテンをうろつきながら生きてきた。おかげで、この山のことなら隅々まで知っている。昆虫の幼虫から鹿《しか》肉まで、手に入るものは選り好みせずに食べる。時刻などまったく気にせず、月の明るい時期には、行動がほぼ夜行性になる。夏は、天気がよければ栂《つが》やバルサムの下生えの香気の中で眠り、雨がつづくときは岩棚の下に難を避ける。冬は蟾蜍《ひきがえる》や熊《くま》やウッドチャックに習って洞窟《どうくつ》に閉じこもり、ほとんど身動きもせずに寒い何箇月かをやり過ごす。

自分の洞窟に無断離隊者の一団が住みついたときは、パングルも驚いたろう。だが、すぐに溶け込んで一員になった。フィドル音楽が好きだったのか、とりわけスタブロッドになついた。パングルには、初めて出会う物知りであり、魔法使いであり、啓示者だったのかもしれない。スタブロッドがフィドルの弦に弓を当てると、最初、それに合わせて歌いだそうとした。だが、猟師の鴨笛《かもぶえ》にも似たひどい声で、洞窟全員の顰蹙《ひんしゅく》を買った。黙れと怒鳴られ、それからは立ち上がって足を踏み鳴らし、摩訶《まか》不思議なダンスを踊るようになった。ぎくしゃくした踊り。ローマ人、ジュート人、サクソン人、アングル人、ブリトン人……さまざまな民族と戦い、打ちのめされ、そのたびに踊ってきた古代ケルト人の痙攣《けいれん》のような踊り。「少年」は辺りをしばらく跳ね回ったのち、大粒の汗を噴き出しながら、踏み固められた洞窟の地面にばたりとすわりこんだ。そのあとも、飛び回る蠅《はえ》を見つめるようにスタブロッドのフィドル音楽を追いつづけ、その旋律を鼻の先で空中に描き出した。

スタブロッドは音符群を一つの形にして送り出す。その形は何度も何度も立ち戻り、しばらくするとパングルの心に呪文《じゅもん》のように働きかける。スタブロッドの演奏に打たれ、パングルはフィドルとフィドル弾きに夢中になった。餌《えさ》を待つスパニエル犬の熱心さでスタブロッドの後を追い、夜、無断離隊者の集まる山中の洞窟に戻ると、スタブロッドが寝入るまで目を覚ましていて、寝たと見ると擦寄り、その丸まった背中に体を押しつけて眠った。スタブロッドは夜明けに目覚め、いつのまにか身を寄せているパングルを帽子で叩いて遠ざけた。そんなとき、パングルは火のわきにしゃがみ、奇蹟《きせき》が起こりつつあるのを見るような眼差《まなざ》しで、スタブロッドを見つめた。

パングルのもっているバンジョーは、スタブロッドがある日の作戦で手に入れたものだった。洞窟の居住者は、最近、裕福な農家への押し込みをやるようになっていて、それを婉曲《えんきょく》に作戦と呼んでいた。押し込む先には、誰かが恨みを抱いている家を選ぶ。どんな恨みでもいい。十年前にいわれた悪口も、りっぱな押し込み理由になる。泥だらけの道のわきに立っているとき、誰かが馬で通りかかり、泥をはねていった。店から出てきて、すれ違いざま腕をぶつけながら、謝りもせずに立ち去った。仕事に雇ってくれたはいいが、賃金をごまかした。いかにも見下すような口調で命令した。侮蔑《ぶべつ》、中傷、嘲笑《ちょうしょう》。なんでもいいし、どれほど昔のものでもよかった。借りを返すのにこれほど好都合の時代はなかった。

ある夜、ウォーカー家に押し入った。ウォーカーはこの郡の数少ない金持ちの一人で、大勢の奴隷《どれい》を所有している。それが洞窟の住人の気に障《さわ》った。洞窟では、最近、戦争とそれにまつわる苦労の数々をニガー所有のせいにする意見が優勢になっていた。それに、ウォーカーは、自分より劣ると思うものには――ということは、郡内のほぼ全員に――居丈高になる高慢な男だった。懲罰が必要だ、と洞窟の住人は考えた。

夕暮れ時に押し入り、ウォーカーとその妻を階段の手すりに縛りつけ、順番にウォーカーの顔を張った。納屋《なや》をはじめ、外の小屋という小屋をのぞき、簡単に見つかる食べ物を集めて回った。ハムにばら肉、甕《かめ》に入った大量の保存食品、ひき割りの小麦や玉蜀黍《とうもろこし》。家からはマホガニーのテーブル、銀製の食器類と燭台、蜜蠟燭《みつろうそく》、食堂の壁にかかっていたワシントン将軍の肖像画、イギリス製の陶器、テネシー産のウイスキーをとった。あの夜以来、洞窟は略奪品で豪華に飾られることになった。壁の窪《くぼ》みにはワシントンの絵が立てかけられ、銀の燭台に蠟燭が燃え、テーブルには銀器やウェッジウッドの陶器が並び、これまで瓢簞《ひょうたん》や角の食器からしか食べたことのない連中が、そこにすわっていた。

だが、スタブロッド自身は、ウォーカー家を襲うことにあまり気乗りがしなかった。戦利品にも、バングルのバンジョーを一ついただいてきたにすぎない。ウォーカーの道具小屋で、釘《くぎ》からぶら下がっているのを見つけた。丸い胴体部分がなぜか左右いびつで、どちらかというと醜い楽器だったが、表面には猫の皮が張られ、弦はガットで、美しい柔らかい音を出した。ウォーカーの顔も一度しか殴らなかった。大昔、酔っ払って道端の丸太にすわり、フィドルから音楽を奏《かな》でようと無駄な努力をしているとき、通りかかったウォーカーにばか者呼ばわりされたことがある。それへの返礼のつもりだった。すでに赤く腫《は》れていたウォーカーの頬に一発くれたあと、わしはフィドルをマスターしたぞ、と付け加えた。あの夜以後、ウォーカー家への押し込みのことを思うたびに心配になった。わしの人生で初めて、何かの罪に問われそうなことをやってしまった、と思った。

洞窟に戻り、もってきたバンジョーをパングルにやった。使い方も、わずかながら知っていることを教えた。糸巻きで調弦すること。親指と人差し指で弦を鳴らすこと。ときには適当に弾き流してみせ、ときには一転、兎《うさぎ》につかみかかる梟《ふくろう》のように指を鋭く曲げ、爪《つめ》で弦をはじいてみせた。どうやら、パングルには生得の才能があったようだ。それに、スタブロッドのフィドルとりっぱに合奏したいという強い願いもあった。ドラムの叩き方を学ぶほどの困難もなく、たちまちバンジョーの弾き方を自得していった。

スタブロッドとパングルは、作戦の夜からあと、音楽を演奏する以外ほとんど何もしてこなかった。飲み物には、ウォーカーの上等のウイスキーがあったし、食べ物には盗んできたゼリーがあった。演奏できないほど酔っ払ったとき以外は、眠る時間も惜しんだ。洞窟の入り口から外をのぞく程度のこともしなくなり、昼夜もわからず、日数も忘れた。だが、その結果、パングルはスタブロッドの全レパートリーを自分のものにし、二人はデュオになった。

ルビーがようやく戻ってきた。交換の成果は、紙に包んだ血まみれの小さな胸肉一塊。林檎酒《りんご》一瓶はそのまま持ち帰った。ルビーが期待したほど、アダムズは林檎酒を評価してくれなかったようだ。

ルビーは何もいわず、しばらく立ったまま父親とパングルを見つめていた。目が黒く光り、歩いているあいだにほどけたらしい髪の毛が、肩全体に垂れていた。ウールのパネルスカートは、暗い緑色とクリーム色。セーターは灰色で、頭にかぶる男物のフェルト帽も灰色。その帽子を巻く繻子《しゅす》のバンドには、紅冠鳥《こうかんちょう》の小さな羽根が差してあった。ルビーは上向きの掌《てのひら》に紙包みをのせ、重さを量るしぐさで小さく上下に揺らした。

—四ポンドもない。そういって、肉と林檎酒を地面に置いて家に入った。が、すぐに、小さなグラス四個と、塩・砂糖・黒胡椒《こしょう》・唐辛子を一緒くたに入れたカップ一つをもって出てきた。火のそばに戻り、紙包みを開き、肉全体を調味料で覆《おお》って、よくすりこんだ。それを焚き火の灰の中に埋め、エイダの横の地面に腰をおろした。スカートはもうずいぶん傷《いた》んでいる。土の上に直接すわろうがどうしようが、とくに心配のいるしろものではなかった。

肉が焼けるのを待ちながら、全員で林檎酒をすすった。スタブロッドがフィドルをとった。いちど振って、中にある蛇の尻尾《しっぽ》をがらがらと響かせてから、顎《あご》に当て、音を出し、糸巻きをひねった。パングルはそれを見てすわりなおし、バンジョーをとると、スタブロッドのフィドルに和して一連のフレーズを弾き鳴らした。曲が始まった。短調なのに、どこか浮き立つ感じのある曲だった。終わると、哀愁のフィドル、とエイダがいい、ルビーが不思議そうな目つきでエイダを見た。

—父がよくそういってたの。父の場合は、だから嫌いってことなんだけど。一般の牧師はフィドル音楽を罪だといい、この楽器を悪魔の箱だと非難していた。モンローもフィドル音楽を嫌っていたことは同じだが、理由が違った。美的に劣る、といっていた。フィドル音楽はどれもみな同じに聞こえる、例外なく変な名前がついている、と。

—だからいいんだぞ。糸巻きをさらにひねりながら、スタブロッドがいった。つぎのはわしの曲だ。「酔っ払ったニガー」って呼んでる。

シンコペーションの際立《きわだ》つ曲だった。突っ走ってはもとに戻り、また突っ走る。左手はほとんど何もせず、弓をもつ手だけが、頭の周りから虻《あぶ》を追い散らすように必死で動きつづけた。

スタブロッドは自分の作品を何曲かたてつづけに弾いた。風変わりな曲が多かった。耳障りなほどリズミカルなのに、踊るには適さない。フィドルの目的は、唯一《ゆいいつ》、踊るための曲を奏でること——それしか知らなかったルビーには意外だったろう。エイダと並んですわり、聞きつづけた。聞きながらエイダの手をとり、にぎったまま、無意識のうちにその手首から銀のブレスレットをはずしていた。しばらく自分の手首にはめていたが、またエイダの手首に戻した。

スタブロッドは曲ごとに調弦を変え、大声で名前をいってから弾きはじめた。どうもスタブロッドの自伝のようだ、とルビーとエイダは思いはじめていた。戦線の数年間を曲にしたものだろうか。「象に触れる」「わが枕《まくら》は銃の台尻」「込み矢」「酔っ払って過ごした六夜」「酒場の喧嘩《けんか》」「売るな、施せ」「剃刀《かみそり》の切り傷」「リッチモンドのご婦人方」「リー将軍よ、さらば」その他があった。

最後を「石こそわが寝床」と呼ぶ曲で締めくくった。きしみ音だけからなるような曲で、ほぼ全体が中程度のテンポで奏でられ、リズムは接近と後退の繰り返し。小節から小節へのつながりに大きな緊張感があった。歌詞はなく、ただ一度、いきなり天を振り仰いだスタブロッドが、曲名を三度唱える瞬間があった。パングルはよく心得て、控えめな伴奏に徹した。あるかなきかの装飾とつなぎ。親指と人差し指のいちばん肉厚の部分でそっと弦に触れるだけにし、バンジョーの響きを抑えた。

洗練とはほど遠いこの曲に、エイダは強く心を動かされた。オペラよりもっと、と思った。ドック通りからミラノまで、オペラはたくさん見たけれど、どれよりずっと……。スタブロッドの演奏には、曲への全き信頼があった。よりよい人生に導く力があることを信じ、その人生でいつか心の満たされる日が来ることを信じきっていた。いま聞こえているこれをとらえる方法があればいいのに、とエイダは思った。アンブロタイプは像をとらえ、後世に残す。同様に、将来この曲を必要とするかもしれない人々のために、これをとっておいてやれたらいいのに。

曲が終わりに近づくと、スタブロッドはまたぐいと頭を仰向けた。星をながめているかに見えたが、目が閉じている。フィドルの尻を心臓に押しつけ、弓を小刻みに、どもるように、短く動かしつづけた。曲が最高潮に達した一瞬、口が開いた。エイダは叫びか悲鳴を予期したが、それはなく、代わりに深く長い笑みが浮かんだ。無言の喜びがあった。

演奏を終えたスタブロッドは、最後に突き上げた弓をそのまま宙に止め、目を開き、焚《た》き火の光の中で聞き手の反応を探ろうとした。その瞬間、陽気な聖者の顔になっていた。緊張が解け、なかば笑った顔。そこには、惜しみなく与えたという満足があり、その満足にふさわしい謙虚さがあった。どんなにうまく弾いても、そのたびにもっとうまい弾き方が心に浮かんでくる。その繰り返しは避けられない。このフィドル弾きはとうにそれを悟り、それを喜んで受け入れているように見えた。世界中がいまのスタブロッドの顔になれば、戦争などは苦い思い出にすぎなくなる。

—ずいぶん気に入ったみたいだね、とパングルがエイダにいった。そして、直接口をきいてしまったことにぎょっとし、首をすくめて、視線を森の方向へそらした。

—あと一つだけやろう、とスタブロッドがいった。

パングルともども楽器を置き、帽子をとった。そのしぐさは、つぎが聖なる歌、ゴスペルであることを示していた。スタブロッドが歌いだし、パングルがつづいた。生来の鴨笛がスタブロッドに訓練され、きんきんと響くテノールになっていた。スタブロッドの歌う歌詞の一部を、その声がけたたましく反復した。パングルの精神世界の外にいる人には、滑稽《こっけい》にさえ感じられる歌声だったろう。二人の声は、曲の大部分でぶつかり合った。だが、コーラス部分になると、なぜか歩み寄り、どこか深いところに調和点を見《み》出《いだ》した。ゴスペルは人生の暗さを歌っていた。この世がいかに冷たく、波瀾《はらん》に満ち、思いやりに欠けているか。そして、すべての終わりに待っているものは死。それをいうだけの歌は、なにやら不完全で、中途半端《はんぱ》に思えた。ゴスペルの常識からはずれ、最後の瞬間に光り輝く道も現れず、人を希望に導いてもいない。最後の一番が抜け落ちているのではないかと思わせた。だが、コーラス部分の和声は親密で、兄弟の歌声のように響いた。耳に十分に快く、歌全体の暗さを少しは跳ね返すように思えた。

二人は帽子を頭に戻した。スタブロッドがグラスを差し出し、ルビーが林檎酒を注いだ。ちょっと注いでやめると、スタブロッドの人差し指が伸び、ルビーの手の甲に触れた。愛情のこもったしぐさ、とエイダには映ったが、じつはそうではなく、もっと注げという意味であることがやがてわかった。

ヨナの尾根の後ろから火星がのぼり、焚き火は燃え尽きて、地面に熾《おき》の小山だけが残った。もう焼けたでしょう、とルビーがいい、干し草用フォークで灰の下から肉を掘り出した。スパイスの殻ができ、胸肉を外皮のように覆っていた。ルビーはそれを木の切り株にのせ、ナイフで肉の繊維を直角に断つようにスライスしていった。中はピンクで、肉汁が流れ出た。皿はなく、添える野菜もなく、四人は指でつかんで肉だけを食べた。食べ終わると、畑の縁から枯れた菅《すげ》の葉を引き抜き、それで手をきれいに拭《ぬぐ》った。

スタブロッドがシャツのいちばん上のボタンをとめ、ラペルを両手ににぎり、左右を交互に引っ張って上着をまっすぐに直した。帽子をとり、こめかみに垂れかかった髪の毛を両の掌で後ろへ撫《な》でつけると、また帽子をかぶりなおした。

その様子をながめていたルビーが、誰にともなくぽつりといった。ほーら、来るわよ。誰かに何かをしてほしいって顔してる。

―ちょっと話をしたいってだけだ、とスタブロッドがいった。まあ、頼み事もな。

―何？

―あのな、めんどうを見てほしい。

―お酒がなくなったの？

―そっちは十分にある。ただな、わしは怖いんだ。

スタブロッドの恐れは、例の作戦が法律を呼び寄せるのではないかということだった。無断離隊者のあいだに指導者が現れた。熊皮《くまがわ》を着る男、狂暴戦士。口が達者で、全員に共通の信条を植え込んだ。戦場での戦いは、おれたちが昔考えていたほど純粋な行いではなかった、といった。穢《けが》れていた。なぜか？　お偉方がニガーを手放さずにいられるようにする戦いだったからだ。憎しみという人間の弱さに駆られた戦いだったからだ。ここにいる全員、かつてはばか者だった。だが、いまでは光明を見た……。いま、洞窟《どうくつ》の火の周りはセミナーになり、毎日毎晩、全員がそのことを話し合っていた。そして、今後戦うときは自分たちの利益のために戦う、と意見が一致した。簡単につかまって、軍隊に送り返されたりはしない。

――血の誓約をさせたがってる。犬のように死ねってんだ。死ぬときは、相手の喉笛《のどぶえ》に食らいついて死ね。だが、わしはごめんだぞ。軍隊から逃げたのは、別の軍隊に入るためじゃない。だからな、早いうちにパングルといっしょに抜けて、別の隠れ家を探そうと思う。ああいう勇ましい連中とは縁を切る。ついてはだ、食べ物を都合してくれないか。天気が悪いときは、乾いた納屋の屋根裏。それと、ときどき小銭も。戦争が終わって、自由に出てこられるまででいいんだ。

――草の根を食べて、泥水を飲めばいいじゃない、とルビーがいった。木のうろで眠るのよ。

――おい、おい、自分の父親にもうちょっと同情がないのかい。

――あら、わたしは森で生きる知恵を教えてやってるのよ。実体験から来てるんですからね。あんたが遊び歩いているあいだ、草の根をたくさん食べたわ。木のうろよりもっとひどい場所で寝たこともあるし。

―おまえにはできるだけのことをしてやった。時代が悪かっただけだ。

―時代はいまのほうが悪いんじゃない？ できるだけのことだなんて、いいかげんなこと、いわないでよ。自分に都合のいいことしかしなかったくせに。いまさら父親と娘だなんて、やめて。わたしはあんたにとって何かだったの？ ふらっと出ていって、ふらっと帰ってくる。帰ってきたとき、わたしがいることも、いないこともある。あんたにはどっちだっていい。山の中で死んでたって、そりゃ、一週間くらいは思い出しもするでしょう。でも、それだけ。わたしは犬と同じよ。浣熊《あらいぐま》狩りに行った。明け方になった。笛を吹いた。戻ってきた犬が一匹足りない。ちょっと残念だが、まあ、しかたがない……。だからね、あんたが呼んだからって、わたしがいそいそ駆けつけるなんて思わないで。

―だが、わしはもう老人だ。

―まだ五十にもなっていなかったはずよね？

―年をとった感じがするんだ。

―わたしだってそう。だからどうなの？ それに、こっちのことも考えて。ティーグについての噂《うわさ》が半分でもほんとうなら、あんたをかくまうことでこっちの心配がうんとふえる。まあ、わたしの家じゃないし、わたしがいうことでもない。でも、わたしだったら、断然ことわるわ。

二人はエイダを見た。エイダはショールを肩に巻きつけ、スカートで覆われた膝《ひざ》のあいだに両手を突っ込み、冷たさを避けながらすわっていた。二人の表情から、仲裁役が求められていることがわかった。土地を所有しているから？　教育があるから？　文化に触れてきたから？　たしかに目の前の土地にある程度の所有権をもっているが、主人の役割を押しつけられるのは窮屈だった。エイダにわかっているのは二つ。死んだろうと思われていたルビーの父親が戻ってきたこと、それはめったに望めないやり直しの機会であること。

—この方はあなたのお父さんだし、あるときからそのめんどうを見るのは、あなたの義務になるとも考えられるわね、といった。

—アーメン、とスタブロッドがいった。

ルビーは首を横に振った。じゃ、あんたとわたしじゃ、父親ってものの考え方が違うのよ。わたしの側からちょっといわせてみて。いくつのときだったかわからないけど、でも、まだ歯が全部は生え代わっていなかった。この男はね、そんなわたしを置いて、酒造りにいっちゃったのよ。

ルビーはスタブロッドに向き直り、ちょっとでも記憶にあるかしら？　といった。あんたとプーズラーとコールドマウンテン。ね？　ちょっとでも思い出す？

——覚えてる、とスタブロッドがいった。

——じゃ、あんたのほうから話してみて。

スタブロッドはこんなふうに語った。相棒と酒造りで一儲《ひともう》けすることを考えた。二人で山に入り込み、木の皮で簡単な片流れの屋根を作って、その下で暮らした。ルビーは……たしかにまだ八歳にもなっていなかったが、自力で十分にやっていけるように見えた。だから、三箇月ほど留守をした。

スタブロッドとプーズラーに酒造りの腕はなかった。あわただしく蒸留した酒は、一度にティーポット一つ分もあったかどうか。それに、洗った木炭を粗アルコールに入れて濾《こ》すこともめんどうがり、蒸留のたびに滲《にじ》み出してくる酒は、緑色に濁ったり、黄色に曇ったりしていた。ただし、強かった。多少薄めはしたが、それでも四分の三は純粋なアルコールといってよかったろう。祖先のケルト人が作っていたウスキボーやポティーンもかくや、と思われた。だが、腹がにぎやかになりすぎると感じる客が少なくなく、商売は立ち消えになり、結局、金は手に入らなかった。自分たちの飲み分をとって、残りを売るだけでは、どのみち、つぎに作る酒の材料を買えるかどうかの金しか得られない。しばらく山にとどまったが、この企ての不経済性と十一月の冷たい気候に追い立てられ、しぶしぶ山を降りた。

スタブロッドが語り終えると、こんどはルビーが自分の物語を始めた。独りぼっちの数箇月間、いったいどうやって暮らしたのか。

野生の食べ物を漁《あさ》った。草の根を掘り、柳の枝を編んだ仕掛けで魚をとった。同様の罠《わな》で鳥も捕まえた。魚を食べる鳥はできるだけ避け、屍肉《しにく》を食らう鳥は絶対に避けたが、それ以外は手当たりしだいに食べた。内臓のどこが食べられ、どこが食べられないかは、試行錯誤で学んでいった。ある週——いまでも忘れられない——罠に何もかからないときがあった。栗《くり》の実とヒッコリーの実を粉にひき、炉辺の石板の上で、ぼろぼろとこぼれるパンのようなものに焼いて食べた。木の実を拾いに出たある日、偶然、スタブロッドの酒造所を見つけた。スタブロッドが屋根の下に大の字になって眠っていた。一日中こうだ、と相棒がいった。死んでるのと変わらん。ときどき足の指を動かすから、まだ生きてるってわかるがな……。その瞬間、そしてそのあと何度も、ルビーは喜んで狼《おおかみ》の子と入れ替わりたいと思った。エイダに読んでもらったロムルスとレムス、あれは幸運な子たちよ、といった。少なくとものすごい保護者が一匹いたんだから。

それほど辛《つら》く孤独なときを過ごしてきたルビーだったが、あんたの名誉のためにこれだけはいっておいてあげる、とスタブロッドにいった。怒りにまかせて叩《たた》かれたことはないわ。というより、叩かれた覚えがない。でも、もちろん、頭をなでられたこともないわね。わたしの頬を掌《てのひら》でつつんで、親愛の情を示してくれたこともない。

ルビーはエイダを見て、さあ、といった。これとあんたのいう義務をどう結びつけたらいいの。

エイダが考えをまとめるどころか、短い答えを返す間もなく、ルビーは立ち上がり、ひっそりと暗闇《くらやみ》に消えていった。

スタブロッドは何もいわず、パングルがそっと独り言のように、わあ、尻《しり》をまくったな、といった。

やがて、歩み寄りの可能性をほのめかしてスタブロッドとパングルを帰らせ、納屋《なや》につづく道を戻った。夜はずっと寒くなった。夜明けまでには霜が降りるだろう。月が真ん丸く、高く上がり、木の枝一本一本が青い影を落としていた。月の明るさがこれほどなら、いまポケットから『アダム・ビード』を引っ張り出し、開いて読むこともできるだろう。灰色の空には、いちばん明るい星がいくつかしか見えない。見ていくと、東にオリオン座がのぼりつつあった。つぎの瞬間、月の一部が欠けているのに気づいた。縁が薄く削りとられている。月蝕《げっしょく》が起こっている。

エイダは家に帰り、キルティング三枚とモンローの望遠鏡を持ち出した。このイタリア製は、光学的性能こそドイツ製に劣るが、真鍮《しんちゅう》の表面に多くの渦巻き模様が彫りこまれていて、見る目に美しい。道具小屋に行き、折り畳み椅子《いす》も引っ張り出した。四つ積み重ねられたうちの一つをとりながら、これは父モンローが死んだときの椅子かしら、と思った。それを前庭で広げ、キルティングを体に隙間《すきま》なく巻きつけ、顔が上を向くように椅子の背を調節して、長々と横になった。望遠鏡をのぞき、焦点を合わせると、月が鋭く目に飛び込んできた。陰になった縁は銅色ながら、これもはっきり見える。てっぺん近くの火口内部の真中には、山が一つあった。

エイダは、明るい表面を影が徐々に覆《おお》っていくのを見守った。月蝕が完成しても、月は完全には消えない。古い一セント貨の色をして、大きさもちょうど同じくらいだろうか。月がほぼ消えると、とたんに天の川が光りだした。天を突っ切る川、風に吹かれた砂埃の帯。エイダは望遠鏡でその川を横切ろうとし、途中で止まって、深みをのぞきこんだ。望遠鏡で見る星は、急に数がふえ、絡《から》まり合う光の茂みになった。それはどこまでもどこまでも伸び、エイダはやがて谷川の縁にいるような気分に襲われた。宙ぶらりんになり、すべてに身をさらしている。この惑星の半径の端にぶらさがり、上ではなく、下をのぞきこんでいる。一瞬、目眩《めまい》が起こった。あのエスコの井戸の縁で感じたものと同様の目眩が……。手が離れ、光の棘《とげ》の中になすすべもなく落ちていく自分を思った。

つぶっていたほうの目をあわてて開け、望遠鏡をわきに置いた。たちまち黒谷を取り巻く暗い壁が立ち上がり、エイダをこの土地の窪《くぼ》みに固定した。エイダは満ち足りて横たわり、空を見上げた。月がゆっくりと地球の影から抜け出してくる。見ているうち、スタブロッドが今夜歌った歌のリフレーンを思い出した。その泥臭い恋歌は、最後の一行で「帰ってきてがわたしの願い」と繰り返し、それを歌うスタブロッドの歌声には、『エンディミオン』のどの深遠な行も及ばない大きな説得力があった。エイダは認めねばならない、と思った。自分の心の感じるままに素直に、単純に、無防備に語ることは――少なくともときどきはそう語ることは――四千行のジョン・キーツを読むよりいいことかもしれない。これまでの人生で一度もできたためしはないが、これから学びたい、と思った。

家に入り、携帯机と蠟燭《ろうそく》ランタンをもって、また椅子に戻った。ペン先をインクに浸したが、紙をにらんでいるうちに、やがて乾いた。頭には気取りと皮肉の塊のような文句しか浮かんでこない。吸い取り紙でペンをきれいに拭い、もう一度インク壺《つぼ》に浸すと、「帰ってきてがわたしの願い」と書いた。署名して、紙を折り、宛先《あてさき》には州都の病院の名を書いた。キルティングを強く体に巻きつけ、やがて眠った。エイダの上に霜が降り、外側のキルティングが白くぱりぱりになった。

熊《くま》への誓い

インマンは、あるかなきかの細道をたどり、山の中を歩きつづけた。人に会うことはほとんどなく、いつか、距離を時間で計るようになっていた。たっぷり一日分。半日分。半日分にも満たない距離。それより短い道のりは、すべてちょっと。マイルや時間をかぞえようにも、そのための手段はなく、インマンはそんな概念を鼻でせせら笑った。

道を行く足が一度だけ止まった。小柄な女が柵《さく》の横木に寄りかかり、死んだ娘のために泣いていた。ボンネットの庇《ひさし》で影になった顔は真っ黒で、鼻の先だけが見えた。女が顔を上げ、インマンを見た。伝い落ちた涙が顎《あご》の先から滴《したた》り、朝の光にきらきらと輝いた。その口は苦悶《くもん》のうちに狭く長く開かれ、刀の鞘口《さやぐち》を思わせた。太陽はまだ高くない。女はこれから娘を埋める。棺桶《かんおけ》の作り方を知らず、古いキルティングにくるんだまま埋めなければならない。

インマンは手助けを申し出て、その日は、女の裏庭で小さな棺《ひつぎ》を作って過ごした。古い燻室《くんしつ》から引き剝《は》がした板には、豚の脂《あぶら》とヒッコリーの煙のにおいが染《し》みつき、内側の表面は長年のハム作りの名残で黒光りしていた。ときどき、進みぐあいを見に女が裏口に出てきた。そして、そのたびに同じことをいった。死ぬまでの二週間、娘の腹はストーブの灰みたいにゆるかった……。

大工仕事を終え、乾いた松葉を棺の底に敷き詰めてから、家の中に入った。少女はキルティングにくるまれ、階下のベッドに横たわっていた。インマンは、きつく巻かれたその固い包みを抱き上げ、まるで繭《まゆ》のようだ、と思った。それか虫瘤《むしこぶ》か。抱いて裏口から外に出た。母親は台所のテーブルについたまま、うつろな目で見ていた。キルティングを剝ぎ取り、少女を棺の蓋《ふた》にのせた。落ち窪《くぼ》んだ灰色の頰と尖《とが》った鼻が目に入ったが、なるべく見ないように、心をとどめないように気をつけた。ナイフでキルティングを裂き、内張り代わりに棺に押し込んだ。少女を持ち上げ、箱の底にそっと置くと、金槌《かなづち》を取り上げてドアまで歩いた。

—そろそろ釘付《くぎづ》けするが……といった。

女が出てきて、少女の窪んだ両頰に一度ずつキスをし、さらに額にキスをした。あとは、ポーチの縁にすわり、インマンが蓋を固く釘付けにするのを見ていた。

二人は、近くの塚に少女を埋葬した。すでに四つの墓が並び、どれにも川底から拾ってきた頁岩《けつがん》の板が置かれ、そこに日付が刻まれていた。最初の三つは赤ん坊。一年間隔というには一月ずつ足りない誕生と、誕生から数日のうちに訪れている死が読み取れた。四番目の墓は母親ので、その没年月日は最後の赤ん坊の誕生日と重なっていた。インマンは頭の中で計算し、死んだとき、母親がようやく二十歳だったことを知った。一列に並んだ石の最後に新しい墓穴を掘った。掘り終えて、何か最後にいいたいことは？　と女に尋ねた。

—何も、と女が答えた。何かいえば、必ず恨み言になるからね。

穴を埋め戻すころには夕闇《ゆうやみ》が迫り、インマンと女は家に戻った。

—あんたにご馳走《ちそう》してあげたい、と女がいった。でも、いまは火を起こす気力もない。まして、食事を作るなんて……。

中に入って、食べ物をもって出てきた。小さな布の包み二つは、一方がひき割り玉蜀《とうもろ》黍《こし》で、もう一つが玉蜀黍粉。脂の染みで黒くなった紙にはラード一塊。燻製豚の茶色の首の骨一片。煎《い》り玉蜀黍が少し。四角い紙に包んでねじった一カップほどの隠元豆。リーキ一本、蕪《かぶ》一個、人参《にんじん》三本、灰汁《あく》石鹸《せっけん》一個。インマンはすべて受け取り、女に礼をいい、向きを変えて立ち去ろうとした。だが、柵の門にも行き着かないうちに、女に呼び戻された。

—やっぱり、もてなしもしないで行かせたら、今日という日を思い出すたびに心穏やかでいられない、と女がいった。

インマンが火を起こし、女は低い腰掛けにすわったまま、その火で大きなステーキを焼いた。隣家の雌牛がいなくなり、家人がそれに気づいたときは、もう沼地にはまって死んでいたのだという。茶色の陶製の皿に黄色いひき割り玉蜀黍が盛られ、薄い煮汁が皿の縁まで広がった。ステーキは、焼いているあいだに縁が持ち上がり、小銭をもらいに差し出された手のようになった。女は、持ち上がった縁を下にしてひき割り玉蜀黍の上にのせ、ドーム状の肉のてっぺんに目玉焼き二個を置いた。とどめの一撃はバター。栗鼠《りす》の頭ほどもある塊を掬《すく》い取り、卵の上に盛った。

女がそれを目の前に差し出したとき、インマンは皿を見おろして、思わず泣き出しそうになった。卵の黄身と白身にバターが溶けかかり、さらには茶色の肉と黄色い玉蜀黍にまで広がって、やがて皿全体が蠟燭《ろうそく》の光にきらきらと輝いた。ナイフとフォークを手にもち、体の前に構えたが、すぐには食べられなかった。これを食べるには、お返しに特別の感謝を捧《ささ》げなければならないように思え、感謝の言葉を探した。だが、見つからなかった。外の暗闇でコリン鶉《うずら》が呼び、答えを待ち、また呼んだ。わずかに風が起こり、一瞬の雨が木の葉と屋根の柿板《こけらいた》を鳴らして、やんだ。

―この食事には祝福がいる、とインマンがいった。

―どうぞ、と女がいった。

インマンはしばらく考え、何も思い出せない、といった。

―いまいただこうとするものを神に感謝します。それも祝福の言葉よ、と女がいった。

インマンは女の言葉を繰り返し、自分の心情にぴったりかどうかを考えた。奥さんにはわからない、といった。どれほど長かったか……。

インマンが食べているあいだ、女は棚から写真をとり、じっとながめていた。

――いちど写真を撮ってもらった、といった。荷馬車に写真の道具を積んで、あちこち回っている男が来てね。生き残ってるのは、わたし一人だ。

袖《そで》で写真のほこりを拭《ぬぐ》い、小さな額に入ったそれを、インマンに見てほしそうに差し出した。

インマンは手にとり、蠟燭の方向に傾けた。ダゲレオタイプに、家長ともう少し若かったころの女、それに老婆《ろうば》と子供たちが写っていた。つば付きの帽子をかぶるほどの少年から、ボンネットの赤ん坊まで、子供は六人。全員が黒を着、肩を丸め、自分の死の知らせがいま届いたばかりというように、ある者は疑わしそうな目つきをし、他の者は驚いた顔をしていた。

――お気の毒に、とインマンはいった。

食べ終わり、女に見送られて外に出た。暗闇の中を歩き、新しい星座が天にのぼるころ、小さな谷川のわきで火のない野宿をした。背の高い枯草を踏み固めて寝る場所を作ると、毛布にくるまって、ぐっすりと眠った。

そのあと、何日か雨がつづいた。毎日できるだけ長く歩き、夜は鳥のねぐらに寝場所を見つけた。ある夜、丸木造りの鳩《はと》小屋に潜り込んだ。鳥はおおむね無関心だったが、インマンが寝返りを打つたびに騒ぎ、やがて静まるまで、しばらくは水でうがいをするような音をたてた。つぎの夜は、尖塔《せんとう》つきの鳩舎《きゅうしゃ》を見つけ、その下の四角く乾いた地面で寝た。何かの神にでも捧げられたような建物に見えた。きっと小さな神だったのだろう。体を伸ばすと、頭か足のどちらかに、急傾斜の寄せ棟屋根から雨のしずくが落ちてきて、インマンは小さく丸まって眠った。別の夜には、もう使われなくなった鶏小屋で寝た。床に古い鶏糞《けいふん》の層があり、チョーク状に固まり、その上に蠟引き布を広げて横になると、身動きするたびに体の下で糞がきしった。すでにほこりと化した大昔の死人のようなにおいがした。翌朝、目覚めたとき、夜明けはまだ遠かったが、もう眠りには戻れなかった。荷物の中を探り、ちびた蠟燭を見つけて火をつけた。バートラムを広げ、黄色い光に近づけて、ページを繰った。ある段落に目が止まり、そこを読みはじめた。

通ってきたばかりの未開の山地が、嵐《あらし》のあとの大海原のように規則正しく波打っていた。その波は徐々に下降しながらも、魚鱗《ぎょりん》のように、屋根のタイルの重なりのように、完璧《かんぺき》な規則性を崩さなかった。最も近い地はまじりけのない緑、その向こうはやや青みがかった緑、そして最後はほぼ完全な青。これは、最遠の地平の曲線と渾然《こんぜん》一体となったエーテルの青か。私の想像力は、この無限の変化と無限の広がりをもつ壮大な光景を凝視することに費やされ、手を伸ばせば届くところにある魅力いっぱいのあれこれにほぼ無関心・無頓着《むとんちゃく》になっていた。

バートラムの描いている土地が、インマンの心に立体的に浮かび上がった。山と谷が果てしなくつづく。節くれだち、ねじ曲がり、上下に鋭く出入りする。その世界では、人間など何かの間違いかとも思える。バートラムが記述している光景を、インマンは幾度となく見たことがあった。それは、コールドマウンテンの山腹から北へ、西へ、無限に伸びていく州境の土地。インマンはよく知っている。その輪郭を足で細かくなぞり、すべての季節を感じ、色を体に染み込ませ、においを嗅《か》いできた。バートラムは旅人にすぎない。ある季節に一度だけその土地を訪れ、たまたま遭遇した天気を知っているにすぎない。ほんの数日間のこと。なのに、いま、インマンの心に現れている光景は、生まれ落ちてから目にしつづけ、知りつくしてきた土地ではなく、バートラムが簡潔に述べている土地に姿を変えていた。峰はより高く、谷はより深くなっていた。いくつもの尾根が重なり合い、遠くへ消えていくさまを、インマンは想像した。それは雲堤のように青白く、高い。その一つ一つの輪郭を心で描きなおし、色をつけなおした。一つ遠ざかるごとに緑がわずかずつ褪《あ》せ、青みが増していく。空と一体になる最後の稜線《りょうせん》にようやくたどり着いたとき、インマンは眠っていた。

つぎの日は南西に下った。山中を通る古い荷馬車道を見つけ、難渋しながらそれに従った。寒さに身が引き締まるこの日、すべての葉は枯れ、地面に落ちていた。いま、どの辺の土地にいるのか、インマンには皆目わからない。くそいまいましいマディソンだろうか。標識が立っていた。片側に「BO55M」、反対側に「AV65M」とあった。どの町だか知らないが、Mがマイルなら、いずれにしてもかなりの道のりだ、と思った。山裾《やますそ》を曲がると、小さな水溜まりがあった。湧《わ》き水らしく、周囲の岩には、一面、緑の水苔《みずごけ》が生えていた。泉の底は、腐食の進む樫《かし》の葉やポプラの葉で覆《おお》われている。水は琥珀色《こはくいろ》。葉の成分が滲《にじ》み出して、弱いお茶になっている、と思った。泉のわきにひざまずき、水筒を浸した。風が起こり、それにのってカチリ、コツンという不思議な音が聞こえてきた。乾いた棒切れから音楽を奏《かな》でようとしているような……？　泉のわきの森を見透かすように音の出所を探すと、気味の悪いものが目にとまった。三体の骸骨《がいこつ》が木の枝からぶら下がり、風が吹くたびに互いにぶつかりあっていた。

水筒がごぼごぼと音を立て、いっぱいになった。インマンは立ち上がり、栓をして、骨のところまで歩いた。栂《つが》の大木の低い枝から、三体が一列にぶら下がっていた。吊《つ》るすのにロープさえも使わず、ヒッコリーの若木から皮を剝ぎ、それを縒《よ》り合わせたもので間に合わせていた。一体の骨盤は両脚ごとすでに地面に落ち、小山になって、そこから一方の足の指がまっすぐ上に突き出していた。そっくり残っている二体のうち、一体は木の皮の吊るし紐《ひも》がすっかり伸び、足の指が地面に届いていた。インマンは足元周辺の葉っぱをどけてみた。男はきっと地面を踏み固めながら死んでいっただろう。土の表面にその跡が残っていないか、と思った。頭蓋《ずがい》から髪が抜け落ち、足指の周囲の枯れ葉にからまっていた。色は金髪。すべての骨は白すぎるほど白く、開いた顎に残る歯は黄色い。インマンは男の腕の骨に触れた。半分とれかかっているそれを上から下まで撫《な》でてみると、ざらつく感じがあった。地面に触れている脚や足の骨は、火にくべる焚《た》きつけのように見える。この男は自分では紐を切れなかった。だが、もう少しの辛抱だ。やがて自然に切れるときがくる。

数日後、インマンはそこがどこかわからないまま、朝いっぱい登りつづけた。木々のあいだを駆け抜ける鹿《しか》のように、目の前を霧が移動していった。午後は稜線の道を歩き、登り降りを繰り返した。バルサムの生える高みから、ぽっかり開《ひら》けている小さな窪みに降り、また登る。窪みには橅《ぶな》の木立があるほか、谷間に生える何種類かの堅木が、生存できる上限を求めて這《は》い登ってきていた。歩きながら、おや、と思った。場所の見当がつきはじめたような気がした。これは古くから使われてきた道——確かに。石のケルンがあった。昔、チェロキーは道端にケルンを積み上げた。何かを意味したのだろうが、道標なのか、記念碑なのか、聖地のしるしなのか、いまとなっては誰にもわからない。

インマンは自分でも石を一つ拾い、上へ向かう憧《あこが》れに敬意を表して、通りがかりにてっぺんにのせた。

その日遅く、ヒースに囲まれた小さな岩棚に立った。腰の高さほどもあるアザレアの茂みが密に絡《から》み合い、月桂樹《げっけいじゅ》や銀梅花とともに、裸の岩の縁まで押し寄せてきていた。小道に導かれて自然にここに出たのは、きっと多くの旅人がここに立ち、景色を眺めたことを物語っているのだろう。道は岩棚の上を通ると、森に引き返す。アザレアの茂みのあいだにかすかに見える森への出口は、ここへの入り口から四十フィートと離れていなかった。

日が落ちていく。今夜もまた火も水もない野宿になる。せめて眠る場所を少しでも柔らかくしようと思い、崖縁《がけふち》に近い地面に、あるかなきかの落ち葉を掻《か》き集めた。煎り玉蜀黍を掌《てのひら》から直接食べ、横になって眠ろうとした。せめて空の月がもっと大きくて、前途の見通しを少しでも明るくしてくれれば……。そう思いながら、眠りに落ちた。

灰色の夜明けに、ヒースを踏む足音で目が覚めた。起き直り、ルマットの撃鉄を引き起こすと、銃身を水平にして音の方向に狙《ねら》いを定めた。すぐに、二十フィートと離れていない茂みから、一頭の黒い雌熊が頭を突き出した。熊は立ち上がり、黄褐色の鼻面《はなづら》を上に向け、首を長く伸ばし、空気の流れを嗅ぎ、小さな目をしばたたいた。その背後に一本の嗅いだにおいが気に障《さわ》ったらしい。のそのそと前進し、うなった。その背後に一本の若いフレーザー樅《もみ》が立ち、幹の中ほどに一匹、人間の頭ほどしかない熊の子が登っていた。熊は目が悪い。においは嗅げても、この薄明かりの中では目が見えない。熊はもうインマンの目の前にいて、性能の劣る人間の鼻にさえ、そのにおいが届きはじめている。濡《ぬ》れた犬のにおい。それと、もっと深い何か。

熊は、二度、鼻と口から息を吹き出し、慎重に前に出てきた。インマンが位置を変え、立ち上がると、熊も耳をぴんと立てた。目をしばたたき、また首を伸ばし、においを嗅いだ。もう一歩前へ出た。

インマンはピストルを寝具の上に置いた。二度と撃たない――そういう熊への誓いをたてていた。もっと若い頃は、何匹もの熊を殺して食べた。熊の脂肪の味わいを思い出すと、いまでも唾《つば》が湧いてくる。だが、ピータースバーグの塹壕《ざんごう》で、インマンは誓いをたてた。

塹壕の泥の中で、熊になった夢を一週間見つづけた。最初は、夢の中でも人間だった。だが、やがて病気になり、強壮剤として熊苔桃《くまこけもも》の葉をお茶にして飲むと、そのあと、徐々に黒熊に変わっていった。毎夜、夢の中で熊の幻に支配され、四つんばいになり、緑の山野をうろつき回った。同類も他の動物もいっさい避け、いつも一匹で行動した。地面を掘って幼虫をあさり、蜂《はち》の巣が隠れている木を裂いて蜜《みつ》をとり、一度に一藪《やぶ》分のハックルベリーを食べた。いつも幸せで、いつも強かった。平和の感覚に浸りきるこういう生活にこそ、戦争の生傷を白い傷跡に変えていく力があるのかもしれないと思った。だが、最後の夢では猟師にしつこく追い回され、撃たれた。首に巻いたロープで木から吊るされ、皮を剝《は》がれた。その一部始終を上のほうから見ていた。血の滴る自分の赤裸は、何匹も見慣れた本物の熊にそっくりだった。皮を剝いだあとの熊は、予想するよりずっと細く、人間によく似ている。毛皮に隠されている手の構造は、人間の手のように長い。

そうやって殺されて、夢は完結した。その最後の朝、これからは何があっても熊を殺すまいと思いながら目覚めた。熊は自分にとって特別な意味のある動物、観察することで何かを学べる動物だと思った。熊の何かが希望について語りかけてくるような気がして、それを殺すことは罪だと感じた。

だが、いま、危険な状況にあることは明らかだった。岩棚の縁に追い詰められている。前にはヒースが絡まり合い、そこに、季節外れの子を生んで神経質になっている雌熊がいる。だが、一つだけ望みがあった。熊はめったに襲わない。襲うより逃げる。せいぜい襲う振りをする。前脚を突きながら大きく跳ね飛び、十五フィートほど突進して、荒い鼻息を吐く。目的は敵を追い払うことで、襲うことではない。だが、いまのインマンには、逃げようにも逃げる場所がない。自分の居場所を知らせたいと思い、話しかけた。ちょっかいを出すつもりはないんだ。ここから立ち去って、もう二度と戻ってこない。

だから、ここを安全に通してくれ……。インマンは静かに、真正面から語りかけた。できるだけの敬意を声に込めた。

熊はさらに嗅ぐ動作をした。足から足へ体重を移動し、右へ左へ体を揺らした。インマンは寝具をゆっくりと巻き上げ、背嚢《はいのう》をそっと背負った。

――じゃ、行くからな、といった。

インマンが二足歩いたとき、熊が威嚇《いかく》の攻撃行動に出た。しまったと思った。寸法のずさんな大工仕事のように、あれこれの距離がまったく合わない。自分が後退できるのは、せいぜい三フィート。雌熊は、その巨体から莫大《ばくだい》な運動量を生み出すが、その勢いに任せて突進してよい距離は十フィートしかない。その先は崖の縁になる。

インマンは一歩わきによけた。熊がその前を猛然と駆け抜け、この薄明かりでは見えたはずのない岩棚から宙へ飛んだ。熊が胸元をかすめていったとき、強いにおいがした。濡れた犬と、黒土のにおいが混じっていた。

インマンは崖縁から下をのぞき、はるか下の岩で熊の体が割れるのを見た。明け方の光に大きな赤い花が開き、黒い毛皮の切れ端が岩に散乱した。

くそっ、と思った。よかれと思ったことが、こんな結果になる。望み自体が障害物になる。

樅の木の子熊が悲しそうに鳴いた。まだ乳離れさえしていない。母親なしではすぐに痩《や》せ細り、死んでしまうだろう。こうやって何日か鳴きつづけたまま餓死するか、狼《おおかみ》やピューマの餌《えさ》になるか。

インマンは木に近寄り、小さな熊の顔をのぞき込んだ。子熊はインマンに向かって目をぱちくりさせ、口を開いて、人間の赤ん坊のような泣き声をたてた。

インマンが迷わなかったわけではない。たとえば、腕を伸ばし、子熊の襟首をつかんで、おれたちは仲間だ、と語りかけようかと思った。背嚢をおろし、頭だけ出るようにして中に押し込み、また背負って、そのまま旅をつづけようかとも思った。子熊は、インディアンの赤ん坊のように目を輝かせ、特等席からすべてをながめまわすだろう。故郷に帰りついたら、ペットとしてエイダにやろう。エイダに求愛を拒絶されたときは、自分で飼って馴《な》らしてもいい。成長して去っていったあとも、ときどきはコールドマウンテンの隠所に訪ねてくるだろう。慰め合える。やがては雌熊を見つけ、子供を連れてくる。人間の家族はなくても動物の家族ができるかもしれない。これも、母熊の死という不幸を償う一つの方法になる。

だが、現実のインマンは、できる唯一《ゆいいつ》のことをした。ルマットを取り上げ、子熊の頭を撃った。そして、子熊の動きが止まり、木に抱きつく腕が緩み、地面に転がり落ちるのを見ていた。

肉を無駄にしたくなかった。火を起こし、子熊の皮を剝ぎ、いくつかに切り分けて、ゆではじめた。岩の上に広げた黒い毛皮は、せいぜい浣熊《あらいぐま》ほどの大きさしかなかった。熊がゆだっていくあいだ、インマンは岩棚にすわり、じっと待った。朝が始まった。靄《もや》が破れると、無数の山と無数の川が地の果てまでも連なっていた。目の前の稜線の傾斜を影が滑り降り、谷間に落下し、地下に潜む巨大な闇《やみ》の溜まりに吸い込まれていった。インマンの足元からはるか下の谷には、ぼろ切れのような雲がかかっている。だが、この景観のどこを見渡しても、屋根の一つ、煙の一筋、耕された畑の一枚も見えない。人間の居住の痕跡《こんせき》は皆無にして、幾重にも折り畳まれた地の襞《ひだ》だけがあった。これこそ世界のすべてであることを、五感全部がインマンに伝えていた。

山肌を吹き上げてくる風が、熊の煮えるにおいを運び去り、濡れた石のにおいだけを残した。西方に何十マイルもの眺望が開けている。高い峰、切り立った崖、鋭い岩。長い地平線まで、それが途切れなくつづいている。「カタルーチー」はチェロキーの言葉。いくつもの山脈が波のように重なり合いながら遠くへ消えていくさまをいう。この朝のカタルーチーは、剝《む》き出しの冬空とほとんど変わるところがなかった。どちらにも灰色の濃淡だけがあり、それが縞《しま》模様と大理石模様を作っていた。上にも下にも、筋のある大きな板状の肉塊が横たわっているように見えた。それを見ているインマンもまた、灰色と黒と汚れた白の塊。この世界に隠れ住むのには最適の服装をしていた。

荒涼とした光景にもかかわらず、インマンの心に喜びが湧き上がり、ふくらんでいった。家に近づいている感覚があった。皮膚に触れる薄い空気にそれを感じた。家々から立ちのぼる暖炉の煙への郷愁のなかにそれを感じた。その家々には、生まれたときからの知り合いが住んでいる。憎むことも、恐れることもいらない人々がいる。インマンは立ち上がり、岩の上にがっしりと両脚を広げた。目をこすり、広大な眺望の彼方《かなた》に一つの山を見定めようとした。不注意な目には、空との見分けがつかない。空と山を分けるものは、インク不足のペンで引かれた一本の線。細く、かすれていて、不明確。だが、やがて一つの形がゆっくりと浮かびはじめ、もはや疑うべくもない。インマンの視線はいまコールドマウンテンを捕らえていた。眼前に広がる光景は、いま、故郷と呼べるものになった。

ながめつづけるうち、インマンの目は遠くの尾根と谷間の一つ一つを認識した。単に思い出したのではない。昔々、鋭く角膜に刻み込まれた形。その一つ一つがよみがえった。名前がほとばしり、それを声に出していってみた。熊尾尾根、馬車道峠、脛《すね》裂き坂、腹減り川、金槌《かなづち》塚、顔岩。名無しの山や名無しの川はなく、名無しの鳥も、名無しの藪もない。インマンの土地ではすべてに名前があった。

顔を右に左に揺り動かした。これまでになくバランスよく首の上にのっている感じがした。きっと地平線に対してこれまでになく鉛直に立っているからではないか、と思った。一瞬、芯《しん》をくりぬかれた空虚感が埋まることさえ考えられると思った。あの瘤々《こぶこぶ》の山塊のどこかに、きっと人一人が消え失《う》せられる場所がある。歩けば、風が黄色い落ち葉を吹き散らし、足跡を消してくれるだろう。世界中の獰猛《どうもう》な視線から遮断し、この身を安全に隠してくれるだろう。

インマンはまたすわり、心行くまで自分の国をながめた。やがて熊の肉が煮えると、それに粉をまぶし、ラードで揚げた。何日か前、女から紙に包んでもらったラードを、これで使い切った。崖のてっぺんにすわって食べた。初めて食べる幼い熊の肉は、大人の熊ほど黒くなく、脂《あぶら》ぎってもいなかった。だが、やはり罪の味がした。これは七つの大罪のどれに当たるだろうかと思った。どれも適当とは思われず、八つ目として後悔を付け加えることにした。

だめだ、どうにもならない

いま登っている小山に名前があるのかどうか、スタブロッドは知らない。連れの二人といっしょに背を丸め、下を向き、寒さに歯を食いしばって歩きつづけた。帽子のつばは斜めになって鼻の近くまで垂れ下がり、手は両方とも上着の袖《そで》の中に引き込まれている。影が前方に長く伸び、誰もが自分の似姿を踏みつけながら歩いていた。周囲の森の橡《とちのき》、白辛樹《あさがら》、百合樹《ゆりのき》、科木《しなのき》は、旅人に話題にもしてもらえないまま無為に風に揺れ、何千年分もの湿った葉の堆積《たいせき》で三人の足音を和らげていた。

パングルがスタブロッドの直後を歩き、三番目の男がそれから六歩離れてつづいた。スタブロッドはフィドル入りの袋を腋《わき》の下に抱え、パングルはバンジョーの棹《さお》を下向きにして、革紐《かわひも》で肩にかけていた。三番目の男は楽器らしきものをもたなかったが、全員の――といってもわずかな――持ち物を背嚢《はいのう》に入れて負っていた。虫食いだらけの南軍毛布ですっぽり体を包み、その裾《すそ》を地面に引きずって、落ち葉を乱しながら進んだ。

三人の腹は、前日の夕食後からごろごろと鳴りつづけていた。死んでいる雌鹿《めじか》を見つけて食べた。地面に凍りついていた様子から、ずいぶん長くそこに倒れていたものとわかったが、肉に飢えていた三人はそれを無視した。なぜ死んだかも考えずにおいた。濡《ぬ》れたポプラは煙ばかりあげて大きな火にならず、尻《しり》の肉をあぶったが、ようやく解凍できたかどうかというほどにしか温まらなかった。それを全員が相当量食べ、全員がいま後悔していた。互いに口さえもきかず、ときどき誰かが道をそれ、月桂樹《げっけいじゅ》の茂みに駆けこんでは、しばらくして追いついてきた。

風のうなりも、鳥の鳴き声もなく、唯一《ゆいいつ》、栂《つが》の木立を通るときに、地面に落ちてくる細い針葉の音だけが聞こえた。東の空には、まだ夜明けの名残が黄土色に広がり、もろい太陽の表面を薄い雲がかすめ飛んでいた。堅木の枝が黒く絡《から》まり合い、弱い光の中にくっきりと浮かび上がって見えた。しばらくのあいだ、地表には茶色と灰色の二色しかなかった。その陰鬱《いんうつ》な色の中を行き、氷の張った岩棚を通り過ぎたとき、そこに何やらふわふわした黄色の地衣類か苔《こけ》が生えているのが見えた。あまりに鮮やかな黄色に、目が痛んだ。パングルが手を伸ばし、革の手触りのある一片をもぎとって、恐る恐る口に入れた。形は帆立貝《ほたてがい》に似ていた。真剣な表情で嚙《か》んでいたが、吐き出すでもなく、もっととって食べるでもなく、味をどう判断したのかは不明だった。だが、なぜか活発な表情になり、ほかにもこの世界からの贈り物がないかどうか、あたりに目を配りながら歩きはじめた。

やがて登りつめて、小さく平らな地面に出た。三本の道が集まっていた。いまたどってきた道が一つ。これは後ろへ下る。ほかの二本はやや細く、登りつづける。枝分かれしている二本のうち大きなほうは、バッファローの道として始まり、やがてインディアンが通う道となり、荷馬車も通れない細さのまま、いまも木々のあいだをくぐり抜けている。猟師がこの場所でよくキャンプしたと見え、火の輪の跡が残っている。かなりの木を切って燃やしたのだろう。三本の道がYの字に集まる場所から半径五十歩ほどは、木がまばらになっている。だが、上に向かう二本の道の分かれ目に、ポプラの巨木が一本立っていた。これだけが切り倒されずにすんだのは、おそらく、その美しさや太さや樹齢が惜しまれたのではない。この巨木を挽《ひ》き切れるだけの横挽鋸《よこびきのこ》が、どの村にも見つからなかったからだろう。地面に接する辺りの幹の太さは、ちょっとした玉蜀黍納屋《とうもろこしなや》ほどもあった。

スタブロッドにはどことなく見覚えのある場所に思え、立ち止まって辺りを見回した。すぐ後ろにつづいていたパングルに長靴の踵《かかと》を踏まれ、足がすっぽり抜けて、靴下のまま凍った腐葉土を踏んだ。スタブロッドは振り返り、指をパングルの胸板に強く押しつけて一歩下がらせた。かがんで、フィドル入りの袋を地面に置き、長靴を履きなおした。

三人は登りからくる荒い息を吐きながら、前方の二股《ふたまた》の道をながめた。吐いた息は朧《おぼろ》な形を作り、心配げにしばらく三人の周りに漂っていたが、すぐに関心を失い、消え去っていった。どこか近くに川があるらしく、流れ落ちる水音が聞こえてきた。それ以外に、この場所に音はなかった。

—寒いよ、と三番目の男がいった。

スタブロッドは男をじろりとながめた。この殺風景な場所と男の無意味な発言への腹いせに、咳払《せきばら》いをして、地面に痰《たん》を吐いた。

パングルは袖の中から片手を出し、掌《てのひら》を上向きにして空気に触れさせていたが、すぐに拳《こぶし》に握り、亀《かめ》が頭を引っ込めるように袖の中に戻した。

—金玉が腹の中まで縮み上がる、といった。

—だからさ、おれもそれをいってるんだ、と三番目の男がいった。

この男とは、無断離隊者の洞窟《どうくつ》で知り合った。向こうからは名乗らず、スタブロッドのほうからも聞かず、そのままになっている。ジョージア州の出身で、年はせいぜい十七歳。髪は黒く、肌は茶色。顎《あご》に一摑《ひとつか》みの細い鬚《ひげ》が生えているが、頰は少女のようにすべすべしていた。きっとチェロキーかクリークの血が混じっているだろう。人並みに戦争物語をもちあわせていた。従兄《いとこ》と二人、あわれにも徴兵されて、六三年に戦線に送られた。一年ほど同じ連隊で並んで戦ったが、二人の銃は帽子のてっぺんをも超えるほど長い旧式銃で、ほとんど戦力にはならなかった。毎晩、一枚の毛布をかぶって寝た。脱走するときもいっしょだった。永久につづく戦争なんてない、と二人は考えた。生まれてきた人間は必ず死ぬとしても、和平の前夜に死ぬのはばかげている。だから、脱走した。だが、故郷への道のりは長く、曲がりくねっていた。これほど多くの風景が足元を通り過ぎていくとは考えてもみなかった。コールドマウンテンにたどり着くまでに三箇月かかり、いったいここがどこの州にあるのかも、まだわからずにいた。二人は迷いに迷い、従兄はやがて肺をやられ、発熱し、激しい咳に見舞われて、暗い山の窪《くぼ》みで死んだ。

数日後、あてどなくうろついているところを洞窟の住人の一人に見つけられ、スタブロッドとパングルに預けられた。ちょうど二人だけで洞窟を離れ、輝きの岩に近いどこかに新しい住処《すみか》を見つけようとしているところだった。ジョージアは、スタブロッドの評価では最低に位置する州だったが、南への眺望が開ける高みまで少年を連れていき、そこでジョージアの方角を教えてやろうと約束した。

だが、洞窟を出て、まず、食べ物の隠し場所に向かった。これが昨日のこと。道々、少年に事情を話した。エイダの尽力で、ルビーがようやく慈悲心に目覚めたこと。だが、施しにいくつか条件をつけてきたこと。

冬を迎えようとするいま、ルビーとエイダにもさほどの余裕があるわけではなかった。施せる量は限られる。大の男二人を丸々養うなんてできない。それに、スタブロッドとパングルに訪ねてこられるのも危険すぎる。農場の周りにはもう影さえ見せてほしくない。食べ物は、どこか安全な隠し場所に置いておくことにする。子供のころ歩き回っていて見つけた、尾根沿いのあの場所はどうかしら。丸い平らな石があるところ。端から端までいろんな古い文字が書きつけてあるあの石……？　それに、期日にしばられるのもごめんよ。わたしの都合で、その気になったときに食べ物をもっていくし、その気にならなかったら、もっていかない。あるかないか調べるのは、そっちで勝手にやってちょうだい。

その場所に着くと、スタブロッドはきょろきょろと見回し、膝《ひざ》をついて、手で落ち葉の下を探った。やがて長靴の縁で葉を掻《か》き分けはじめ、たちまち地面にはめ込まれた丸い平らな石を掘り出した。ちょうど洗濯だらいの口ほどの大きさで、そこに彫られている しるしは明らかにチェロキーのものとは違った。文字のもつ角度が急すぎるし、几帳《きちょう》面《めん》すぎる。それがフライパンの上の蜘蛛《くも》のように、石の端から端までをいらいらと動き回っていた。人類以前の種族が残したものだろうか。石の縁を下に掘ると、ひき割り玉蜀黍の入ったブリキ缶、新聞紙に包んだ干し林檎《りんご》、豚のばら肉の削り屑《くず》、隠元豆のピクルス漬けを入れた甕《かめ》が出てきた。三人は、もともともっていた酒とタバコの荷物にそれを加えた。タバコは、パイプタバコのほかに嚙みタバコまで用意してあった。

——どっちの道を行くんだい？　ジョージア州の少年がいまスタブロッドに尋ねていた。

肘《ひじ》で二股の道を指したとき、毛布のその部分が外にふくれ、石像に彫られた襞《ひだ》のように、地面にまで届く陰影を作った。

スタブロッドは肘の指す方向を見た。だが、いまどこにいるのかも、これからどこへ行くのかも不確かだった。わかっているのは、高いほど遠いということ。この山は大きい。山と平地の分かれ目をたどり、ぐるりと一巡りすると、百マイルにさほど欠けることはないだろう。この百マイルには、ずいぶん広い空間が含まれる。まっ平らな地図の上でさえそうなのに、山というものは空に向かって立ち上がり、折れ曲がり、いろいろな種類の窪みや陰や谷を作っている。さらに、これまでコールドマウンテンに分け入ったとき、スタブロッドはいつも酔っ払っていた。いま思い浮かべる道の数々はどれも絡まり合い、どれがどこへ導くのか曖昧模糊《あいまいもこ》としていた。

スタブロッドが困惑して辺りをながめ回すのを、パングルが見ていた。とうとう口を開き、先生より多く知っているという出過ぎたまねにおどおどしながら、ここがどこだか知っている、と口籠《くちごも》った。右に分かれている道はやがてもっと細くなるが、山の中をどこまでもつづいていく。あまり遠すぎて、途中までしか行ったことがない。きっとインディアンが行ったところまで行き着くのだろう。左の道のほうが最初は広いが、こちらはうねうね曲がるだけで、水の湧《わ》くじめじめした場所の近くで消えてしまう。

――よし。じゃ、まず食ってからだ、とスタブロッドがいった。

三人は薪《まき》を集め、猟師らが積んだ黒い石の輪の中で、苦労して火を起こした。ひき割り玉蜀黍を小川の水で煮た。柔らかいものを入れてやれば、でんぐり返った腹が少しは収まるかと思った。燃えている丸木を引き寄せ、クレーパイプに火をつけた。着ているものや靴底が焦《こ》げないよう注意しながら、弱い炎にできるだけ近づいてパイプをふかした。酒瓶を回し、それぞれが長い一口を飲んだ。厳しい寒さが染《し》み透《とお》り、骨の髄を冷たいラードのように固まらせていた。三人は静かにすわり、火の暖かさと酒の作用でそのラードが少しでも溶けてくれるのを待った。

やがて、スタブロッドが甕を抱え込み、ナイフの刃で隠元豆のピクルス漬けを一所懸命突つきはじめた。甕に刃先を突っ込み、一粒刺し、取り出して口に入れては、また突つく。一粒食べるごとにズボンの脚にナイフの刃をこすりつけ、酢を拭《ぬぐ》い去った。パングルは干し林檎のしなびた輪を食べていた。食べるまえに両掌《りょうて》で平らに伸ばし、目の前にもっていって、くりぬかれた芯《しん》の穴から向こうをのぞいた。それが望遠鏡か何かで、のぞくと世界の様相が一変するかのようだった。ジョージア州の少年は背を丸め、前屈《まえかが》みになって、手を炎にかざしていた。毛布を頭巾《ずきん》のようにかぶり、顔全体を影にし、黒い目だけを炎の反射できらきら光らせていた。突然、体を固くした。尖《とが》った棒で突き刺されでもしたように、腹に片手を当てた。

―こんなにひどい下痢になると知ってたら、あんな鹿肉、一口も食べるんじゃなかった、といった。

立ち上がり、おぼつかない足取りでゆっくり歩くと、空き地の向こうにある石楠花《しゃくなげ》の茂みに消えていった。スタブロッドがその後姿を見やった。

—かわいそうなやつだ、といった。家を離れなきゃよかったと思ってる。だが、その家がいったいどんなひどい場所にあるのか、いまだにわからずにいる。わしだったら……そうさな……たとえば弟が二人いて、一人がどっかの牢屋《ろうや》、もう一人がジョージアにいるとしたら、絶対にジョージアにいるほうを先に助け出すぞ。

—ジョージアなんて行ったことがない、とパングルがいった。

—わしも一回だけだ。ほんの一足か二足踏み込んだだけで、成り立ちのひどさってものがわかった。もちろん、すぐに引き返したさ。

風が一吹きして火が燃え上がり、二人は暖まろうと手を突き出した。そのまま、スタブロッドはうとうとと眠った。頭が垂れ下がり、顎が胸につきそうになり、そこからあわてて頭を持ち上げたとき、道を登ってくる騎馬の男たちが見えた。下からやってきて、いま丘の頂上に出た。先頭は伊達《だて》男と小柄な少年。その後ろに、無骨な身なりの自警団員がつづいた。どの男もサーベルをもち、ピストルとライフル銃で武装し、いま、そのいくつかがスタブロッドを狙《ねら》っていた。自警団は重い外套《がいとう》を着込み、毛布にくるまってやってきた。馬は冷たい空気の中で盛大に湯気を立て、大きくふくらんだ鼻から白い息の柱を吹き出していた。前進してくる馬の蹄《ひづめ》が道の表面に張る氷を破り、乳鉢《にゅうばち》と乳棒をこすり合わせたような音を立てた。

自警団は道を登りきり、空き地に入ってきた。スタブロッドとパングルにのしかかるように止まり、二人を影で覆《おお》った。立ち上がろうとするスタブロッドをティーグが止め、じっとしていろ、といった。

ティーグは、鞍《くら》にゆったりとすわっていた。銃身の短いスペンサー・カービン銃を手にし、内側に湾曲した床尾板を太腿《ふともも》の盛り上がりにあてがい、立てている。ウールの手袋の右手には、親指と人差し指がない。撃鉄を起こし、引き金を引くには、指が剥《む》き出しになっていたほうが自由がきく。左の手袋にはちゃんと指があり、覆われた親指と人差し指が手綱を優美に握っていた。

ティーグは、地面にうずくまる二人をしばらく見おろしていた。灰色の皮膚を見、キルティングにできた焼け焦げのような目を見ていた。太った若い男の髪の毛は茶色に汚れ、頭の片側はメレンゲのように突き立ち、反対側はもつれながら頭皮に貼《は》りついている。老人のほうは頭が禿《は》げつつある。だが、禿頭に特有の張りも艶《つや》もなく、頭皮が頭蓋《ずがい》骨《こつ》の上でたるみ、ざらざらで鈍い色に見えた。顔全体が周辺から鼻の頭の方向へ押しつぶされた感じで、漏斗《じょうご》を思わせた。

――書類をもってるかどうかなんてことは聞かない、とティーグがいった。もう、ありとあらゆる嘘《うそ》を聞かされてきたからな。いま無断離隊者の一団を追っている。どこかの洞窟に籠って、村人を襲っているようだ。その洞窟が山のどの辺にあるのか、知っていたらしゃべるのが身のためだろう。

―よくは知らない、とスタブロッドがいった。早口で、明るい口調で話したが、内心は沈みきっていた。一月もしないうちにまたあのバージニア戦線に戻され、銃口に込み矢を押し込んでいるのか、と思った。

―知っていたら、もちろん教えるところだ、といった。だが、わしも噂《うわさ》を聞いただけでな。なんでも山のずっと裏側のほうってことだ。熊《くま》の巣川か光の沢か、あっちのほうらしい。

パングルが不思議そうな目つきでスタブロッドを見た。混乱が影のように顔に広がった。

―おまえの考えも聞いておこう。ティーグがパングルにいった。

パングルは上体を後ろに傾け、広い腰骨で体重を支えながらすわっていた。前にかたまる馬上の自警団員の肩のあいだから、霞《かす》んだ太陽が射《さ》し込み、パングルはまぶしそうに片手で目を覆った。手の下からのぞくその小さな目は、困惑しきっていた。突きつけられた問いにどう答えたらよいものか、考えあぐねていた。いろいろな考えが表情を通過していくのがわかった。

最後にスタブロッドのほうを見ながら、そんなんじゃ、かするところまでもいかないよ、といった。こっち側だもの。ほら、大切り株の上、刻み川から三マイルもいかないでしょう? 道が七面鳥の足みたいに分かれるところに出たら、右手の斜面にヒッコリーの木立があって、秋になると地面に栗鼠《りす》が走り回っているでしょう? 地面じゅう栗鼠だらけ。石を投げても殺せるくらい。そのヒッコリーのあいだをちょっと登っていけば、落石のあった場所があって、そのてっぺんでしょう? 崖《がけ》の途中に洞穴があって、中は、納屋の屋根裏みたいに大きい。

――ありがとうよ、とティーグがいった。二人の巨大な黒人団員のほうを向き、特別の意味を込めるように口の片隅を少しゆがめた。体重を鐙《あぶみ》に移し、革をきしませると、片脚を馬の背中越しに移動させ、馬から降りた。

つづいて、全員が下馬した。

――お邪魔でなければ、いっしょに火にあたらせてもらうぞ、とスタブロッドにいった。いっしょに朝食にしよう。料理して食う。そのあとで、何かやってもらうのもいい。聞ける腕かどうか見てやろう。

全員で大きな火を起こし、仲間どうしのようにその周りにすわった。自警団員は大量のソーセージを持参していた。鞍嚢《あんのう》から取り出された腸詰は固く凍り、とぐろを巻いて、何かの腸そのものに見えた。団員が小さな手斧《ちょうな》を使い、それを料理できるほどの大きさに切った。火のわきの平らな石にのせ、少し柔らかくなったところで、尖った木串《きぐし》に刺し、火の周りに並べてあぶった。

火は、やがて大きく炎を上げて燃えだし、赤い熾《おき》ができ、その下に白い灰の層が現れた。強い熱が放射された。パングルは上着のボタンをはずし、シャツのボタンもはずし、青白い胸と腹をむき出しにして、その熱を直接受けた。すっかりくつろいでいた。この瞬間、焚《た》き火の周りにあるものは、暖かさと、仲間と、あぶられるソーセージのにおい——それ以外に何かがあると感じる神経は持ち合わせなかった。しばらく自分のバンジョーをながめていた。初めて手にとるもののように、形状と材質を愛《め》でていた。奏《かな》でることに劣らず、目で味わうことを楽しんでいるように見えた。やがて目が曇り、瞼《まぶた》が閉じ、全身の力が抜けた。全体重が胴体から幅広い尻《しり》にかかり、体の前面が白い肉の襞になった。ラードに刻まれた居眠りする男の彫像になった。

——こうなると、この世から消え失《う》せたも同じだ、とスタブロッドがいった。くたびれ果ててる。

ティーグは外套のポケットから酒瓶を出し、スタブロッドの目の前に突き出した。

——早すぎるなんてことはあるまい？

——さっきからもうやってる。この数日は、目を一、二瞬閉じただけだ。そんな状態だと、いつが早すぎるかをいうのは難しい。

瓶を受け取り、コルク栓を抜くと、口にあてがって傾けた。どうということはない酒だったが、丁重な反応を返しておくことにした。舌鼓《したつづみ》を打ち、大きな息を吐き、感心したようにうなずいた。

—なぜ眠っていない？ ティーグが尋ねた。

—ここ何日か、昼も夜も音楽浸《づ》けだった、と答えた。合間にはどこかの博打打《ばくち》ちと賭《か》け事をしていた、ともいったが、それが無断離隊者の洞窟でのことだとはいわなかった。トランプ、闘鶏、闘犬、さいころ。賭けになるものならなんでも。大物博打打ちが熱くなって賭けた。帽子を賭け、とられたらその下の髪の毛まで賭ける。だんだん賭けのネタが尽きてくると、木の枝に止まっている鳥にまで賭けた。どれが最初に飛び立つか。

—結局、わしは損得ゼロだった、とスタブロッドは自慢げにいった。こういう連中を相手にして負けなかったのは、なかなかたいしたことだ……。

ティーグは、トランプ一組を手にもって一枚ずつ配る動作をした。博打か、といった。ソーセージがふくらみ、脂がにじみ出てきた。腸管の中でかすかな悲鳴が起こり、やがて唾《つば》を吐くような音とともに、熾の上に脂《あぶら》が滴《したた》った。ソーセージが茶色に焼きあがった。まだ眠っているパングル以外の全員が、それを串から直接ほおばった。食べ終わると、ティーグがフィドルとバンジョーを見て、弾けるのか？ と尋ねた。

—少しは。

——じゃ、何かやってくれ。

スタブロッドは気が進まなかった。疲れていたし、音楽などわかる連中ではないとも思った。音楽好きになるのに必要なものを何もかも欠いている。だが、しかたなくフィドルを取り上げ、乾いた掌《てのひら》で弦を一撫《ひとな》でした。ささやくような響きを聞くだけで、どの弦をどう調律すればよいのかがわかった。

——何を聞きたい？

——何でもいい。任せる。

スタブロッドは腕を伸ばし、パングルの肩を揺すぶった。パングルは眠りから覚め、目をわずかに開いた。頭の中のもやもやを払い、湧《わ》き起こる雑多な考えをなんとか整理しようと努力しているのがわかった。

——一曲演奏してほしいそうだ、とスタブロッドがいった。

パングルは何もいわず、手を火であぶりながら、しばらく指の関節を曲げ伸ばししていた。バンジョーを取り上げ、糸巻きをいくつかひねると、スタブロッドのフィドルも待たずに「バックステップ・シンディ」を弾きはじめた。弦を打つ指の動きにつれ、胸と腹の脂肪の襞《ひだ》が揺れた。だが、曲が繰り返しにかかろうとするところで、音は急にばらばらになり、身動きがとれなくなった。パングルは立ち往生した。

——これじゃだめだ、どうにもならない、とスタブロッドに訴えた。手を貸してもらえたら、どうにか……と思うけど。

スタブロッドは「シンディ」から音を一つ二つ弾いた。さらにいくつかを追加した。一見、手当たりしだいで、つながりがないように思えた。何度も繰り返すうち、意味をなさない音群であることがはっきりしてきた。だが、スタブロッドはその全部を掻《か》き集め、強引に一つのバリエーションを紡《つむ》ぎ出した。さらにもう一つ、こんどはもっと緻密《ちみつ》なバリエーション。意外にも音が寄り集まり、一つの調べになった。探していたパターンが見つかった。スタブロッドは奏でた音の跡を追い、行く先を突き止め、進行の論理を発見した。その論理は、笑い声のようにはずみ、壊れやすく、無理がない。パッセージが一度、二度と弾かれた。それを聞いてパングルが調弦を変え、一連のすばやい音でフィドルに応《こた》えた。きらびやかで、厳しい音が返った。二人は走りはじめた。いったいどんな曲になるのか、演奏で確かめようとした。

形のうえではジグでもリールでもない。だが、踊りやすい曲だった。まだ腹が荒れ狂っている二人には、いくらステップを踏みたくても一歩も踏めなかったろうが、それでもパングルの片足は弱拍で地面を叩《たた》き、頭はうなずくように前後に動いていた。目は緩く閉じられ、まつげの下には震える白目の輪だけが見えた。スタブロッドは一区切り弾き終えると、フィドルの尻の位置を下に移動させた。剛毛の生える首から胸におろし、そこで固定すると、弓で弦をはじくようにリズムを叩き出しはじめた。パングルもその意図を察し、同じことをした。手を平らに広げ、バンジョーの胴に張った猫の皮を叩いた。しばらくのあいだ、二人の演奏はドラムについての考察になった。スタブロッドが仰向き、ドラムのリズムに合わせて、このところ作っていた詩を歌いはじめた。騾馬《らば》の首のように固い腹をもつ女の詩。そういう女は、女という人種に似合わない残酷な生き物だ、とスタブロッドは歌った。

歌が終わったあと、二人はもう一巡して演奏を終えた。しばらく相談し、ふたたび糸巻きをねじって死者の調弦に変えると、どこか「ボナパルトの退却」を思い出させる曲を弾きはじめた。ワシントン将軍の曲と呼ぶ人もいる。ずっと柔らかく、物思いに沈む感じの曲ながら、死そのもののように妥協がなかった。木の下の影のようにそっと短調が忍び込み、聞く者の心に暗い森とランタンの光を呼び起こした。太古の旋法の一つで演奏される古い古い曲。一つの文化の集大成。その文化の精神生活を表現しつくしている音楽だった。

――わあ、見ろ、二人とも発作を起こしたみたいだぞ、とバーチがいった。

フィドルとバンジョーが死者の調弦で合奏する――自警団員は誰一人、見たことも聞いたこともなかった。これほどの悲惨と哀愁の旋律が、これほどの力強さとリズムで弾かれるのも聞いたことがなかった。パングルの親指が第五弦を弾いて第二弦に落下したとき、その傲慢《ごうまん》さに誰もが息を飲んだ。食事の合図の鐘に似て、だが荘厳《そうごん》な音が響いた。

その間も、他の二本指はひたすら動きつづけた。懸命にもがくような奏法ながら、研ぎ澄まされた野獣の完璧《かんぺき》さがあった。

フィドルの指板をつかむスタブロッドの左手は、自然の法則のように揺るぎないパターンを生み出していた。闇雲《やみくも》に弓を引く右手の無謀とは対照的に、弦の押さえには熟慮と研究が込められていた。スタブロッドの歌う言葉は、一つの夢を物語っていた。自身の見た夢か、架空の語り手の夢なのか。栂《つが》のベッドで見た夢は、失われた愛と、つらい時間の経過と、緑のマントを着る少女の濃厚なイメージに満ちていた。音楽抜きでは電報のメッセージのように空疎《くうそ》に聞こえただろう。だが、音楽といっしょになったとき、そこに完全無欠の世界が現れた。

歌が終わると、バーチが素《す》っ頓狂《とんきょう》な声で、すげえ、といった。こりゃ聖人だ。この二人は、あんたやおいらには閉ざされたものを見ているよ、とティーグにいった。

ティーグは歯をちゅうちゅうと吸いながら、遠くのほうをながめていた。何かを思い出そうとしているようにも見えたが、やがて立ち上がり、上着のラペルを引っ張って左右を整え、ズボンのウエストをいじって心行くまで調整した。つぎに、地面に置いてあったスペンサー銃を取り上げた。左手をだらりと垂らしたまま、銃床の前部分をその手首で支え、スタブロッドとパングルのあいだの空間に銃口を向けた。

——あのポプラの大木の前に立て、とスタブロッドにいった。その男もいっしょに連れていけ。

ほかにどうしてよいかわからず、スタブロッドは木まで歩いて、その前に立った。木は、最初の枝まで百フィート近くある。そこまでは直立する一本の巨石と変わらない。枝は二本。どちらも普通の木ほどの太さがあり、燭台《しょくだい》の腕のように上向きにカーブしていた。てっぺんは、おそらく前世紀のうちに折れたのだろう。近くの地面に転がり、その太い円筒形はすでに苔《こけ》むして、ゆっくりと土に溶けこみつつあった。腐りが入って柔らかく、蹴《け》れば古い牛糞《ぎゅうふん》の山のように崩れて、閻魔虫《えんまむし》が大慌《おおあわ》てで逃げていくのが見られるだろう。

スタブロッドはフィドルを体の前に置き、腕の内側に抱えていた。指一本でぶら下げた弓が、心臓の鼓動に合わせてぴくんぴくんと動いた。パングルがその横に立った。二人のポーズは、戦争が始まった頃、兵士らがアンブロタイプに撮らせたポーズと変わらない。得意げで、神経質。ただ、武器だけが違った。二人の得意はフィドルとバンジョー。ライフル銃でも、コルト拳銃《けんじゅう》でも、ボーイナイフでもない。

パングルは、学校の生徒どうしがするように、空いているほうの腕をスタブロッドの肩に回し、ライフル銃を持ち上げた自警団員に、にこにこと笑いかけた。その笑いには皮肉も強がりもなく、ただ親しさだけがあった。

—あんなに笑いかけてくるやつは撃てねえ。団員の一人がいって、銃をおろした。

——笑うのをやめろ。ティーグがパングルにいった。

パングルは口を上向きにねじり、まっすぐに整えようとした。だが、あちこちがひきつれて、また笑いに戻った。

——おかしいことは何もないぞ、とティーグがいった。何一つない。死ぬにふさわしい顔になれ。

パングルは両手で顔を押さえ、髪の生え際《ぎわ》から顎《あご》まで撫でおろした。口の両端を左右の親指で引っ張りおろしたが、指が離れると、それはまた跳ね上がり、顔全体が花のような笑いに崩れた。

——帽子をとれ、とティーグが命令した。

パングルは帽子をとり、つばを両手で握ると、にこにこ顔のまま腹の前にもってきた。世界の回り方を見せるかのように、くるくると回してみせた。

——そいつを顔の前にもっていけ。ティーグがいった。

パングルが顔の前まで帽子を持ち上げ、その瞬間、自警団員が引き金を引いた。弾が二人の男の肉を貫通し、後ろに立つポプラの巨木から木《こ》っ端《ぱ》が跳ね飛んだ。

──で、全員が引き金を引き終わったときは、馬がもうみんな怖がって、飛び跳ねて、そりゃたいへんだった。団長がいくらののしったって、ききゃしない。だから帽子をとって、それで一匹一匹の顔をはたいて回ってたけど、人間のほうには──あの二人には──土をかけてやるでもないし、そばに立って何かお祈りをしてやるでもない。鉄砲を撃ったんだから、これも銃撃戦って呼んでいいんじゃないか、って誰かがいって、別の誰かが笑って、そうかと思うと、焚《た》き火に小便をひっかけて消すのがいて、そのままみんな馬で行っちまった。人が人にあんなことをするなんて、ここはなんてひどいところなんだ……。

ジョージアの少年は、恐怖と衝撃からまだ抜けきれていなかった。興奮がさめやらない。身震いするような出来事ながら、事実を伝えたいという思いに切迫感があった。全部見たんだ、何から何まで全部、といった。

──全部見られるほど近くにいたのに、あなただけ殺されもせず、捕まりもしなかったのはなぜ？　とエイダが尋ねた。

少年はしばらく黙っていた。視線をそらし、眉《まゆ》にかぶさってきた髪の毛を指でかきあげ、親指を門の掛け金に伸ばして上げ下げした。柵《さく》の外に立つ少年を、内側からエイダとルビーが見つめていた。門の尖《とが》り杭《ぐい》越しに話をしていると、汗に汚れた少年の衣服から木の煙のにおいがした。しばらく洗っていない濡《ぬ》れた髪の毛のにおいもした。

—耳に聞こえただけのこともあったかな、と答えた。見えなかったことも耳でわかった、っていったほうがいいかもしれない。その……森にちょっと入っていたもので。月《げっ》桂樹《けいじゅ》の茂みに。用があって。

—そう、とエイダがいった。

—その……人に見られたくないことで。

—いいたいことはわかったわよ、とルビーがいった。で、結局、なんなの？

—だから、それをさっきからいっているのに。あの大きなポプラの下に、二人を血まみれの死体のまま残してきた、って。フィドル弾きがこの家のことをいってたのを思い出して、ここまで一目散に走ってきたんだ。まず、あの絵のある石、昨日食べ物をとりに寄った石のところへ戻って、そこからこの家までずっと駆けてきたんだ。

—どれほどかかったの？ とルビーがいった。

少年は辺りを見回し、位置を確かめるように、平らな灰色の雲と青い稜線《りょうせん》に目をやった。だが、どの方角が西なのか、少年にはわからない。空を見ても、いまの時刻を知る手がかりはあまりない。空に明るい点はなく、古斧《ふるおの》の刃のような色が浮かぶだけだった。

―いま三時よ、とエイダが教えた。少なくとも二時半は回っているはず。

―三時？ 少年は少し意外そうに繰り返した。下を向き、庭の境の踏み固められた地面をじっと見つめた。上下の唇が強く閉じ、口が動いていた。どうやら数をかぞえている。腕を伸ばし、二本の尖り杭を手に握った。唇のあいだから空気を吹き出したが、口笛が鳴るほどではなかった。

―七時間だ、と最後にいった。六時間か七時間だな。

―そのあいだずっと走ってたっていうの？ とルビーがいった。

―ずっとじゃないかもしれない。怖かったからよく覚えていないけど、くたびれるまではずっと走りどおしだった。そのあとは、走ったり歩いたり。少し走って少し歩いての繰り返しかな。

―で、そこまで案内してもらえるのね？ とエイダがいった。

―いやだ、と少年がいった。もう山はいやだ。あそこへ戻るくらいなら、ここで撃ち殺されたほうがましだ。もう、あれを見るのは我慢できない。従兄《いとこ》もあの二人も、これまでの連れはみんな森の中で死んじまった。家に帰りたい。それ以外はもういやだ……。

そして、無心をした。知らせてやったニュースは、多少の食べ物と一枚の毛布、さらには旅で必要になるかもしれない一、二の品物くらいの価値があるのではないか……。

そんな意味のことをほのめかした。

──あの二人が倒れたって、普通ならそのまま放っておくところだよ、といった。狼《おおかみ》が骨までしゃぶったって、誰が気にするものか。現に、従兄はもう狼に食い尽くされているかもしれない。掘る道具がなくて、埋葬できなかったから。

少年は、川の中に小さな滝を見つけ、その中に従兄の死体を安置してきた。水が岩棚を越えて、カーテンのように流れ落ちていた。そのカーテンの裏、岩棚の下に、乾いた小部屋ができていた。従兄にあぐらをかかせ、後ろの岩壁に背中をもたれさせ、その静かな顔に向かって別れの言葉をいってきた。ここに世界が一つあり、どこかにもう一つ世界がある。そっちでまた会えるかもしれない……。滝を離れて振り返ると、舞い上がる水しぶきに明るい太陽が射《さ》し、きれいな虹《にじ》を作っていた。

──もういやだ。あの山には二度と足を踏み入れたくない、と少年はいった。

──コールドマウンテンは、ここともあんたが行きたいところの途中にあるのよ、とルビーがいった。でも、好きにするといいわ。あんたが行ってくれなくたって別に困らない。場所は、わたしがよく知っているもの。馬を引いて、ずっと歩いていったって、五時間もあれば十分。でも、もちろん食事はさせてあげる。この辺に迷い込む人には、いつだってご馳走《ちそう》してやっているんだから。

ルビーが門を開けた。少年は庭に入り、二本の大きな柘植《つげ》の木に向かって歩いた。あいだの石段にすわると、両手をこすり合わせ、息を吹きかけた。

ルビーは門から動かなかった。わきに生える林檎《りんご》の木の、葉のないねじれた枝に腕を伸ばし、手を置いて、道の向こうを見ながら立っていた。

エイダはそんなルビーの横に立ち、横顔をじっと見つめた。エイダの経験では、こんなとき女がやることは決まっている。泣いて、互いに抱き合い、慰めと信仰の言葉をかける。そんな公式がいつも通用するとはもう思っていなかったが、ルビーのためになることなら何でもやろうと思った。ルビーの首に手を伸ばし、まとめて革紐《かわひも》でしばってある黒い髪に触れた。

だが、そんな小さな慰めも、ルビーは受け付けなかった。頭をねじり、エイダの手から遠ざけた。泣いてはいなかったし、エプロンの端を丸めて手に握り締めてもいなかった。スタブロッドの死の知らせを聞いて、悲しみ、悩んでいるふうには、少なくとも目には見えなかった。ただ林檎の枝に手を置き、道の向こうをじっと見ていた。口に出した心配事は一つ、死体の始末だった。山の中で埋めたほうがいいのか、黒谷に連れ戻し、ブラック家の人々が眠るあの小さな墓地に埋めたほうがいいのか。どちらにもいい点と悪い点がある。だが、スタブロッドとブラック家の面々とは、生前、仲がよかったわけではない。それなら、死後も別々にしておいてやったほうがいいかもしれない、といった。

—どちらにするか、出発前に決めておかなくちゃならないのよ。もっていくものが違うんだから。シャベルとかね。

二人を連れ戻さないというのは、エイダには想像外のことだった。なんだか犬でも埋めるような、いいかげんな感じがした。

—山に登って、ちょっと穴を掘って、埋めて、そのまま帰ってくるだなんて……。そんなことでいいの？

—あら、ここまで引っ張り降ろしてから埋めるのと、どこがどう違うの？　とルビーがいった。わたしだったら、山に埋めてもらいたいわ。ほかのどこよりも。

そういわれると、反論の言葉がなかった。エイダは、ジョージアの少年に食事を作ってやらなければならない。家に入るまえに、両腕を伸ばしてルビーを抱いた。ルビーを慰めるというより、自分自身の慰めのような気がした。抱き合うなんてこれが初めて、と抱きながら思った。ルビーは両腕をわきに垂らしたまま、エイダの腕の中で固い棒切れのように立っていた。

台所で、昨夜の夕食の残り物を皿に盛った。揚げ林檎に、玉蜀黍《とうもろこし》パン。煮すぎて粥《かゆ》状にとろけてしまった乾燥ライ豆もある。豆は鍋《なべ》の中で冷えて固まり、パテを思わせる色と固さになっていた。ふと思いついて、鍋底の形のまま取り出し、そこから二片ほどスライスして皿にのせてみた。

外に出て、皿を手渡すと、少年はしばらく豆をにらんでいた。この場所のひどさを物語る証拠がまた一つ見つかった――表情はそういっていた。

――それはライ豆よ、とエイダがいった。

少年はもう一度豆を見て、小さなかけらをフォークに刺し、エイダの言葉を試した。

――おれの生まれたところじゃ、こんなふうには食べない、といった。全然違う。

少年が石段にすわって食べているあいだ、ルビーは少年より一段上にすわり、コールドマウンテンを迂回《うかい》する長い道順を語り聞かせた。エイダはポーチの揺り椅子《いす》にすわり、そんな二人を見ていた。浅黒いところも、背が低いところも、よく似ている。姉弟といってもも通るほどよく似ている。高い尾根に沿って進み、川の流れる谷間や大きな道を避けるのよ、とルビーはいっていた。そういうところは人が住んでいるんだからね。そして、あれこれと目印を教えた。冷たい泉の湧《わ》く丘、泉が二つ湧いている峠、熊《くま》の巣峠、馬骨峠、橅《ぶな》峠。そこへ出たら、あとは下る。道や川の分かれ目では必ず南西へ向かうこと。それにさえ気をつけていれば、平らなばっかりでおもしろくもなんともないあんたの故郷には、二週間で着けるわよ。

――昼間に寝て、夜歩くのよ。それに、光はともさないこと。道中ずっと走りつづけなくたって、クリスマスはあっちで迎えられる。ジョージアって、入ればすぐにわかるんだって？　赤土とひどい道のほかは何にもないそうじゃない？

そういうと、ルビーは少年のことを忘れ、エイダのほうを向いて、旅支度の話を始めた。タイミングは悪い。いま、一年じゅうで日がいちばん短くなってきている。行きか帰りか、どちらか一晩は森の中で過ごすことになる。どっちで過ごすことになってもたいして変わりがないから、どのみち行くなら、すぐにでも出かけましょう、といった。

こうして、玉蜀黍パンの耳で皿をせっせと拭《ぬぐ》っている少年を残し、二人は家に入った。火に灰をかけたあと、ルビーの指示で野営のための準備を始めた。寝具、料理道具、食べ物、蠟燭《ろうそく》、手斧《ちょうな》、ブリキ缶入りの黄燐《おうりん》マッチと発火用の紙鑢《かみやすり》、乾いた焚きつけの束、ロープ一巻き、散弾銃と弾薬と詰め綿、馬の餌《えさ》にする穀類、根掘り鍬《くわ》とシャベル。これを二つの麻袋に詰め、両方の首を一つに結ぶと、ごろりとふくらんだ振り分け荷物のようにして、ラルフの背中に渡した。

ルビーは空を見渡し、天気の予兆となる雲や空気や光を探した。すべては、雪と、募る寒さを示していた。

――家にズボンはある？　と尋ねた。

――ズボン？　とエイダが聞き返した。

――そう。ウールでもズックでもいい。二つほしいわね。

――父のがあるけど……。

――よかった。それをはいていきましょう。

—男物のズボンを？

—いやなら、何でも好きなものをはいていけばいいけど、わたしは冬の風がドレスの裾《すそ》から吹き込んでくるなんていや。それに、山の中で誰に見られるっていうの？

二人は重いウールの狩猟用ズボンを二着見つけた。一方は黒、もう一方は灰色。長い下穿《したば》きを着け、その上にズボンをはいて、裾を折り返した。ウエストをベルトでぎゅっと締めると、腰の周りに余った布が重なり合い、大きな襞《ひだ》を作った。ウールのシャツとセーターを着込んだ。ルビーはさらにモンローのつば広の帽子に目をとめ、あれなら顔に雪がかからなくていい、といった。だから、棚から帽子を二つとり、それもかぶった。こんな悲しい状況でなければ、これはあの髪結い競争みたいになったのに、とエイダは思った。今度のは扮装《ふんそう》競争ね。どちらがいちばん男らしく服を着られるか競争する。私ならランプの煤《すす》をとって、顔に口髭《くちひげ》と揉上《もみあ》げを作る。火のつかない葉巻を持ち歩き、男たちが吸うときにやるあのばかげた動作のまねをする……。だが、いま、二人はほとんど口もきかずに服を着ていた。これから来る二日間を、どちらも恐れていた。

家を出るまえに長靴に蜜蠟《みつろう》を塗り、鶏小屋の戸を開け放った。同様に、牛のいる納屋《なや》の戸も開け、床に干草を山と積んだ。帰るころには、きっと、早く乳を搾《しぼ》ってもらいたくて鳴いているでしょう、とルビーがいった。二人は少年に食べるものと寝具を渡し、しばらく屋根裏で寝ておくといい、といった。暗くなって、安全に旅ができるようになってから出かけなさい……。少年は柘植の木のあいだにすわり、主人が客人を見送るかのように、馬を引いて出ていく二人に手を振った。

夕方近く、森の中で、霧を通して雪が落ちてきた。エイダとルビーは、樅《もみ》の下の薄明かりの中を歩いた。すべての色を失い、陰鬱《いんうつ》の濃淡だけになった場所を、ぼやけた暗い人形《ひとがた》が進んだ。いちばん近くの木は、たしかに本物の木のように見える。だが、少し先の木はもうあわてて描いたスケッチのようになり、ただの木らしきもの、木の形を思わせる気配にすぎなくなっていた。エイダはそれを見ながら、ここには風景がないと思った。腕を伸ばした先に何があるかさえほとんどわからない。これでは、雲の中をさ迷っているのといっしょ。すべては理解から遮断されている。ラルフが神経質になっていた。左右に首を振り、耳を立てたり寝かせたりして、危険を伝える物音を聞き取ろうとしていた。

黒い栂《つが》の作る厚い天蓋《てんがい》の下を、長いあいだ登った。低い尾根を越え、川のある谷に降りた。エイダに見覚えのある土地は、もう、はるか彼方《かなた》に去っている。落ちた針葉が幾層にも積もって足元は柔らかく、ふるわれた粉のような乾いた雪が木のてっぺんから落ちて、その上で渦を巻いた。地面にじっと横たわることをいやがり、弧や輪などさまざまの形を作った。

しばらくして、黒い谷川を越えた。水中から岩が背を持ち上げている。その乾いた表面を踏みながら、注意深く渡った。川のあちこちに氷が張っているのが見えた。岸沿いには明るい氷の縁ができ、岩や倒木や苔《こけ》など、水の流れを邪魔しているものの周囲にも氷があった。だが、川の中央には速い水流があり、これはいつもどおりの音を立てていた。流れが浅く、緩やかなところほど凍りやすいのだわ、と思った。父モンローなら、きっとここから教訓を引き出していただろう。この小川のあちこちの部分が人生の何に対応するかをいい、神がそれによって何を示そうとしていたかをいっただろう。神の御業《みわざ》はすべて精妙な写し絵。この目に見える世界の輝くイメージの一つ一つは、天界の事物の影にすぎない。地と天、低きと高きは、その形と意味において不思議に一致する。なぜなら、両者はじつは合同なのだから。

モンローは象徴の本をもっていた。あるものが何の象徴か教えてくれる。薔薇《ばら》は、棘《とげ》と美しい花をもつ。象徴するものは、危険で困難な旅のすえ到達する精神的目覚め。赤ん坊は苦痛と血にまみれ、泣きながらこの世に生まれてくる。だから、暴力で彩《いろど》られるこの世での惨《みじ》めな生を象徴する。鴉《からす》は黒く、無法者の性格をもち、腐肉を食らう。これは、人の魂の乗っ取りをたくらむ黒い力。

じゃ、流れと氷は何を象徴するかしら、と思った。当然、魂のもつ武器でしょう。それとも、警告かしら。でも、あんな一冊の本が、ものの意味や用途を簡単に決めつけていいものかしら、とも思った。いいとは信じたくなかった。本がなんといっていても、そこには本質的な何かが欠けている。そんな言葉は、軸棒のないドアの蝶番《ちょうつがい》と同じ。それだけでは何の役にも立つはずがない。

川を渡り終えたところで、馬が立ち止まった。体を震わせ、背中の袋に入っている鍋をがちゃつかせた。つぎに首を伸ばし、外界に向かって柔らかく長い息を吐いた。そして、安心の詰まった仲間の息が返ってくるのを待った。エイダは手をカップ状にし、馬のビロードの鼻面《はなづら》にかぶせた。馬が舌を出してくるのを親指と人差し指でとり、そっと揺すってやった。一行は、また前進した。

しばらくは川岸から離れず、川といっしょに山を下った。だが、道はやがて支流に沿って登りはじめ、堅木の森に入った。あちこちの樫《かし》の木には、まだねじれた葉がしがみついている。くたびれきった樫の老木もあって、枝のそこここで宿木《やどりぎ》が球のようになっていた。雪が強くなり、地面に積もりはじめた。道はあるかなきかの沈んだ線となり、森を抜けていく。夜が来れば、この道で迷うのはたやすい。ここには、豚が踏みしめた跡さえもない。見捨てられ、長く使われなかったインディアンの道か。いまはもう存在もしない場所と場所を結んでいるのだろう。

二人は日暮れを過ぎても歩きつづけた。雪はまだ落ちている。雲は厚く、満ちつつある月を覆《おお》い隠していたが、黒い木の幹の下に溜《た》まる雪には、ほのかな明るさがあった。

エイダは避難することを考えた。岩棚が見えるたび、眠れそうな場所があると指差したが、そのどれにも、ルビーはもっといい場所を知っているといい、あるいは、たぶんこの近くに別の場所があったような気がする、といった。そして、歩きつづけた。

やがて、平らな大岩が積み重なっている場所に出た。ルビーはあちこちを見回し、探していたものを見つけた。三枚の岩が重なり合い、一種の下屋《げや》、天然のドルメンを作っていた。二枚が平らでまっすぐな壁となり、その上に三枚目の石がぴったりかぶさっている。蓋《ふた》は後ろに傾斜して、水を流す。下にできた空間は、ほんの屋根裏部屋ほどのものだが、すわることも、多少は動きまわることもできた。エイダはこの自然の建造物を見て、形からπという記号を連想した。内側の床には乾いた葉が厚く積もり、二十ヤードも離れていない地面から泉が湧き、周囲には天地創造の日から切られたことのない栗《くり》の木と樫の木が立っていた。こんなすばらしい野営地は、誰の想像も及ぶまい。ここにはもう何年も来たことがない、とルビーがいった。でも、子供のころは、食べ物を探してよくここに泊まったっけ。あのころと、様子はちっとも変わっていない……。

ルビーにいわれ、エイダは薪《まき》を探しに出た。乾いていそうな木の枝を腕いっぱい抱えて戻った。三十分もしないうちに、岩屋の入り口では暖かい炎が上がり、鍋にお湯が煮立っていた。茶の葉を煎《せん》じ、二人ですわって飲み、乾燥したビスケットパンと干し林檎を少し食べた。干し林檎の輪は、どれも一口で食べられそうな小さな林檎のもの。だが、その酸《す》っぱい味には、過ぎ去った暑い季節の最良の部分が凝縮されていた。

食べているあいだ、あまり話もしなかったが、ジョージアの少年のことが話題になった。男として頼りなさそう、とエイダがいうと、その辺の男どもと比べてとくに悪くはない、とルビーがいった。目覚めているあいだの一分一秒、絶え間なく足で背中をどやしつけてやる人がいれば、十分に一人前になるわよ。

食事が終わると、ルビーは手の付け根で床の落ち葉を払いのけ、土を掬《すく》い上げると、指のあいだからこぼし、掌《てのひら》に残ったものを焚《た》き火の光でエイダに見せた。小さな炭の塊と、火打石の破片がのっていた。これは大昔に焚かれた火の名残と、折れて捨てられた鏃《やじり》の一部。昔の人が抱いていた希望の断片。

どちらも何もいわなかった。エイダは、火打石の破片のなかからいちばん傷の少ないものを選び出し、手にとった。遠い過去に、いまの自分と同じことをしていた人がいる――そう思うと、慰められた。その人々もこの岩の重なりの中に難を逃れ、食事をし、眠った。

雪がかすかな音を立てて降り、気温は急速に下がっていた。だが、焚き火で壁と天井の石が暖まっていた。二人が毛布にくるまり、乾いた葉に潜り込み、キルティングの上にさらに落ち葉をかぶせると、家のベッドに寝ているのと変わらないほど暖かかった。

ここはすてき、と横になりながら思った。見捨てられた小径《こみち》をたどって、山中を通り、川を渡ってきた。辺りには人っ子一人いない。石の宿りは暖かく乾いて、妖精《ようせい》の隠れ家のようにエキゾチック。殺風景な一時しのぎの場所と見る人もいるだろうが、エイダにはこれ以上の場所はなかった。ここに引っ越して住んでもいい、とさえ思った。

炎の描く光と影の模様が、傾斜した天井に踊った。火がいろいろな形をとることに気づいた。長く見つめていると、この世の動物の形をとる。鳥に、熊《くま》に、蛇に、狐《きつね》。それとも、あれは狼かしら。火は、どうやら動物以外には関心をもたないようだった。

絵を見ているうちに、スタブロッドの歌の一つを思い出した。心に染《し》みついて離れない歌だった。歌詞も奇妙なら、歌い方も奇妙。スタブロッド自身の心の内奥《ないおう》を表現しているとしか思えない、張り詰めた感じがあった。歌の中で、語り手はさまざまな動物に変身する力がほしいといい、その力があったら何をするかを語っていた。春の蜥蜴《とかげ》――恋人の歌声を聞く。翼をもつ鳥――恋人のもとに飛んで帰り、死ぬまで鳴きつづけ、嘆きつづける。土中の土竜《もぐら》――山全体を根こそぎ掘り崩す。

エイダはあれこれと思いわずらった。どの動物の願いもすばらしく、恐ろしく思えた。とくに土竜。小さくて、無力で、目も見えない、地面の下の生き物。それが寂しさと憤《いきどお》りに突き動かされ、世界全体をがらがらと崩壊させる。そして、それ以上にすばらしく、恐ろしかったのは、その歌の言葉を語る人間の声だった。人間であることをかなぐり捨てでも、失われた愛の、裏切られた愛の、口に出せなかった愛の、実らなかった愛の、痛手を和らげようとしていた。

ルビーの息遣いから、まだ眠っていないことがわかった。ねえ、覚えている？　と聞いてみた。あなたのお父さんが歌った、土中の土竜の歌？

—覚えてる、とルビーがいった。

—あれは、あなたのお父さんが書いた歌なのかしら？

—歌ってね、誰が書いたなんていえないものが多いのよ、とルビーが答えた。フィドラーからフィドラーへ伝わって、みんなが何か付け加えたり、何か取り去ったりするんだから。それが繰り返されたら、最初の歌とは全然違ってくる。曲だって歌詞だって、最初の歌からは想像もつかないものになっちゃう。でも、そうやってよくなるかっていったら、そうじゃない。人間のやることとなんて、みんなそう。何かが付け加わるってことは、何かが失われるってこと。失われたもののほうが、付け加わったものよりよかったって場合も多いのよ。長い目で見て、よくもなく悪くもないのなら、まずまずってところじゃないかしら。そうじゃないと思うのは、ただの思い上がりね。

エイダは横になったまま、炎の影を見、葉に落ちる雪の音を聞きながら、いつのまにか眠った。夢も見ず、ルビーが起き上がって火に薪を足したときも目覚めなかった。明け方に目が覚めた。雪の降り方はおとなしくなっていたが、まだやまず、地面にくるぶしの高さまで積もっていた。その日待ち受けている仕事を考えると、ルビーもエイダもすぐに何をする気にもなれず、しばらく、肩に毛布を巻きつけたまますわっていた。やがてルビーが熾《おき》を掘り起こし、火を搔《か》き立てた。ベーコンを揚げ、脂《あぶら》を溶け出させると、肉だけを取り上げて近くの岩の上に置いた。溶け出した脂に水を加え、ひき割り玉《とう》蜀黍《もろこし》を煮て粥《かゆ》にすると、岩の上のベーコンをとり、手で砕いて粥と混ぜ合わせた。エイダは小さな鍋《なべ》に湯を沸かし、茶の葉を煎じた。二人でそれをすっているとき、初めてお茶というものを飲んだときのことをルビーが話しはじめた。サリー・スワンガーから茶葉をもらった。それがあまりにおいしくて、浣熊《あらいぐま》狩りに出かけるというスタブロッドに、四角い布に一摑《ひとつか》みほど包んでもたせた。数週間後、久しぶりで帰ってきた父親に、お茶はどうだったか、と尋ねた。まあまあだ、といった。だが、ほかの青物と比べて、とくにうまいってわけじゃないぞ、ともいった。細かく聞くと、茶葉を豚の脂身に添えて料理し、胡椒《こしょう》草の代わりに食べたことがわかった。

道が枝分かれする場所に着いた。パングルが一人、ポプラの下に仰向けに横たわり、雪のマントで覆われていた。マントの厚さは、わきの地面に積もっている雪ほどではない。明らかに、降り始めの雪はパングルの体に落ちて溶け、それがいつからか溶けなくなった。ルビーは雪を払いのけ、パングルの顔をのぞき込んだ。顔はまだ笑っていたが、目に困惑があった。だが、これが死の表情というものかもしれなかった。ルビーは、パングルの太った頰に手をかぶせ、指先でその眉《まゆ》に触れた。同類として、はぐれ者のバッジを顔に刻印しているかに見えた。

エイダは顔をそむけ、長靴の爪先《つまさき》で雪を蹴《け》りはじめた。壊れたバンジョーの破片がいくつも出てきた。フィドルの弓が見つかり、これも折れて、馬の尾の毛から毛留めがぶら下がっていた。さらに辺りを足で探り、フィドルを見つけようとしたが、どこにもなかった。フィドルがなく、スタブロッドもいない。

――どこかしら？

――ジョージアの人間のいうことなんか、ほんとが半分あればいいほうよ、とルビーがいった。死んでたか、生きてたか。どっちにしても連れていかれたのよ。

道の少し上に立つ栗の木の近くに、棚のような平らな地面があり、二人はそこにパングルを埋めることにした。地面は簡単に掘れ、根掘り鍬の出番はほとんどなかった。凍っているのはほんの表面だけで、その下の土は黒く、柔らかく、どこまでも掘れた。二人は交代でシャベルを使い、たちまち暑くなった。外套《がいとう》をぬいで、近くの木の枝にかけると、こんどはたちまち寒くなった。だが、汗で衣服を濡《ぬ》らすよりは、寒いほうがよい。エイやがてシャベルが大きな岩を叩《たた》きはじめるころ、かなりの穴が掘り上がっていた。エイダは、まだ二フィート足りないと思った。こういうものは六フィートに決まっているから。だが、ルビーはこれで十分といった。

パングルのところに戻り、片脚ずつもって雪の上を墓まで引きずり、ゆっくりと穴の中に滑らせた。棺桶《かんおけ》の用意どころか、余分な毛布一枚もなく、体をくるんでやることさえできなかったが、シャベルで土を戻すまえに、エイダが顔にハンカチをかけてやった。片足の爪先だけが残り、あとはすっかり土で覆われたとき、エイダは泣いていた。パングルには、この人生で一度しか会ったことがない。それも、焚き火の明かりの中でしか見ていない。交わした言葉といえば、スタブロッドの演奏がずいぶん気に入ったみたいだね、というパングルの一言だけだったが……。

冬にそなえてキャベツを埋めたときのことを思い出した。あのとき、まるで墓穴を掘るようだと思った。だが、この埋葬は、あれとはまったく違う。地面に穴を掘るということ以外に、二つの出来事に似ている点は少しもなかった。

平面より少し盛り上がるくらいに穴を埋め戻したのに、まだ土が残っていた。ルビーはそれを見て、月齢のせいよ、といった。月は、いま満月に向かって大きくなりつつある。月が欠けはじめて一週間もすれば、同じように墓を掘り、埋め戻しても、こんどは窪《くぼ》みが残る。二人は、月のおかげで余った土をさらにパングルにかぶせ、シャベルの裏で叩いて固めた。エイダは折り畳みナイフを取り出し、ヒッコリーの若木の皮を剝《は》いだ。

つぎに針槐《はりえんじゅ》を探し、手斧《ちょうな》で枝を二本切り落とすと、それをヒッコリーの皮で結わえて十字架を作り、パングルの頭の辺りの柔らかい土に立てた。声に出してはいわなかったが、心の中でいくつかの言葉をとなえた。針槐は生きる意志が強いのよ、とルビーがいうのが聞こえた。針槐の幹で柵《さく》の柱を作ると、柱がそのまま根付いて生長することがある、といっていた。この十字架もそうであってほしい、とエイダは願った。いつの日か高い針槐が茂り、パングルの墓の目印になってほしい。そして、来世紀にいたるまで毎年毎年、ペルセフォネに似た話を伝えてほしい。冬には黒い木肌で。春には白い蝶《ちょう》の花で。

手が汚れていた。ルビーは雪を掬い上げ、掌をこすり合わせて、黒くなった雪を払った。だが、エイダは森を通って川まで行き、ひざまずいて、水で手を洗った。氷のような水を顔にも振りかけた。立ち上がり、頭をぶるぶると振って、辺りを見回すと、下に残る茶色の土が、白一色の雪の中で際《きわ》立っていた。そこに人がいた。露出した地面と着ているものが同色で、エイダの目はすぐにそれを人と見分けられなかったが、そこにスタブロッドがいた。動かず、目を閉じ、あぐらをかいてすわっている。頭が横に垂れ、手は膝《ひざ》の上のフィドルを包んでいる。微風が起こり、樫の木の残り少ない葉を騒がせ、裸の枝から雪を揺り落とした。雪はエイダの髪に落ち、さらに川の水面に落ちて、たちまち溶けた。

—ルビー、と呼んだ。ルビー、来てちょうだい。

二人はスタブロッドの前に立ち、雪のようなその顔色を見つめていた。体のどこもかしこも縮んでいるように見えた。なんて小さな人、と思った。傷から大量の出血をし、さらに口からも血を吐いて、シャツの前は一面血に汚れていた。ルビーは膝のフィドルを取り上げ、エイダに手渡した。内部で蛇の尻尾《しっぽ》が動き、乾いた音を立てた。ボタンをはずすと、シャツの血はすでに黒く固まり、きゃしゃな胸が白かった。ルビーはそこに耳を当て、いったん離して、また当てた。

—まだ生きてる、といった。

着ているものを引き剝がし、体をあちらこちらへ向けて、傷を調べた。三箇所撃たれていた。まず、弓をもつ右手。これを体の前に出していたらしい。つぎに太腿《ふともも》。それも尻《しり》に近いところ。最後がいちばん重傷で、胸の乳首。ここから入った弾は肋骨《ろっこつ》を一本折り、肺の上部を傷つけて、肩甲骨《けんこうこつ》の上の背筋で止まっていた。皮膚の下に、小さな林檎《りんご》ほどもある青い盛り上がりが見えた。あちこち動かされているあいだ、スタブロッドは一度も意識を回復せず、痛みのうめき声さえもあげなかった。

ルビーは焚きつけを集め、松の枝を削ってその上にのせ、マッチで火をつけた。火が燃え上がったところで、手製のナイフの刃を炎であぶり、スタブロッドの背中を切り開いた。スタブロッドからは、依然、声がなく、瞼《まぶた》の痙攣《けいれん》もなかった。血がちょろりと流れたが、出血といえるほどのものではない。もう流し尽くし、新しい傷ができても、数滴滲《にじ》み出させるほどの余裕しかないのかもしれない。ルビーは切開した背中に指を突っ込み、あちこち探って弾を引っかけ、引き出した。その手をエイダのほうに伸ばし、エイダの手に弾を落とした。生肉の塊のように見えた。

—すすいできて、といった。あとできっとほしがるから。

エイダは川に行き、手を水に浸《つ》け、指の作る檻《おり》の中を水が流れていくにまかせた。やがて引き上げると、鉛はきれいに洗われ、灰色になっていた。それは、スタブロッドの体内を通過するときにつぶれ、茸《きのこ》のように変形していた。傘に溝や裂け目のできた、育ちそこないの茸。だが、茎の末端は無傷のままで、銃腔《じゅうこう》の施条《せじょう》を生かすため製造時に刻まれた三本の輪が、きれいに残っていた。

エイダは岩棚まで戻り、弾をフィドルのわきに置いた。ルビーの手でスタブロッドの体に毛布が巻きつけられ、火が膝の高さまで燃え上がっていた。

—ここにいて、お湯を沸かしておいて、とルビーがいった。

ルビーが森の中に消えていく。シャベルを肩にかつぎ、薬草の根を探しにいく。根の在《あ》り処《か》は、雪から突き出す枯れた茎や殻からしかわからず、ルビーの頭は下を向いていた。エイダは火に鍋をかけるため、周囲に石を配置した。馬のところに行き、袋から鍋を取り出した。川に浸けて、水をいっぱいに汲《く》むと、石の上にのせて温めはじめた。あとはすわって、死人のように横たわるスタブロッドを見ていた。息をするとき上着がわずかに上下する以外に、生きていることを示す証《あか》しはない。ふと、あの何白という曲はどうなるのだろう、と思った。いまどこにあって、スタブロッドが死んだらどこに行くのだろう。

一時間ほどでルビーが帰ってきた。毛蕊花《もうずいか》、鋸草《のこぎりそう》、牛蒡《ごぼう》、薬用人参《やくようにんじん》。少しでも役に立ちそうな根を、すべてのポケットにぎっしり詰め込んできた。だが、いちばんほしかったヒドラスチスが見つからない、といった。この薬草は最近少なくて、なかなか見つからない。いまの時代の人間なんか、治してやってもしかたがないと思っているのかもしれない。うんざりして、どこかへ行ってしまったのじゃないかしら……。まず、毛蕊花と鋸草と牛蒡の根をすりつぶし、スタブロッドの傷口に詰めて、毛布から切り取った包帯で縛った。つぎに毛蕊花と薬用人参を煎《せん》じ、その汁を口から注ぎ込んだ。だが、喉《のど》は固く閉じられ、少しでも胃のほうに流れ込んだかどうか、ルビーにもわからなかった。

――家までは遠すぎるわね、とルビーがいった。とてももちこたえられない。動ける状態になるまでに何日もかかるでしょうし、それに、いつまた雪が降ってきても不思議じゃない。もう少しましな避難場所を探さなくちゃ。

――あの岩屋まで戻る？　とエイダがいった。

――三人は無理よ。三人で寝て、料理もして、治療もするのは無理。一つだけ知ってる場所があるけど……でも、まだあるかしら。

二人はスタブロッドをそこに残し、引き橇《そり》の轅《ながえ》にする長い棒を二本作った。それをロープで結び、さらにあいだにロープを細かく張り渡してハンモック状の橇にすると、馬につないだ。そのあと、スタブロッドを毛布で包み、二人で抱えて川を越え、橇にのせて、二股《ふたまた》の道の左側を登りはじめた。馬の引く橇は岩にぶつかり、木の根に乗り上げ、二人はこの方法の間違いに気づいた。このまま運んだら、スタブロッドの体は傷口からばらばらに裂けてしまう。結局、橇を分解し、ロープを巻き直し、スタブロッドを馬の背中に横にして、ゆっくりと進むことにした。

灰色の空は、頭上すぐのところに平べったく漂い、手を伸ばせば届きそうに思えた。身を切るような風にのり、しばらくのあいだまた雪が落ちた。最初は鵞鳥《がちょう》の綿毛のように大きくひらひらと落ち、やがて灰のように細かくさらさらと落ちた。雪がやむと、霧が濃く立ち込め、何もわからなくなった。日が傾きはじめていることだけがわかった。

口もきかず、しばらく歩きつづけた。ときどき、ルビーがこっちという。分かれ道をその方向に曲がって、また歩いた。どの方向に進んでいるものか、エイダにはまったくわからない。東西南北をとうに見失っていた。

途中で一度休んだ。馬は立ったまま頭を垂れた。荷物の重さと山の高さにくたびれ果て、惨《みじ》めそうだった。エイダとルビーは一本の丸木から雪を払いのけ、そこにすわった。

この霧の中では、目の前の木以外は何も見えない。だが、周囲の空気から尾根の気配が感じとれた。開けた空間と重力の感触があった。エイダは外套の中に縮こまり、いろいろな考えを心の中から締め出した。明日もこの調子かしら、とは考えない。今夜はどこで過ごすのかしら、とも考えない。ただ、つぎの一マイルだけを考えた。スタブロッドは、エイダとルビーに乗せられたままの姿で、ぴくりとも動かず、馬の背にかぶさっていた。

突然、二羽の隼《はやぶさ》が霧の中から飛び出してきた。絶えず吹き変わる風に向かい、短い羽ばたきを繰り返して、難しい空気の流れを捕らえようとしていた。耳元をかすめて飛び去り、風を切る羽根の音がエイダにも聞こえた。鳥が飛び去るとき、スタブロッドが目を開け、一瞬、頭を持ち上げて、霧の中に消えていく鳥をぼんやりした目で追った。口の端から顎《あご》へ、剃刀《かみそり》で切ったような細い一筋の血が流れた。

—馬糞鷹《まぐそたか》、といった。鳥の名前をいうことで、この世への足がかりを見つけたかのようだった。

馬の背でもがきはじめた。まっすぐにすわろうとしていることがわかり、ルビーが手を添えて起き直らせた。だが、ルビーの手が離れると、ふたたび前のめりに倒れ、頭を馬の背峰《せみね》に当てた。目を閉じ、腕を頭の前に突き出して、両手で鬣《たてがみ》を握り締めた。力なく垂れる両脚が、ラルフの丸い腹の下まで届いた。ルビーが外套の袖《そで》で口を拭《ふ》いてやり、一行は前進を始めた。

急な山腹を小一時間も下ると、谷のようにへこんだ感じの場所に出た。だが、どちらの方向にも視界が限られているのでは、ほんとうのところはわからない。湿地のような場所を通った。道の両側に、頭の高さまでハックルベリーの藪《やぶ》が茂っていた。谷の底に、黒い静水の溜《たま》りがあった。霧の中から突然に現れ、世界にいきなり黒い穴があいたかに思えた。周囲には灰茶色に枯れたバンチグラスが生え、水辺を取り巻く波形の氷は帆立貝の縁に似て、写真機の絞りが閉じていく様を思わせた。池の中央に三羽の黒い鴨《かも》が浮かび、頭を下げ、胸に押し当てたまま、じっと動かずにいた。象徴の本を書くなら、あれは絶対に恐怖の象徴だわ、とエイダは思った。

霧がやや薄らいだ。また登りになった。ちょっとした尾根で、背に沿って栂《つが》が立ち並ぶが、吹き倒されたものも多く、解剖を待つように根を空気中にさらしていた。その木のあいだをふたたび下り、栗《くり》の木立に出た。前方に流れがあるらしく、音が聞こえてきたが、目には見えない。歩きにくい道だった。もう道といえるものでもない。それは、木々と雑木と藪のあいだを縫う空間。かろうじて前進できるだけのスペースにすぎない。尾根をはずれ、谷底にはさみこまれた川に向かって下りはじめても、光に変化はなかった。一日はとうに終わったように感じられた。

エイダの目に、木々のあいだから四角い形のものが見えはじめた。あれは家……丸太小屋。では、ここはチェロキーの小村か。住人が「涙の旅路」に追い立てられ、不毛の地に追い払われ、ゴーストタウンになった村か。荒打ち壁の時代に建てられた朽ち果てた一軒があるが、それ以外はすべて栗の丸太小屋だった。丸太の皮を剝ぎ、刻み目を入れ、重ね継ぎしてある。屋根も栗の木肌で葺《ふ》いている。白樫の巨木が倒れ、一軒がその下敷きになっていた。だが、それ以外の小屋は、三十年間放置されたいまも、ほぼ原状を保っている。栗材は湿気に強い。地面に溶けて消え去るまで、きっとまだ百年ほどはもつだろう。小屋の丸太には灰色の地衣類が這《は》い、戸口の雪の下からは姫昔蓬《ひめむかしよもぎ》、藜《あかざ》、姫女苑《ひめじょおん》の枯れた茎が突き出していた。ここには、畑にして作物を育てるような平らな土地はあまりない。とすれば、年に何度か使われるだけの狩猟小屋だったのかもしれない。あるいは、罪を犯して追われた者が何人かここに避難して、隠者のように住んだのだろうか。いずれにせよ、ほんの六軒ほどの窓のない小屋が、不均等な間隔で川の岸を下に向かっていた。川は深く、強く、黒く、滑らかな巨岩に行く手を邪魔されながら流れていた。岩の表面が緑の苔《こけ》で覆《おお》われていた。

この小屋が川のどちら側の岸に立っているか知りたい――疲労困憊《こんぱい》のなかでエイダは思った。北か、南か、東か、西か。できれば、ルビーに尋ねずに知りたかった。それがわかれば、いまいる場所の地理を心の中で整理できる。ルビーはいつでも東西南北を知っている。方向を指示するときはもちろん、何かを物語ったり、出来事の場所をいったりするときも、必ず方角に触れる。東支流の西岸で、という。あるいは西支流の東岸で、という。ああいう言葉をしゃべるために必要なものは、きっと、いまいる場所の絵を心の中に描くことだろう。その絵の骨格には、尾根と谷と川がある。それはエイダにもわかっていた。それが枠組みになる。一つ一つを知り、相互の位置関係を知る。それが基本。あとは、その目印から出発して、あいだを細かく埋めていけばいい。全体から細部へ。何にでも名前がある。一つの場所で自分の一生を完全に生き抜くには、眼差《まなざ》しを絶えず小さなものへ、さらに小さなものへ向けつづけなければならない。

いま、エイダの心には、ようやくそうした絵が生まれはじめていた。方向を知る助けにと空を仰いだが、空は役に立たなかった。あまりに低すぎて、頭がぶつかりそうに思えた。ほかには、追うべき手がかりもない。植物の繁茂するこの気候帯では、苔は木のどちら側にも好きなように生える。北側でも、この地の苔は遠慮しない。いまのエイダにわかっていることは、どの方角もむげに否定できないという一事だった。エイダにとって、この村は川のどちら側に立っていても不思議はなかった。

いくつかの小屋の前を通り過ぎた。水路と、覆いかぶさる曇った尾根とのあいだに押し込められ、見捨てられた小屋はどれも重々しく見えた。ここに住んでいた人々は、まだどこかで生きているかもしれない、とエイダは思った。物悲しい、止めた息のように静かなこの場所を、その人々はいまでも思い出すことがあるだろうか。ここをなんと呼んでいたのだろう。その名前は、つぎの世代に引き継がれることがない。やがて、人々の記憶から消し去られる無数の名前の一つとなる。村の名前さえ失われる――それもこんなに早く。これほどの完全な喪失を、その人々は想像しただろうか。自分たちの世界が別の世界になるとは、ここを立ち去る最後の日にさえ、きっと思うことはなかったろう。その世界に別の人間が住みつき、別の言葉を話し、別の夢を見て安らぎ、あるいは心を乱し、別の神に祈りを捧《ささ》げる世界になろうとは……。

いちばんよさそうな小屋をルビーが選び、一行はその前に止まった。二人でスタブロッドを馬から降ろし、毛布と防水布にくるんで、ひとまず地面に寝かせた。そして、小屋に一つだけの、窓のない部屋に入った。ドアは粗削りの厚板で作られていた。皮の蝶《ちよう》番《つがい》で開閉する仕組みだが、蝶番はとうに壊れ、ドアが床に倒れていた。これを閉めるには、ドア枠の中に立てかけるしかない。踏み固められた土の床に、吹き込んだ枯れ葉が積もり、二人は松の枝でそれを掃除した。空積みの炉と、泥と木の枝で作った煙突があった。ルビーが頭を突っ込んで見上げると、光が見えた。だが、どうやら吸い込む力が弱いらしく、天井に渡された栗材の梁《はり》は、長年の煙でいぶされ、黒光りしていた。この家で何千の火が燃やされたことだろう。むっとする土のにおいの下に、家じゅうに染《し》み込んでいる煙の豊かなにおいがひっそりと漂った。一方の壁沿いに木の寝台が作り付けられ、敷かれた灰色の藁《わら》がまだ残っていた。二人はスタブロッドを運び込み、そこに寝かせた。

ルビーが炉に火を起こしはじめた。エイダは外に出て、まっすぐな長い枝を切り、先を手斧《ちょうな》で鋭く尖《とが》らせると、シーダーの下の地面に打ちこみ、馬をつないだ。だが、馬は頭を垂れ、震えていた。雪が溶けて体じゅうの毛を濡《ぬ》らし、それが黒い房に固まって、皮膚に張りついていた。エイダは馬を見、空を見上げ、頬の痛みで寒さを判断した。これではだめ、と思った。明日の朝、ラルフは地面に倒れ、死んでいるかもしれない。杭《くい》からほどき、小屋の一つに連れ込もうとした。だが、ドアをくぐりぬけるとき、馬が頭を下げることをいやがった。綱を引っ張ったが、ラルフは尻を落とし、あとずさりし、逆にエイダを引き戻して、雪の中に引き倒した。エイダは起き上がり、手首ほどもある太い棒切れを見つけた。馬の後ろに回り、何度も何度もそれで尻を叩いた。全力を込めたつもりだったが、きっと思うほどではなかったろう。それでも、馬はようやく死を覚悟した勢いで、黒い穴のように開いているドアに飛び込んだ。

いったん中に入ると、ラルフはすぐに落ち着いた。その小屋は、大きさも素材も、黒い谷の納屋《なや》の馬房とほとんど変わらない。何分も経《た》たないうちにすっかり緊張を解き、体を震わせると、脚を大きく開いて、満足そうに長い長い小便をした。エイダは料理鍋から餌《えさ》の穀類を食べさせ、終わると川にもっていって、水ですすいだ。

辺りはほぼ暗くなっていた。川辺に立ち、水に反射する最後の光を見た。くたびれ果て、寒く、怖かった。これほど寂しい場所は、地上に二つとないように思えた。夜を恐れた。今日の仕事がすべて終わったとき、毛布にくるまり、冷たい土の床に横になる。ゴーストタウンの小屋の暗さの中で、朝を待たなければならない。あまりに疲れていて、両脚が燃え尽き、体の下から消えてしまったような感じがした。だが、それでも乗り切れる、とエイダは思った。一度に一つずつ片づけていけば乗り切れる。残っている仕事を山と考えず、つぎからつぎへ一本につながる線と考えれば、必ず乗り切れる。

小屋に戻ると、夕食ができていた。朝と同様の玉蜀黍《とうもろこし》粥。その脂《あぶら》っぽい粥をスプーンで掬《すく》い、口へ運んだが、粥は喉を通らなかった。急に胃に塊ができた。立ち上がり、外へ駆け出して、雪の中に吐いた。吐けるものはほとんどなく、黒い胆汁だけが出てきた。雪で口を拭い、小屋に戻って食べつづけ、最後には食器を空にした。それを膝《ひざ》に置いたまま、疲れ果て、言葉もなく、炉の前に呆然《ぼうぜん》とすわっていた。

一日中、ほとんど水を飲んでいないことに気づいた。それと、寒さと、歩き。さらには埋葬と治療。そのすべてが心に不思議に作用し、エイダの頭には、いま、火と熾《おき》の中に多少はましなイメージを探すことしかなかった。だが、いくら見つづけても、求めるイメージは見つからなかった。炎の踊り回る形にも、燃える木の表面の幾何学的なひび割れにも、何も現れない。燃える木は、ただ、乾いた雪を踏む足音のようなきしんだ音を響かせた。エイダにさえ、その意味するところはわかった。もっと雪が降る。

雪についた足跡

三本の道が集まる場所に着いたとき、西空の雲の向こうの光はもう薄れ、地面に残された痕跡《こんせき》がようやく見えるほどの明るさしかなかった。インマンは目をこらし、その痕跡が何を物語っているかを読み取ろうとした。雪の上の足跡は、道が分かれる平らな地面までつづき、そこから左側の小径《こみち》を上に向かっている。ポプラの巨木の下には黒い血の跡があり、ここで処刑があったことがわかる。周囲の雪が人馬の行き来で掻《か》き乱されていた。ポプラからやや離れたところに石が輪状に積まれ、最近、そこで火が焚《た》かれていた。灰はもう冷たいが、豚肉の脂《あぶら》のにおいがまだ残っていた。ものを引きずった跡があり、たどっていくと、新しく掘られた墓に出た。インマンはしゃがんで、墓の頭の辺りに立つ木の枝の十字架を見た。墓の向こうには別の世界が開けている、と讃美歌《さんびか》はいう。それが事実なら、この穴はその世界へのわびしい入り口となる。

はて、と思った。ほんとうなら墓は二つあるはずではないのか。掘る手間を省くため、一つの穴に何人も重ねて埋めるのは見たことがあるが、きっと、これは違うだろう。立ち上がり、地面の語るところをもういちど調べに戻った。川を向こうへ渡っている足跡を見つけた。それは岩棚までつづき、その岩棚の下の地面にはさらに血が流れ、小さな焚き火の跡にまだ暖かい炭があった。煮出された草の根が一摑《ひとつか》み捨てられ、煮出すのに使った水がぶちまけられていた。インマンはその根を拾い、手でこすって、においを嗅《か》いでみた。薬用人参《やくようにんじん》と毛蕊花《もうずいか》を嗅ぎ分けた。

それを岩の上に置き、川に行った。両手を合わせ、水を掬《すく》って飲むとき、石のあいだをのろのろと動く山椒魚《さんしょううお》が見えた。奇想天外な色と模様は、この川の山椒魚に特有のものだろうか。それをつかまえ、手に握ったまま、顔をのぞき込んだ。口が曲線を描いて顔の後ろへ消え、平穏そのものの笑い顔を作っていた。見つめるインマンの心に、羨《うらや》ましさと悲しさが湧《わ》き上がった。こんな顔つきになるには、小川の岩の下に隠れて暮らすしかないのか、と思った。山椒魚を水に返し、また道の分かれ目に戻ると、左側を登っていく足跡を見やった。見えるのは、せいぜい目の前の十フィートほど。暗がりが急速に濃くなり、その先は闇《やみ》に溶け込んでいる。エイダが遠ざかっていく、と思った。永久に追いつけず、いつまでも孤独の巡礼をつづけるしかないのか、と思った。

雲が低く厚く垂れ籠《こ》めていた。今夜は月が出ない。火の消えたストーブの中のように暗い夜になる。仰向いて空気を嗅ぐと、雪のにおいがした。このぶんでは、闇の中で足跡を見失うか、朝まで待って雪で足跡を見失うか、どちらをとるかの問題になる。二つのうちでは、闇のほうが確実で、しかも間近い。インマンは岩棚に戻り、すわって、最後の光が薄れていくのを見た。川の水音を聞きながら、すべての痕跡を説明しつくす物語を作ろうとした。墓が一つしかないのはなぜか。女二人が、来た道を帰らず、山に入り込んでいったのはなぜか。

だが、いまの状態で筋道を立てて考えることは難しかった。インマンはいま、半ば自分の意志で、半ば必要に迫られて、断食《だんじき》をしていた。子熊《こぐま》を食べた日以後、何一つ口にしていない。川から声が聞こえてきた。水の流れと、川床の石のぶつかり合いの中から声がする。じっと耳を澄ませていれば、ここで何が起こったかを語ってくれそうな気がした。だが、その声は絶えず揺れ動き、ぼやけ、どう理解しようとしても、意味のある言葉にはならなかった。きっと、これは声ではないのだ、と思った。自分の頭の中に湧き出てくる言葉なのだろう。だが、そう思ったところで、言葉のわからなさが変わるわけではない。意味を感じ取るには、インマンの体は空っぽになりすぎていた。

数個の胡桃《くるみ》を除き、背嚢《はいのう》にも雑嚢にも食べ物はなかった。この胡桃は、二日前、小屋の焼け跡で拾ったもの。小屋は完全に焼け落ち、粘土の煙突が立っていた場所に、円錐《えんすい》形《けい》の煤《すす》けた土が盛り上がるだけになっていた。ほかに、家の戸口があったはずの近くに立派な胡桃の木が立ち、その木の下にまだ胡桃の実が転がっていた。どの黒い殻も、草の作る小さな巣に守られていた。きっと種皮を包み込むように草が伸び、その草の中で種皮だけが腐ったのだろう。インマンは、見つけた胡桃を雑嚢にしまい込んだ。だが、なかなか食べるところまではいかなかった。胡桃の殻を割るには力がいる。得られる中身は人差し指の先ほどしかない。考えれば考えるほど、それだけの中身を食べるのに力を使うのは損のような気がした。だが、捨てもしなかった。そこまでして試煉《しれん》を求める人生は、きっと生きるに値しないだろう、と思えた。それに、歩くと雑嚢の中で胡桃がぶつかり合い、その音が心地よかった。木からぶら下がっていたあの三体の人骨のように、かちかちと乾いた音を立てた。

さっき岩の上に置いた苦い根を見た。ふと、かじってみようかという気にもなったが、結局、手にとって川に投げ捨てた。雑嚢から胡桃を一個取り出し、それも川に放った。蛙《かえる》が驚いて飛び込んだときのような水音がした。ほかの胡桃はそのまま雑嚢に残したが、エイダに出会うまで何も食べるつもりはなかった。エイダに拒絶されたら……そのときは、そのまま山に登り、輝きの岩の扉が開くかどうか試してみよう。断食する心をもち、体のすべての働きを空っぽにした人には扉が開く——蛇の刺青《いれずみ》のある老婆《ろうば》はそういっていた。インマンには疑う理由がなかった。世界中で、いま、自分ほど空っぽの人間はいない。岩に向かってただ歩いていけば、きっとこの世界から抜け出し、老婆のいった幸せの谷に入っていけるだろう。

木の枝を折り、残された炭の上に火を起こすと、そこに大きな石を二個転がして暖めた。毛布にくるまり、足を火に向け、じっとすわりながら、遠くへ去っていく二組の足跡のことを思った。

今朝、歩きはじめたとき、今夜もまた冷たい地面に寝ることになろうとは夢想もしなかった。故郷に帰りつけば、すべてが一変すると思っていた。生活の設計も、人生への思いも、歩き方・立ち方さえ、最近の自分とはがらりと変わるだろう、と。絶対に夜までにはエイダに帰郷を宣言し、なんらかの反応を得るつもりでいた。「はい」か、「いいえ」か、それとも「さあ」か。この何日か、道を歩くときも、裸の地面に横たわって眠りが訪れるのを待つときも、再会の場面を心の中に描いてきた。インマンが黒谷につづく道を歩いている。見るからにくたびれ切っている。これまでの苦難が顔にも体つきにも現れている。だが、痛々しくはなく、むしろ体中から英雄的雰囲気をにじませている。体は沐浴《もくよく》をすませ、着ているものも清潔に洗われている。エイダがドアからポーチに出てくる。何か用事でもあったのか。誰かが近づきつつあることなどつゆ知らない。きれいなドレスを着ている。インマンを見る。その瞬間、それが誰であるかを知り、インマンのすべてを心によみがえらせる。エイダはインマンに向かって走る。スカートを長靴のくるぶしまでたくし上げ、石段を駆け降り、庭を突っ切り、ペチコートを翻《ひるがえ》しながら門を走り出て、門がまだ音を立てて閉まらないうちに、二人は道の上で抱き合っている……。インマンの心は、その情景を何度も何度も描きなおした。もう、それ以外の再会はありえないように感じていた。それを阻止するものがあるとすれば、家に帰りつくまでに殺されることだけだろうと思っていた。

そんな帰郷の情景を心に描き、昼前、インマンは黒谷への道をたどっていた。希望どおりの再会を実現するため、やるべきことはやってあった。まず、疲れてはいても清潔だった。前日、最低の騾馬《らば》追いよりひどい恰好《かっこう》をしていることが気にかかり、通りかかった川で足を止め、半日かけて体を洗い、着ているものを洗った。そんな作業には寒すぎる日だったが、インマンは乾いた丸木を集め、炎が肩の高さまで上がるほど盛大な焚き火をした。沸騰《ふっとう》するほどに熱い湯を鍋《なべ》に何杯も何杯も沸かし、茶色の紙に包んであった石鹸《せっけん》を取り出した。獣脂で作った石鹸は、黒っぽく、脂っぽかった。服を脱ぎ、湯をかけ、石鹸をぬりつけた。ねじったり、石に叩《たた》きつけたりしたあと、川の水ですすいだ。洗い終わった服を火のそばの藪《やぶ》の上に広げると、あとはぶじ乾くことを願って、こんどは自分自身を洗いはじめた。茶色の石鹸は肌にざらざらと粗く、多量の灰汁《あく》を含んでいて、皮をも剝《は》ぐかと思われた。火傷《やけど》しそうなほどの熱い湯を使い、皮膚がひりひりするまで石鹸でこすった。つぎに顔と髪について思案した。これをどうするか。セーラの小屋で剃《そ》った顎鬚《あごひげ》は、何事もなかったかのようにもとに戻り、髪の毛は半ば伸び放題になっていた。剃刀《かみそり》がないのでは、鬚はこのままにしておくよりしかたがない。髪の毛も、たとえ鋏《はさみ》と鏡があってもうまく刈る自信がないのに、いまは鞘《さや》入りナイフと川辺の水面しかない。とても髪型の改善は望めない。できることは、もっと湯を沸かし、髪の毛を石鹼で洗ってすすぎ、指でくしけずって形を整えることくらいだろう。四方八方へ立ち上がり、見る者を怖がらせさえしなければ、それでよしとしなければなるまい。

洗い終わったインマンは、清潔な裸に直接毛布をかぶり、しゃがんだままその寒い日の残りを過ごした。眠るころになっても服は乾かず、火のそばに広げたまま、裸で毛布にくるまった。その野営地でもしばらく雪がちらついたが、すぐにやんだ。朝になって服を着ると、汗のにおいは消え、代わりに灰汁石鹼と川の水と栗《くり》の木の煙がにおった。

こうして、小径を選んで黒谷に向かった。家まであと山裾《やますそ》を一つか二つ曲がるだけというときまで、大きな道には出ないよう注意した。家に着いた。煙突から煙が上がっていたが、それ以外に人の気配がなかった。庭に少し雪が積もっているのに、そこに足跡がない。門を開け、ドアまで歩いて、ノックした。誰も出てこない。もういちどノックし、裏へ回ってみた。ここには男の長靴の跡があり、それが裏口と便所を往復していた。物干し綱には、かちかちに凍りついたナイトガウンがぶら下がっていた。鶏小屋で鶏が羽をばたつかせ、ひとしきり騒いだが、やがて静まった。裏口のドアに行き、強くノックした。すると二階の窓が勢いよく開き、黒い髪の少年が頭を突き出して、怒鳴った。いったい誰だ。なんでそんなに大騒ぎをするんだ。

インマンはジョージアの少年を説き伏せ、ドアを開けさせて、中に入った。いっしょに火のそばにすわり、処刑の話を聞いた。少年の心の中で物語は何度も繰り返され、磨きがかかり、いつのまにか壮絶な銃撃戦に姿を変えていた。少年自身は血路を開いたものの、スタブロッドとパングルは捕らえられ、殺された。この改訂版では、処刑の直前、スタブロッドが自作の曲を演奏することになっていた。間近に迫る死を覚悟した曲は「フィドラーの別れ」。これまでに作られたどんな曲より悲しく、その場に居合わせた全員が泣いた。処刑者の一団さえ涙を流した。だが、少年には音楽の心得がなく、あの曲を自分で再現することができない。口笛でさえ正確には吹けない。だから、じつに残念なことながら、あの曲は永久に失われてしまった。そのあと、少年は山道を走りに走り、起こったことをこの家の二人に伝えた。二人は少年の苦労をねぎらい、何日でもこの家にとどまり、病気が治るまで飲み食いし、休んでいってくれといった。なんの病気？ああ、山を必死で駆け降りてくる途中にかかった熱病で、原因はよくわからない。外にはまったく症状が現れないが、もしかしたら致命的な病気かもしれない。

いくつかの質問をしてみた。少年はモンローという名前にきょとんとし、もちろん、どこにいるか知らなかった。エイダの連れの女のことも不確かで、フィドラーの娘のようだ、としかいわなかった。少年からできるだけ詳しい方角を聞き出し、インマンはふたたび道に出た。

こうして、今夜もまた地面の上に寝ることになった。心の中はもつれにもつれていた。火のわきに横になっていると、いろいろな思いが勝手にやってきては勝手に去り、インマンの介入を受け付けなかった。心がばらばらに引き裂かれていくのかと恐れ、こんなときになんと間が悪い、と思った。では、どんなときだったら間がよいのか……いくら考えても考えつかなかった。息の乱れをなんとか静めようとしてみた。肺の動きを整え、呼吸を安定させれば、思考も整うのではないかと思った。だが、結局、胸の上下運動さえ意のままにはならず、呼吸も心も、痙攣《けいれん》のように勝手な動きをつづけた。

エイダなら、この困難から救い出してくれるかもしれない、と思った。過去四年間のもろもろからこの身を請け出してくれるかもしれない。エイダにその気があれば、時間も生まれる。将来を思い、たとえば、膝《ひざ》に孫を抱くことがどれほど大きな喜びか考えるだけでも、心が少しは静まるだろう。だが、そんなことが現実に起こるかもしれないと信じるには、秩序への深い信頼が必要となる。それこそ、いまどき希少なもの。どこをどう探せば、そんなものが見つかるというのか。インマンの心の中に暗い声が入り込み、ない、といっていた。いくら望んでも、祈っても、そんなものは手に入らない。もう破滅が進みすぎている。恐れと憎しみに寄生され、心がぼろぼろに蝕《むしば》まれている。そんな人間には、希望も信仰も的外れ。残されたのは、いつ地面の穴に入るかだけだ……と。最悪の罪人《つみびと》の魂さえ救ってみせる、とビージのような牧師はいう。殺人者、泥棒、姦通《かんつう》者《しゃ》はもちろん、絶望の虜《とりこ》になった人々さえ救える、という。だが、インマンの暗い声は、その大言壮語を嘘《うそ》と断じていた。ああいう連中は、悪徳の生活から自分の魂さえ救えずにいる。その口から語られる偽りの希望は、どんな毒蛇の牙《きば》より毒がある。人間に望める甦《よみがえ》りは、せいぜいビージの甦り。ロープに引っ張られ、死んだまま墓から引き起こされる。

暗い声のいうことには真実があった。苦さと怒りにわれを忘れ、道を見失うと、もうもとには戻れない。そのような旅には地図もなく、案内書もない。インマンの一部はそれを知っていた。だが、同時に、雪についた足跡もやはり真実であることを知っていた。あと一日、もし目覚めることがあったら、インマンはその足跡に従う。足を交互に踏み出せるかぎり、一歩一歩、どこまでもその足跡を追っていく。

火が弱まりはじめた。インマンは熱くなった石を地面に転がし出し、そのわきに長々と横になって、眠った。夜明け前に寒さで目覚めると、大きなほうの石に絡《から》みつくようにして寝ていた。石が恋人のようだ、と思った。

夜明けとともに出発した。目には、道などないも同然。ただ、間隙《かんげき》と感じるところに吸い込まれるように、前に進んだ。古い雪に残る足跡を追うのでなければ、迷わずにいることは不可能だったろう。方向感覚にはもう自信がなかった。この数箇月、ありとあらゆる場所で迷った。柵《さく》が平行に伸び、迷い出ることを禁じていてくれないかぎり、いつでも迷った。雲が垂れ籠めてきた。風が起こり、山腹を吹き降ろし、雪片とは呼べない乾いて細かな雪を運んできた。ときどき強く吹いて両頰を刺したが、つぎの瞬間にはぴたりとやんだ。インマンはへこんだ足跡を見やった。足跡には、新しい雪が白い砂塵《さじん》のように積もっていた。

黒い池を通りかかった。瓶の蓋《ふた》を地面に置いたような丸い形をしていた。氷で縁取りされ、まんなかに雄鴨《おすがも》が一羽。インマンのほうを振り向きもせず、とくに何を見るでもなく、ただ浮いていた。あの鴨の世界は徐々に包囲されていく。あいつはあのまま浮かんでいて、最後には氷に水搔《みずか》きをつかまれる。そうなったらもう遅い。いくら羽ばたいても、氷に引き戻され、死ぬことになる。一瞬、撃ってやろうかと思った。それで、運命の小さな一部を変えてやれる。だが、撃てば、池に入って拾い上げてこなければならない。生き物を殺すだけで食べないなど、もっとも嫌悪《けんお》すべきこと。だが……では断食はどうなる？　インマンは、鴨の運命を鴨と創造主の交渉に任せ、先を急ぐことにした。

道が上向きに転じたとき、雪がまた降りはじめた。こんどは本格的な降りになった。薊《あざみ》の冠毛のような雪片が濃く斜めに落ちてきて、見るインマンに目眩《めまい》を起こさせた。足跡が雪で埋まり、薄明かり同様に消えはじめた。足を速め、尾根に登った。足跡が消えていくのを見て、思わず走り出した。暗い栂《つが》のあいだを走り、さらに走り下った。足跡に雪が積もり、縁が薄れていくのが目に見えた。どんなに速く走っても、足跡は目の前で消えていく。古い傷跡のように薄れ、つぎには窓の光にかざした紙の透かしのようにかすかになり、最後には、周囲全部がなんのしるしもない一面の雪になった。

雪は激しく降りつづけ、道の伸びていく方向さえもう感じとれない。だが、インマンは走りつづけた。そして、ようやく止まった。そこは、黒い栂に取り囲まれた八方一様の世界。磁石の方角の違いは、ここでは意味をなさない。雪の上に雪が降り積む以外に、音もない。ふと、このまま横になれば、やがて雪に覆《おお》われると思った。雪が溶ければ、この目の涙も洗い流される。やがては目そのものが眼窩《がんか》から抜け落ち、頭蓋骨《ずがいこつ》から頭皮も消え失《う》せる。

二人は、痰《たん》のからむ苦しげな咳《せき》に起こされた。服を着たままで寝ていたエイダは、ねじれたズボンに脚をつかまれているような、奇妙な感覚のうちに目を覚ました。小屋は寒く、暗く、燃え尽きかけた薪《まき》がくすぶっていた。見慣れない上向きの光が外から忍び込んでいるのは、地面に積もる雪のせいだろうか。ルビーがスタブロッドのところに行き、のぞき込んだ。口の端から新しい血が一筋流れ出て、襟に垂れていた。目を開いてルビーを見たようだが、誰とはわかっていなかったろう。ルビーはスタブロッドの額に手を当て、エイダを振り返ると、燃えてるみたい、といった。小屋のあの隅この隅から蜘蛛《くも》の巣をいくつも集め、手の中に球のように丸めた。つぎに草の根を入れた袋を探り、二種類取り出すと、水を汲《く》んできて、とエイダにいった。湿布薬を作って、胸の穴に当ててみるから。そして、炉辺に行き、熾《おき》の上に新しい薪をのせて、火を起こしはじめた。

　エイダは髪をまとめ、落ちてこないようにその上から帽子をかぶった。鍋をもって泉に行き、浸していっぱいにすると、まず馬のところにもっていった。馬は大きな音を立てて吸い、たちまち空っぽにした。また川に戻って水を汲みなおし、小屋のほうに歩きはじめた。低い灰色の空から雪が激しく降り、鍋を運んでいる腕の外套《がいとう》の袖《そで》を白くした。風が吹き起こり、襟がめくれ上がって顔を打った。

　もうすぐ小屋というとき、目の端に何かがひっかかり、坂の上のほうを見た。昨日の午後、この村に入るとき通ってきた辺りに、何かが動いていた。斜面に立つ裸の木々のあいだに、野生の七面鳥がいた。十羽から一ダースほどの群れだろうか。雪の中で何かをついばみながら歩いている。鳩《はと》のような淡い灰色をした大きな雄が先頭に立ち、一、二歩進んでは立ち止まり、嘴《くちばし》で雪の中を探った。そして、また前進した。斜面を登る七面鳥は、どれも前傾姿勢になり、背中と地面をほぼ平行にして歩いている。背中に荷物を負った老人のように、一歩一歩に努力がいるように見えた。胴体はほっそりして長く、家の庭で飼う七面鳥とは違う鳥のようだった。

鳥に見つからないよう、エイダはそっと小屋の陰に移動した。中に入り、火のそばに鍋を置いた。スタブロッドは目を閉じ、依然、無言のまま横たわっている。顔は黄ばんだ灰色。固まったラードの色、と思った。付き添っていたルビーが立ってきて、鍋を火にかけ、薬草の根の準備にとりかかった。根の皮をむき、刻みはじめた。

―外の斜面に七面鳥がいるわ。薬草の上にかがみ込み、むいては刻んでいるルビーに、エイダがいった。

ルビーが顔を上げた。七面鳥の腿《もも》で顎を脂《あぶら》だらけにするなんてのもいいわね、といった。散弾銃には弾が入ってる。どっちの銃身からも発射できるから、行って、一羽撃ってきて。

―でも、銃なんて、私はいちども撃ったことがないのに……。

―あんな簡単なものはないわよ。撃鉄を起こすでしょ？　狙《ねら》って、V字と星を合わせたら、引き金を引く。そのとき、目を閉じちゃだめよ。はずしたら、もう一つの引き金を引く。ね？　銃の台尻《だいじり》を肩にしっかり固定すること。そうしないと、反動で鎖骨が折れることがあるから。移動はゆっくり。野生の七面鳥って、目の前で消え失せるのがうまいのよ。せめて二十歩の距離まで近づくこと。それより遠いと、貴重な弾が無駄になるから。

ルビーはそういって、根のすりつぶしにかかった。平らな石にのせ、ナイフの平らな腹で押した。エイダが動かずにいると、また顔を上げ、その不安げな表情を見た。

—悩むようなことじゃないわよ、といった。最悪で、七面鳥を撃ちそこなうだけよ。世界中どこを探したって、撃ちそこなったことのない猟師なんていないんだから。さあ、早く。

エイダは慎重に斜面を登った。前方やや上にある栗の木立に、七面鳥が動いているのが見えた。風に吹かれて雪が斜めに降り、七面鳥も雪の降る方向に斜面を横切っていく。だが、急ぐ気配はなかった。灰色の雄が何か食べるものを見つけると、全員が寄ってたかって地面のそれを突つき、それからまた動きはじめた。

最悪で、撃ちそこなうだけよ、とルビーはいった。だが、そうではないことをエイダは知っていた。川下の戦争未亡人の話は、近隣で知らない者がない。前年の冬、木の上に作った鹿《しか》の見張り所に登っていて、銃を取り落とした。銃は地面で暴発し、女を木から撃ち落とした。幸運にも生き長らえ、笑いものになるだけですんだが、決して軽傷ではなかった。落ちたとき脚の骨を折り、まっすぐ歩けなくなった。頬に散弾を受け、あばたのような跡が二箇所残った。

銃を扱い慣れていないと、そんなことも起こる。エイダはあれこれ心配し、こわごわと斜面を登った。体の前にもつ散弾銃が実際以上に長く思え、バランスの悪さから、手の中で震えているように感じられた。最初は七面鳥の進む方向にそっと回り込み、待ち伏せするつもりだった。だが、七面鳥が途中で方向を変え、いままでより上向きに進みはじめた。エイダはしばらく後を追った。鳥が動くときに動き、止まるときに止まる。動くときは、できるだけ音を立てず、動作を緩やかにした。足をゆっくりと踏み降ろし、音を雪に吸収させた。ズボンをはいてきてよかった、と思った。長いスカートとペチコートでは、こうはいかない。森の中を、キルティングのベッドカバーをひらひらさせながら歩くのと変わらない。

細心の注意を払いながらも、エイダは心配でしかたがなかった。ルビーのいうとおり、鳥はいつ姿を隠すかわからない。一瞬も目を離さず、辛抱強く後を追い、ようやくいわれたほどの距離まで近づいた。七面鳥は立ち止まり、頭をぐるりと回して周囲をながめたが、じっと立ち尽くすエイダに気づかなかった。雪を突つき、餌《えさ》を探しはじめた。エイダには、これ以上のチャンスはきっとないように思えた。ゆっくりと銃を上げ、最後尾の数羽に狙いをつけた。そして、発射した。思いがけず二羽が倒れ、エイダは目を丸くした。ほかの鳥はいっせいに低く飛び立ち、混乱と恐怖のうちに斜面を下に向かい、エイダめがけて突っ込んできた。一瞬、二百ポンドの鳥の塊がエイダの頭をかすめて飛び去った。

月桂樹《げっけいじゅ》の茂みに逃げていった七面鳥を見送り、ようやく呼吸することを思い出した。

そして、発射の瞬間を心の中で振り返った。銃の反動はまったく記憶になかったが、たしかに肩がしびれていた。これまでの人生でほかの火器を扱ったことはなく、散弾銃もいまの一発を撃っただけだったが、思いのほかめりはりのない動きをする、と思った。引き金は一瞬に引けるものではない。引き切るのに長くかかり、途中できしるような音を立て、いったいどこまで引いたら緊張と解放の一瞬が訪れるのか、不安に思った。銃の渦巻き模様を見おろした。蔓《つる》と葉がモチーフとなり、精巧な撃鉄もその一部に取り込まれている。二つ目の撃鉄がまだ引き起こされたままになっているのを見て、それをゆっくりと戻した。

倒れている二羽のところへ行った。一羽は雌、もう一羽は若い雄。羽根には金属的な色と光沢があった。雌にはまだ息があるのか、鱗《うろこ》に覆われた灰色の足の一本が、雪の中で握ったり開いたりを繰り返していた。

インマンは銃声を聞いた。さほど遠くない。ルマットの主撃鉄を引き起こし、前進した。濃い影のような栂の森を抜け、栗《くり》の木立に出た。木立は斜面を下り、その先にはどうやら川がある。どこか下のほうから、勢いのよい水音が聞こえてきた。光はざらついて、弱く、その中で雪が降りつづき、栗の木の枝を凍らせていた。インマンは木立に踏み込み、降りていった。心なしか木が左右に分かれ、間隙らしいものがあった。両側に立つ黒い幹から枝が伸び、その白い先端が頭上で重なって、トンネルを作る。足元には小径《こみち》の気配があったが、とても道と呼べるものではない。そのうえ、強く吹きつける雪に、微妙な陰影がすべて消し去られていた。はっきり見えるのは、目の前の木が三本ほど。その向こうはすべてぼやけているが、気のせいか、小径の終わる辺りに、雪の枝で囲まれた光の輪が見えた。インマンは手にピストルを緩く握り、とくにどこを狙うでもなく、銃口を前に向けた。指を引き金にかけた。一瞬の電流が流れ、引き金と撃鉄をつなぐすべての金属部分が触れ合い、嚙《か》み合った。

インマンは進んだ。前方の光の中から人影が浮かび上がった。木の枝のアーチの下に立つ黒いシルエット。栗の木のトンネルの終わるところに、両脚を開いて立っている。インマンを見ると、長い銃を持ち上げ、銃口を向けてきた。親指で撃鉄が起こされ、静かな木立にかちりという金属音が響いた。

猟師か、と思った。だから呼びかけた。

―道に迷っただけだ。それに、お互い顔もよく見えないのに、殺し合いを始めるのは早すぎるだろう、といった。

ゆっくりと前進した。地面の上に並べられた七面鳥が見えた。つぎにエイダの上品な顔が見えた。ズボンをはいた奇妙な風体の上にそれがのり、大人びた少年のように見えた。

——エイダ・モンロー？　エイダか？　といった。

相手は答えず、ただインマンを見つづけた。

インマンは、もう五感をあまり信じていなかった。こんな状態のときは、全面的に信じられるものではない。それを過去の経験から悟っていた。頭の中が支離滅裂になっている。わけのわからなさ加減は、生まれたばかりで目も明かない一腹の子犬と変わらない。いま見えているこれは、壊れかけた心に働きかける光のいたずらかもしれない。悪《あく》霊《りょう》が人の形をとって訪れ、だまそうとしているのかもしれない。満ち足りた腹と満ち足りた心をもつ人間でさえ、森の中では無いものを見る。光などあるはずがないところに、光を見る。はるか昔に死んだ人の姿形が木々のあいだを歩くのを見、失われた声でしゃべっているのを聞く。心の奥底に潜む欲望をいたずら好きの霊が探り、その形をとって現れ、月桂樹の迷路地獄に引き込んで殺す。インマンは撃鉄の先端にある小さなレバーを折り曲げ、散弾の発射に切り替えた。

エイダは名前を呼ばれて混乱した。相手の胸を狙っていた散弾銃の銃口が、思わず数インチ下がった。相手をじっと見たが、知らない男だった。ぼろを着た乞食《こじき》のように見えた。それとも、木切れの十字架像にぼろを着せかけた、というべきか。顔はやつれ、伸び放題の鬚《ひげ》の上に見える頬は窪《くぼ》み、不思議に光る黒い目が、帽子のつばの陰からこちらをにらんでいた。

二人は決闘者に定められた歩数を隔て、用心深く向き合った。固く抱き合うことを夢想していたインマンの思いとは、似ても似つかない。互いに向け合う武器が、ぎらりと固い光を放った。

インマンはエイダを見つめ、これは心の中から現れた虚像か、霊の世界からのいたずらか、と思った。覚えているエイダより顔が引き締まり、厳しくなっている。だが、この意外の風体にもかかわらず、見れば見るほど、本物のエイダだという思いが強くなっていった。これまで、結果を考えずに武器をとったことは数知れない。では、ここはひとつ逆をやってみよう、と思った。結果を考えずに武器を捨ててみよう。撃鉄をおろし、上着の裾《すそ》をはね上げ、ベルトにピストルを差した。エイダの目を見、たしかにエイダであることを知り、突然心に鐘が鳴りだしたように、エイダへの愛に圧倒された。

何をいってよいかわからなかった。だから、ジプシーの野営地で見た夢のとおりの言葉をいった。厳しい道を通って、おれは君のもとへ帰ってきた。もう絶対に離さない。絶対に、と。

だが、前に進むことができなかった。エイダを腕に抱くことを、インマンの中の何かが押しとどめた。こちらを狙う散弾銃のせいだけではない。死ぬことが問題なのではない。インマンは足を前に踏み出せなかった。肘《ひじ》を体の横につけ、空っぽの両掌《りょうて》を上に向けて、その場に立ち尽くした。

エイダは、相手が誰であるかまだわからずにいた。雪嵐《ゆきあらし》の中をさ迷う狂人のように思えた。背嚢《はいのう》を負い、鬚と帽子のつばに雪を積もらせた狂人。その目の前に何かが現れれば、ときに荒々しく、ときに優しい言葉を投げかける。岩にでも、木にでも、川にでも。そのうち誰かの喉《のど》を切り裂くことだってやりかねないわよ、とルビーならいうだろう。エイダはまた散弾銃を持ち上げた。このまま引き金を引けば、相手の胸が砕ける。

――私はあなたを知らない、といった。

インマンはその言葉を聞いた。正当な言葉に思えた。まったく正しく、半ば予想された言葉だった。四年間も戦争に行っていたのだ、と思った。帰ってみれば、生まれ育ったこの土地でただのよそ者になりはてていた。生まれ故郷でさ迷う巡礼者。この散弾銃が過去四年間の代償か。おれと、おれの望むものすべてのあいだを隔てるこの散弾銃が……。

――間違いだったようだ、といった。

振り向いて立ち去ろうとした。輝きの岩へ行き、受け入れてもらえるかどうか確かめよう。だめなら、ビージの遺志を継ぐ。テキサスか、さらに遠くに無法の土地があれば、そこへ行く。だが、たどるべき道がなかった。インマンの前には、木々と、雪と、急速に埋まりつつある自分の足跡しかなかった。

エイダに向き直り、また空っぽの掌《てのひら》を見せながら、どこへ行けばいいかわかれば、そこへ行く、といった。

声の響きだったのか、横顔の角度だったのか。エイダのどこかが何かに反応した。前腕の骨の長さか、手の皮膚の下から突き出す指関節の形か。突然、エイダには相手がわかった。わかったと思った。散弾銃の狙いが膝《ひざ》の辺りまで下がった。エイダが名前を呼び、相手がそうだと答えた。

エイダは相手のやつれた顔を見、そこに狂人ではなくインマンを見た。憔悴《しょうすい》しきって、見る影もない。鬚も髪もぼうぼうで、疲れ切り、痩せ衰えている。だが、そこには間違えようのないインマンがいた。飢餓のしるしが眉《まゆ》に刻まれ、全身を影のように覆《おお》っている。食べ物と暖かさと思いやりに飢えている。エイダはインマンの落ち窪んだ目に、エイダは見た。エイダの目に涙が盛り上がった。長い戦争と長い旅路でずたずたになった心を見た。肋骨《ろっこつ》に、心臓を閉じ込める鉄格子《てつごうし》を見た。エイダの目に涙が盛り上がった。だが、いちど瞬《まばた》きをすると、涙は消えた。銃口を地面に向け、撃鉄を戻した。

—私といっしょに来て、といった。

二羽の七面鳥の胸と胸を合わせ、脚をそろえた。その脚を取っ手にして持ち上げると、翼が開き、頭がふらふらと揺れた。ついでに長い首が絡《から》まり合い、逆さまになった不思議な愛の様子を描いた。散弾銃を肩にかつぎ、台尻を後ろに、銃身を左手で軽くにぎり、バランスをとりながら歩きはじめた。インマンはそのあとにつづいた。あまりの疲れに、エイダの荷物を一部もってやることさえ思いつかなかった。

二人は斜面の栗の木立を下った。やがて、はるか下方に川、そこに転がる苔《こけ》むした岩、村を作っているいくつかの小屋が見えてきた。ルビーのいる小屋から煙が上がり、そのにおいが木立にも漂っていた。

歩きながら、エイダはインマンに話しかけた。神経質な馬にルビーが話しかけるときの口調を思い出し、同じ口調を使った。内容はたいして重要ではない。何を話しかけてもいい。ありふれた天気の話。『老水夫行』の一部の暗誦《あんしょう》。なんでもいい。必要なのは心を落ち着かせる口調、安心の詰まった仲間の声だった。

だから、エイダは心に浮かぶことをつぎつぎにしゃべった。たとえば、二人を取り巻く現在の状況と、その特徴など。自分はいま黒っぽい狩猟服を着て、七面鳥をぶら下げ、斜面の木立を降りていく。行く先は、下の村に定めた仮の宿。いま煙の上がっているあの小屋。周囲は青い山、山、山。

――これで地面に焚《た》き火があって、人が何人かいたら、大ブリューゲルの「雪中の狩人《かりゅうど》」そのままだわ、といった。何年も前、モンローとヨーロッパに旅して、この絵を見た。そのときの思い出を途切れなくしゃべりつづけた。モンローはこの絵のすべてを嫌った。平凡すぎる、色が地味すぎる、この場所以外の広い世界とのつながりがない。イタリア人なら、こんな絵にはなんの興味も示さなかっただろう……そういった。だが、エイダはその絵に引きつけられ、しばらく周りをうろうろしていた。最後まで、モンローに正直な感想をいう勇気が出なかったけれど。

——だって、私がその絵が好きになった理由は、父が難癖をつけた理由とまったく同じですもの。好きか嫌いかが違っただけ……。

インマンの頭の中は濁り、エイダがいうことにまったくついていけなかった。ただ、モンローに触れるとき、まるで死んだ人のことをいっているような口調が気になった。ただ、いまのエイダには、心にはっきりした目標があるようだ、と思った。声から感じとれた。いま、この瞬間、私はあなたより多くのことを知っている、とエイダの声はインマンに伝えていた。そして私が知っている何もかもが、これからは万事うまくいくといっている、と。

炉では炎が踊り、小屋は明るく、暖かかった。窓のない部屋。ドアを閉じれば、外が朝なのか夜なのかさえわからない。ルビーのいれたコーヒーがあり、エイダとインマンはすわってそれを飲んだ。二人の場所は炉に近く、外套《がいとう》についていた雪が溶け、水蒸気になって立ちのぼった。四人が入ると、小屋はさすがに小さく感じられる。誰もが言葉少なだった。ルビーは、朝食の玉蜀黍粥《とうもろこしがゆ》をインマンの横の地面にも一杯置いたが、それ以外はインマンを無視しつづけた。

スタブロッドが意識をやや回復し、頭を左右に動かして、目を開けた。混乱と痛みの表情があった。すぐに動きを止めた。

—どこにいるかまだわからないみたいね、とエイダがいった。

—そりゃそうよ、とルビーが応じた。

スタブロッドは目を閉じたまま、誰にともなく話しかけていた。あのころは音楽がいっぱいだったな、といった。

そのまま頭をおろし、また眠りに戻っていった。ルビーが立ち、スタブロッドの上にかがむと、袖《そで》をたくしあげて、手首で眉《まゆ》の辺りに触れた。

―冷や汗が出てる、といった。いいことかもしれないし、悪いことかもしれない。

インマンは椀《わん》の粥を見て、食べようかどうしようか迷った。コーヒーカップをその横に置いた。つぎに何をすべきか考えようとしたが、くたびれ果て、火で暖められ、目を開いていることができなかった。頭が自然に下がり、思い出したように跳ね上がる。必死に努力しないと、目の焦点が合わない。あれもこれも、したいことは数多くあったが、まず眠ることが必要のようだった。

―そっちの人はもうだめみたいね、とルビーがいった。

エイダは毛布を折り畳み、床に布団《ふとん》のように敷いた。その上にそっと導き、ついでに手を貸して長靴の紐《ひも》をほどき、外套を脱がそうとしたが、インマンが嫌がった。長々と伸びると、服を着たまま眠った。

エイダとルビーは火を掻《か》き立て、男二人を残して外に出た。インマンとスタブロッドが眠りつづけるあいだ、雪が降りに降った。女二人は薪《まき》を集め、別の小屋を掃除した。樅《もみ》の枝を切り、木肌で葺《ふ》かれた古い屋根の破れ目をふさぎ、そんな作業に無言の寒い一時間を過ごした。こちらの小屋では、床のいたるところに死んだ虫が転がっていた。ふくれた形のままからからに乾いていて、足の下でつぶれ、はじける。大昔に住みついた虫の子孫だろうか。エイダは、シーダーの枝でそれをドアから外へ掃き出した。

床に転がるがらくたのなかに、古い木製の広口コップを見つけた。コップというより、椀といったほうが近いだろうか。形はどちらともいえない。木が乾いて、大きなひび割れができていた。それをふさいでいる蜜蠟《みつろう》が、もう固く、もろく変質しているように見えた。エイダは椀の木目模様を見ながら、これは花水木《はなみずき》、と思った。どう作られ、どう使われ、どう修繕されたかを心に描いてみた。失われた多くのものの記念になる、と思った。

小屋の壁にちょっとした窪《くぼ》みが刻まれ、小さな棚になっていた。世界のよその地域では、こういう場所に聖像を飾ったり、動物のトーテムを置いたりする。エイダは椀をそこにのせてみた。

小屋の掃除がすみ、屋根の修繕も終わると、二人でドアを起こし、ドア枠にはめた。雪の中で手当たりしだいに拾ってきた薪を炉で燃やし、火が起こると、こんどは栂《つが》の枝を床に敷きはじめた。幾重にも敷いてふかふかのベッドを作り、その上にキルティングを広げた。そして、七面鳥の羽根むしりと下拵《したごしら》えにとりかかった。内臓を抜き、栗《くり》の倒木から剝《は》がしてきた大きな丸まった皮にのせた。終わってから川にもっていき、その辺の木の後ろに皮ごと投げ捨てると、雪の中に醜いピンクと灰色の汚物の山ができた。

炉の炎が小さくなり、やがて炭火になった。二人はそこに生のヒッコリーの枝をのせ、いぶしはじめた。つぎに、尖《とが》らせた棒を七面鳥の胴体に刺し、ゆっくり燃える火で一日かけてあぶり、皮がしだいに褐色に変わっていくのをながめた。小屋は暖かく、薄暗く、ヒッコリーの煙と七面鳥のにおいに満ちていた。風が吹くと、屋根の修繕部分から雪が吹き込む。二人の周りに落ちて溶ける。長いあいだ、二人はいっしょに炉辺にすわっていたが、どちらもしゃべらず、ほとんど身動きすらしなかった。ときおりルビーが立ち上がり、外へ出ていった。男たちの小屋へ行き、火に薪を足し、スタブロッドの額に手首を当てて帰ってきた。

夕方になり、外が暗くなりはじめた。ルビーは両膝《りょうひざ》を広げ、そこに手を置き、全世界に真正面から向き合う姿勢で、火のわきにすわっていた。体に巻きつけている毛布が、両膝のところだけぴんと張られ、ベッドのシーツのように平らに伸びていた。やがてヒッコリーの小枝をとり、ナイフで鋭く尖らせると、腹立たしそうに七面鳥を突ついた。皮が破れ、透明な汁が流れ出て、下の炭に落ちてじゅうじゅうと音を立てた。

—何なの？　とエイダがいった。

—今朝、あっちの小屋で、あんたとあの男を見ていた、とルビーがいった。それからずっと考えてきた。

—あの人のこと？

—うらん、あんたのこと。

—私の何？

——あんたが何を考えてるのか……。でも、わからない。だから、わたしの心にあることだけをいうわね。それはね、あの男がいなくても、わたしたち二人だけでやってけるってこと。あんたはできないと思っているかもしれない。でも、できる。いま始まったばかりよ。わたしにはちゃんと考えがある。黒谷の将来の絵があるの、この頭の中に。その絵をほんとうにするのに何が必要かもわかってる。何を栽培し、何を飼うか。土地がどうなって、建物がどうなるか。そりゃ、長い時間がかかるわよ。でも、最後には行きつける。戦争がつづいたって、平和になったって、わたしたちだけでできないことなんてない。あの男はいらない。

エイダは火を見つめた。膝に置かれているルビーの手の甲に触れ、それを膝から持ち上げると、掌《てのひら》を親指でこすった。皮膚の下の腱《けん》が感じ取れるほどに強くこすった。自分の指輪を一つとり、ルビーの手にはめると、火にかざしてながめた。ホワイトゴールドの台に大きなエメラルドがはめ込まれ、周囲を小さなルビーが取り巻いている。これは、何年か前、クリスマスに父モンローからもらったもの。そのままはめていて、と身振りで示したが、ルビーはそれをはずし、エイダの指に荒っぽくねじ込んだ。

——あの男はいらない、といった。

——いなくてもいいことはわかってるの、とエイダは答えた。でも、いてほしい。

——そういうこと？　なら、話はまるっきり違ってくるわね、とルビーがいった。

エイダは口籠《くちご》もった。さらに何をいったらいいのかわからなかったが、必死で考えていた。これまでの人生で想像もできなかったことが、突然、手の届くものに思えた。そして、それこそ必要なものに思えた。インマンはあまりに長く独りぼっちでいすぎた。人間的な触れ合いを断たれた脱走兵。愛する人の柔らかく温かい手に、肩も、背中も、脚も触れてもらえずにいた……そして、それは私も同じこと。

――したくないことだけは、わかっているの、と最後に声に出していった。来世紀のいつか、気難しい老女になって昔を振り返り、あのとき――いま――もっと勇気があったら、と後悔すること。それだけはしたくない。

インマンが目覚めると、もう夜になっていた。火が灰の中で低く燃え、小屋を弱い光で照らしていた。夜のいつごろかもわからず、しばらくは、自分がどこにいるかさえ思い出せなかった。同じ場所に二度寝たことは、もう何箇月もない。じっと横になったまま、この床に寝ることになるまでの何日かを、心の中に呼び起こそうとした。起き直り、木の枝を折って赤い炭の上に投げ、息を吹きかけた。新しい炎が明るく燃え上がって、壁に影を踊らせた。そのとき初めて、自分がどこにいるかに確信がもてた。
どこかで深く息を吸い込む音と、喉《のど》に痰《たん》がからむ音が聞こえた。上体をねじり、ベッドに寝るスタブロッドを見た。見開かれた目が、炎の明かりの中で黒く光っていた。この男は誰だったか、と思った。教えてもらった覚えがあるが、思い出せない。スタブロッドは口を動かし、舌打ちをするような音を立てた。インマンを見て、水がないか？　といった。

辺りを見回したが、桶《おけ》も水差しも見当たらなかった。立ち上がり、両手で顔をこすり、髪の毛をなでつけた。

―水をもってきてやろう、といった。

荷物のところへ行き、水筒を取り出したが、振ってみると空っぽだった。ピストルを雑嚢《ざつのう》に入れ、負い革を肩にかけた。

―すぐに戻る、と声をかけた。

戸口のドアをわきへずらした。外は真っ暗な夜。風にのって、雪が吹き込んできた。後ろを振り返り、あの二人はどこへ行った？　と尋ねた。

スタブロッドは目を閉じたまま寝ていた。インマンの問いに答える気配も見せず、ただ、毛布の外に出ていた手の人差し指と中指だけをぴくりと動かした。

インマンは外に出て、ドアをもとどおりに立てかけた。しばらくじっと立ち、目が暗《くら》闇《やみ》に慣れるのを待った。空気中には、金属を切断したような寒さと雪のにおいがある。それとぶつかり合う木の煙のにおいと、川の石の濡《ぬ》れたにおいもある。歩けるほどに目が慣れたところで、水辺の方向へ降りはじめた。雪が脛《すね》の深さまで地面に積もっていた。川は黒く、底無しに深く、地球の核にまで届く溝を流れているように見えた。しゃがんで、水筒を水に浸《つ》けた。手と手首に当たる水が、空気より温かく感じられた。これは、さっきまで自分が眠っていた小屋。小屋の壁の隙間《すきま》から炎の黄色い瞬《また》きが見えた。引き返す途中、小屋の壁の隙間から炎の黄色い瞬きが見えた。もうひとつ、川を少し下ったところに別の小屋があり、そこからも同じように光が見えた。肉の焼けるにおいがして、突然、インマンはたまらない空腹感に襲われた。

小屋に戻り、スタブロッドの上体を抱き起こすと、口に水を注ぎ込んでやった。スタブロッドはやがて自分の肘《ひじ》で体を支え、インマンの傾ける水筒から水を飲んだ。いちどむせて咳《せ》き込んだが、収まるとまた飲んだ。頭を起こし、口を開け、首を伸ばし、喉を動かした。その恰好《かっこう》は、髪の毛や鬚《ひげ》が逆立ってふくらんでいる様子といい、視点の定まらない表情といい、卵からかえったばかりの雛鳥《ひなどり》を思わせた。ひ弱ながら、生きることへのすさまじい欲求があった。

生への執着は、これまでにも見たことがある。その正反対の、死への意志も見たことがある。人間は負傷をさまざまに受け止める。ここ数年、撃たれた男たちをあまりに多く見すぎて、撃たれるも撃たれないも等しく普通の出来事のような感覚があった。両方あるのが世界の自然なありように思えた。人体のあらゆる部分が撃たれるのを見てきた。

撃たれた結果もじつにさまざま。即死もあれば、絶叫し、のたうちながらの死もあった。マルバンヒルでは、右手を撃ち砕かれ、血を流しながら笑っている男を見た。この怪我《けが》では死なない。この手ではもう引き金を引けない。男は嬉《うれ》しそうに大声で笑っていた。

スタブロッドの運命がどうなるか、インマンにはわからなかった。顔色からも傷の状態からもわからない。さっき見たとき、傷は乾き、蜘蛛《くも》の巣と刻んだ根が詰められていた。触れた手に熱を感じたが、そんなことで人が死ぬかどうか予測することは、とうにやめていた。大怪我もときに治り、小さな怪我もときに膿《う》む。これまで何度も見聞きしてきた。皮膚の表面は治っているのに、腐りが内に向かい、人間の中身を食い尽くすところも見てきた。人生の多くの出来事と同様、なぜ？　と尋ねて、理屈で納得できることはあまりなかった。

火を大きくした。小屋が明るく、暖かくなったところで、眠るスタブロッドを残して外に出た。自分の足跡をたどってまた川まで降り、手で水を掬《すく》って顔にかけた。楡《ぶな》の小枝を折り取り、その端を親指の爪《つめ》でぼろぼろに剝《む》くと、それで歯を磨いた。そして、もう一軒の小屋まで歩いた。外に立ち、様子をうかがったが、中に声はない。あぶった七面鳥のにおいが空気中に満ちていた。

—誰か？　と声をかけた。

待ったが、答えはなく、もういちど声をかけた。そして、ドアをノックした。ルビーが手の幅ほどドアを開け、外をのぞいた。

—あら、といった。誰かほかの人間を予期していたような口調だった。

—いま目が覚めた、とインマンがいった。どれくらい眠っていたかわからない。あっちの男が水をほしがったから、少し飲ませておいた。

—十二時間は寝てたわね。もっとかも、とルビーがいった。ドアをさらにわきへ滑らせ、インマンを迎え入れた。

エイダは、火の前の地面にあぐらをかいてすわっていた。小屋に入ってくるインマンを見上げた。その顔に黄色い光が当たり、黒い髪の毛が肩に緩く垂れていて、インマンはあまりの美しさにはっとした。男が目にすることを許される最高の光景だ、と思った。エイダの美しさに頬骨が痛み、思わず手を拳《こぶし》に握って、指関節で目の下を押さえた。自分の身をどう処してよいかわからなかった。これまでに学んだどの作法の公式も、ここには当てはまらない。とにかく帽子をとった。雪嵐《ゆきあらし》の夜にインディアンの小屋で守るべき作法とは何か。そんなものは、おそらくあるまい。あるとしても、インマンは知らない。どうせなら、エイダの横に行ってすわることにしよう、と思った。

だが、そう決めて、雑嚢を小屋の片隅に置いていると、先にエイダが立ってきた。前に立つと、インマンが絶対に忘れられないことをした。背後に片手を伸ばし、インマンの腰に掌を当てると、反対の手を腹に当て、ズボンのすぐ上の辺りを押した。

——なんて痩《や》せたこと、といった。手のこれだけの幅に入ってしまう。

インマンには返す言葉がなかった。何をいっても、あとになって後悔すると思った。

エイダは手を離し、最後に食べたのはいつ？　ときいた。

インマンはかぞえた。三日前かな、といった。いや四日、四日前だと思う。

——じゃ、お腹《なか》が空《す》きすぎて、見てくれや味に文句をいう暇はないわね、とエイダがいった。

ルビーがすでに一羽の鳥の骨から肉を引き剝がし、残りを大きな鍋《なべ》で煮て、スタブロッドのためにスープを作っていた。エイダはインマンを炉のわきにすわらせ、剝がした肉ののる皿を出し、とりあえずつまんでいて、といった。ルビーはひざまずき、鍋に全神経を集中していた。浮いてくる灰色の泡をへらで掬っては、捨てた。へらは、ルビーが午後いっぱいを使い、ポプラの枝を削って作ったもの。灰汁《あく》とりを正しくやるには花水木のへらが必要だが、この際、やむをえない。火の中に放られた灰汁は、じゅっと音を立てて消えた。

インマンが七面鳥の肉をつまんでいるわきで、エイダはちゃんとした夕食の準備にかかった。干し林檎《りんご》の輪を水に浸し、水を吸ってふくらむのを待つあいだ、朝の玉蜀黍粥《とうもろこしがゆ》の残りを取り出し、固まっているのを幾切れか切って、豚の脂身《あぶらみ》から出た脂で揚げた。玉蜀黍粥がかりかりになり、縁が茶色に変わると、それを引き上げ、代わりに林檎をフライパンに入れて、掻《か》き回した。しばらくはあぐらをかいたまま、前傾してフライパンを扱っていたが、やがて横を向き、一方の脚をまっすぐ前へ伸ばし、もう一方を曲げたまま料理をつづけた。インマンは大きな興味をもって見ていた。エイダのズボン姿にはまだ慣れていなかったが、ズボンのおかげでとれる姿勢を見て、その自由であることに打たれた。

エイダの作り上げた食事は、こんがりして濃厚だった。木の煙と豚の脂の香りがした。冬至も近いこの季節の要求する食事、短い日と長い夜に慰めを与える食べ物だった。インマンは、飢え死にしかけている男に戻って、食べはじめた。だが、途中で手を止め、君は食べないのか、と尋ねた。

―私たちはしばらく前に食べたから、とエイダが答えた。

あとは口もきかずに食べた。食べ終わるまえに、ルビーのスープができあがった。七面鳥の滋養が川から汲んだ水に全部溶け出した。ルビーは小さな鍋に半分ほどそのスープを汲んだ。ここには野生の鳥の生命力が詰まっている。濃く濁り、フライパンで焦《こ》がした木の実の色をしている。

―さて、これを飲ませられるかどうか、ちょっとやってくるわ、といった。

つるを取って鍋を持ち上げ、ドアに向かった。外へ出るまえに立ち止まり、しばらく向こうにいるから、といった。傷の詰め物を取り替える時間だから、戻るまでちょっと時間がかかるかもしれない。

ルビーが出ていくと、四方の壁が迫り、小屋が少し小さくなったような気がした。どちらも、あまりいうべきことを思いつかなかった。若い男女が二人だけで一つの家にいる。昔ながらの教えがどっと押し寄せてきて、二人をきまり悪くさせた。エイダは、チャールストンなんてアルカディアやプロスペロの島と同じ、と自分にいいきかせた。分別くさい老婦人が大勢集まって、お目付け役として手の込んだ礼儀作法を守らせる。あんな世界は絵空事も同然。私がいま住んでいるこの世界とは接点すら見つからない。

インマンはなんとか沈黙を破ろうと、食事のことをしゃべりはじめた。日曜日の昼食に招かれたときのように、まず七面鳥を誉《ほ》めはじめたが、途中で場違いな感じがして押し黙った。その直後、ありとあらゆる憧《あこが》れの感情が心の内に湧《わ》き起こってきた。それが恐るべき言葉の混乱となってほとばしりそうになり、インマンは必死で口を閉じていた。考えをほかの方向に向けようと努力した。

立ち上がって荷物のところへ行き、バートラムを引っ張り出すと、何かの証拠ででもあるかのようにエイダに見せた。それは丸められたまま、汚れた紐《ひも》でしばられ、濡れて、乾いて、また濡れて、それを何箇月も繰り返したあげく、いまでは、失われた文明の知識の集大成といわれても納得できるほど、手垢《てあか》に汚れ、古ぼけて見えた。旅の途中、これにいかに支えられたかをエイダに語った。独りぼっちで野宿するとき、焚《た》き火の光でこれを読んで過ごしたことが幾晩あったことか。エイダはバートラムを知らなかった。だから、世界におけるこの地域と、そこに含まれるあらゆる重要事についての本だ、と説明した。この本は神聖な存在に近い。その豊かさというものは、でたらめにどのページでも開き、最初の一文を読むだけでわかる。必ず役に立つことがあり、喜びが見つかる。

証明しようと紐をほどき、表紙のない萎《しな》びた本をぱらりと開くと、一つの文に指を当てた。それは、例によって山に登ることから始まり、一ページの大半を占めていた。インマンは声に出して読みはじめた。そして、後悔した。文が早く終わってくれることを待ち望んだ。すべてが性を語っているように思え、声が震え、顔が赤くほてりかけた。こう書いてあった。

私たちは頂上を極め、魅惑の光景にうっとりした。広大な緑の草地と苺《いちご》の野。そこをうねうねと川が滑っていく。ところどころに小山が盛り上がり、川はその一つ一つを抱擁しながら蛇行する。どの小山も緑の芝で覆われ、花園と重く実をつけた苺の藪《やぶ》で飾られ、そこを七面鳥の群れが歩き回る。鹿《しか》が草地を歩き、丘を飛び跳ねる。若く純真なチェロキーの乙女らがつどい、ある一団は豊かに香る実を摘むのに忙しく、また別の一団はすでに籠《かご》をいっぱいにして、自然のあずまやの影の下に休み、その花と香りの中に横たわる。あずまやを作っているのは木蓮《もくれん》、躑躅《つつじ》、梅花空木《ばいかうつぎ》。さらには、香り高い黒花臘梅《くろばなろうばい》と、甘いカロライナジャスミンと、青い大豆の藪。この乙女らは、そよぐ風にその美しさをさらし、冷たく滑り去る流れに四肢を浸す。あそこには、さらに陽気で放埒《ほうらつ》な乙女の一団がたむろする。まだ苺を摘んでいるが、そのさなかにも気ままに恋人を誘い、じらし、その唇と頰を豊かな実で赤く染めてみせる。

読み終わって、インマンは黙り込んだ。

――全部がそんな調子なの？　とエイダがきいた。

――いや、こんなのはほかにない、とインマンが答えた。

バートラムの気持ちがわかった。きっと、自然のあずまやに乙女らと寝そべり、休みたかったことだろう。インマンもこの栂《つが》のベッドにエイダと横たわり、しっかりと抱き寄せたかった。だが、実際にしたことは、バートラムを巻き戻し、紐で結ぶことだった。それを壁の窪みにもっていき、古い木のコップの横に並べた。食事に使った道具を集めると、積み重ねて腕に抱えた。

――川で洗ってくる、といった。

ドアまで行って、振り返った。エイダが炭火を見つめたまま、身じろぎもせずにすわっていた。

川辺まで降りると、しゃがんで、黒い川から砂を掬いとり、食器の一つ一つをそれでこすった。雪は小降りになる気配もない。真下に激しく降りつづけ、川の中の岩さえも、丈の高い雪の帽子をかぶっていた。息を吐くたびに白い雲ができ、そこを雪片がいくつも通り抜けていった。どうするべきかを考えた。十二時間眠って、まともな食事を一回しただけでは、体の調子は戻らない。だが、少なくとも、考えを意志の力で動かせるようにはなっていた。いちばんしたいことは、孤独という重荷を捨て去ること。それは間違いない。おれは一人だけで歩くこと、一人だけでいることに慣れすぎ、意固地《いこじ》になっている、と思った。

腹と背中には、まだ、エイダの掌の感触が残っていた。いま、コールドマウンテンの陰にしゃがんでいるインマンには、その愛情のこもった一触りこそ、地上で生きつづけるための鍵《かぎ》のように思えた。この体にどんな言葉が詰まっていても、あの手の一触りに比べれば無に等しい。

小屋に戻ったとき、インマンは心に決めていた。エイダのところに行き、片手を首に置こう。もう一方の手を腰に回し、引き寄せよう。そうやって自分の望みを伝える。だが、ドアをもとに戻したとき、火の暖かさに打たれ、指がすっかりこわばっていることに気づいた。砂でひりひりし、冷たい水でこごえ、蟹《かに》の鋏《はさみ》の形に凍りついていた。海岸沿いを転戦したときに見た、青い蟹を思い出した。あの蟹は悪夢の世界の生き物だった。

全世界に向かい――仲間に対してさえも――ぎざぎざの武器を振り回していた。インマンは腕の中にある皿と食器、鍋とフライパンを見おろし、固まった脂の層がまだ薄く白く残っているのを見た。洗ったつもりなのに無駄だった、と思った。こんなことなら小屋にとどまり、表を下にして炭火であぶり、この脂を燃やしたほうがきれいになった。エイダがインマンを見上げた。二回、大きな息をして、顔をそむけた。その横顔を見ながら、きっと勇気を振り絞ったのだろうと想像した。あんなふうに手を伸ばし、こちらの体に触れるのは、たいへんな勇気のいることだったろう。あれだけの親密さを示すのは、以前のエイダにはできないことだった。絶対に。ほかの土地から来て、習慣の違うこの土地に住みついたばかりのエイダには……。

八月にあの言葉を書き送ったのはおれ。いま何かをいうべきなのもおれ。いうべきことをいう義務がある、と思った。

洗ったものを置いて、エイダのところに行った。後ろにすわり、両の掌をこすり合わせ、ついで太腿をこすった。腕を組み、手を腋《わき》の下に差し込むと、腕で押さえつけるようにして暖めた。そうやって、エイダの両側から手を前に伸ばし、火に向けて広げた。手首と前腕の内側でエイダの肩をはさんだ。

――おれが病院に入っているとき、手紙を書いてくれたのかな?

――何通か。夏に二通と、秋になってから短いのを一通。でも、あなたが病院にいるなんて知らなかったから、最初の二通はバージニアに行っちゃった。病院へ送ったときは、もう、あなたは抜け出していたみたいだし。

――バージニア宛じゃ、届かない。なんと書いたか教えてくれないか。

エイダはかいつまんで話したが、実際の内容を忠実に伝えたわけではない。いま書き直したら、きっとこう書いただろうと思うことを話した。人生にこんな機会はめったにない、と思った。過去のほんの一部でも書き直せるなんて……。だから、せっかくの機会を思い切り利用することにした。書き直された手紙は、実際に送られた手紙よりどちらにとっても満足のいくものになった。エイダの生活のありさまに詳しく、感性ではより情熱的、表現は確かで直接的だった。内容のある手紙になっていた。だが、最後の短い一通のことは、いわずにおいた。

エイダが話し終えると、受け取りたかったな、とインマンがいった。具合の悪い日には、きっと慰められただろうに……。そういいかけたが、やめた。病院のことは、いま話したくない気がした。

暖かい炉に向けて手を差し出しながら、この炉が黒く冷たいままだった冬をかぞえた。最後にここで火が燃やされてから、二十六年になるはずだ、といった。

これが話題を与えた。二人はしばらく気楽にすわり、話をつづけた。過去の遺跡を訪れた人は、誰でも束《つか》の間《ま》の今を思い、過ぎ去った長い昔を思う。二人もその思いにとらえられて語りつづけた。この炉で最後に燃えた火と、その火の前にすわっていた人々を想像した。それはチェロキーの家族。母親がいて、父親がいて、子供たちがいて、老婆《ろうば》が一人いただろう。二人は全員に個性を与えた。語る話に合わせて、家族の一人一人が悲劇的になり、喜劇的になった。インマンの語る男の子の一人は、スイマーに似ていた。浮世離れして、神秘をも見る。想像上の家族の生活を物語ることは楽しかった。本能に従って充実していたその人々の生活は、二人が懸命の努力によっても近づけるかどうか。物語の中で、エイダとインマンは家族全員に世界の終わりを予感させた。どの時代の人も、世界を不安定な存在とみなし、暗闇《くらやみ》の縁にいて転落を待っているように感じる。だが、歴史上この時代ほど、世界の終焉《しゅうえん》への恐れが正当だった時代はなかろう、と二人は思った。家族の予感は的中した。この小さな谷に隠れ潜む家族を広い世界が探り当て、その巨大な重さでのしかかってきた。

語り終えた二人は、しばらく静かにすわっていた。過去に生き、消え去っていった人々と同じ空間を占めていることに、漠然とした申し訳なさを感じた。

しばらくして、インマンが旅の途中の思いを語った。家への道々考えていたのは、エイダに受け入れられること、エイダと結婚できること。それしかなかった。その希望がいつも心にあり、夢にも出てきた。だが、いまでは、いっしょになってくれとは頼めない。以前とはまったく違う自分になった。こんな壊れた自分といっしょになってくれとは頼めない。

――おれはもう修繕できないかもしれない。そうなら、どっちもいずれ惨《みじ》めになり、苦しむことになる。

エイダは振り向き、肩越しにインマンを見た。小屋の暖かさのなかで襟のボタンがはずれ、首の白い傷跡が見えた。傷はそれだけではない。表情にも、エイダの目を直視できない視線にも、傷跡が残っていた。

エイダはまた前を向いた。自然界にはあらゆる種類の治療法が存在する、と思った。隅という隅、割れ目という割れ目に、外からの亀裂《きれつ》をつくろうための治療薬が満ち、強壮剤が詰まっている。いちばん奥に押し込まれた根っこや蜘蛛《くも》の巣にさえ、何かの効き目がある。傷自体の内部からも魂が立ち現れ、丈夫に傷跡を紡《つむ》ぎ、傷口を覆《おお》う。なんにせよ、必要なものは、治そうとする意志。最初から疑っていたら、治るものも治らない。少なくともルビーを見ていれば、そのことがわかる。

――人間だって修繕できるわ、とインマンを見ずにいった。誰でも治るとはいえないし、治りの早い人も遅い人もいる。でも治る人がいる。あなただけが治らない理由はないわ。

――おれだけが治らない理由はない……か。インマンは嚙《か》み締めるように繰り返した。

火に向けて突き出していた手を引っ込め、指先で顔に触れてみた。まだ氷柱《つらら》の先のように冷たいかと思ったが、意外なほど暖かくなっていた。もう武器の一部のような冷たさはない。エイダの黒い髪が解《ほど》け、背中に垂れていた。インマンはそれに手を伸ばし、太い束にまとめて手に握った。それを持ち上げ、反対の手の指先でうなじの窪《くぼ》みをそっと撫《な》でた。肩にまで走りおりる二本の筋肉のあいだ。細いほつれ毛の生えているところ。前にかがみ、うなじの窪みに唇を押し当てた。そのあと、髪の毛を放し、落ち着くのを待ってから、頭のてっぺんにキスをした。髪の毛の懐《なつ》かしいにおいを吸い込んだ。後ろへ反るようにして引き寄せると、エイダの腰がインマンの腹に、肩が胸に密着した。頭が顎《あご》の下に収まり、体重が後ろに預けられた。インマンはエイダを抱きしめた。事前の作文なしに言葉がほとばしり出て、こんどはインマンもそれを止めようとしなかった。初めてエイダを見たときのことを話した。教会で、前のほうの席にすわるエイダのうなじを見つめていたこと。一つの願いが生まれ、今日まで忘れることがなかったこと。あれからいままで、なんと無意味な年月を過ごしたことだろう。長い時間が失われた。あの年月をどう有意義に過ごせたはずか、あれもこれもとかぞえあげることには意味がない。強いていえば何でも。何をしても、戦争に費やすよりはましだったろうから。その年月を取り戻すすべはない。失われた時間、行われた悪、死んだ人々、見失われた自分。嘆く気になれば、いくらでも、いつまででも嘆ける。だが、古今の賢人は、嘆きに心をとどめるな、といっている。あの老人たちものの一つや二つは知っていて、ときには正しいこともいう。心が溶け出すほど嘆いて、その結果どうなる？　最初にいたところから、一歩も動いていない。それだけ嘆いても、物事は何一つ変わらない。嘆いても、失われたものは戻らない。なくなったものは返らず、欠損を物語る傷跡だけが残る。では、嘆かずに何をする？　先へ行くか、行かないかを選ぶしかない。とどまれば傷跡もとどまる。先へ行けば、傷跡もついてくる。この無駄になった年月のあいだ、おれは君のうなじにキスをしたいと願いつづけてきた。その願いがいまかなった。長く待たされたが、これほど完全に願いがかなったことで、きっと何かが償われたのだと思う。おれはそう信じる。

エイダはその日曜日をとくに覚えていなかった。多くの日曜日のうちの一つ。インマンの記憶に付け加え、その日を共通の思い出にできるようなことは何もなかった。だが、インマンの話の目的が返礼にあることはわかっていた。この小屋に入ってきたときのあの一触りへの、これはインマンなりの礼なのだろう。エイダは手を後ろに伸ばし、肩から髪を掬《すく》い上げると、首から持ち上げた。手首で頭の後ろに固定し、その頭をやや前に傾けた。

—もういちどして、といった。

だが、インマンが動こうとするまえに、戸口で音がした。ドアが動き、ルビーが小屋の中に頭を突っ込んだとき、エイダはもうまっすぐにすわり直し、髪の毛はまた肩に戻っていた。ルビーは二人を見た。きまり悪そうな雰囲気と、インマンがエイダの後ろにすわっていることの奇妙さを見てとった。

—もういちど外に出て、咳払《せきばら》いでもしてこようか、といった。

誰も何もいわなかった。ルビーはドアを閉め、鍋《なべ》を床に置いた。外套《がいとう》から雪を払い、帽子を脚に打ちつけた。

—熱はいま下がってる、といった。だからどう、ってことはないけどね。上がったり下がったり。まだまだ変わるから。

インマンを見て、誰にともなくいった。枝を何本か切って、毛布の寝床よりもうちょっとましなものを作っておいたわ。そして言葉を切り、誰か使いたい人がいたら使えるでしょう、と付け加えた。

エイダが薪《まき》を一本取り上げた。それで火を掻《か》き立て、ついでにその薪も火の中に投げ入れた。あなたは行って、とインマンにいった。まだくたびれているでしょうから。

疲れていたが、インマンはなかなか寝つけなかった。スタブロッドが鼾《いびき》をかき、ときどき、フィドル音楽らしい曲に合わせて歌の断片をうなった。どんどん登って登った猿は、でっかいヤ・タ・ダダ・ラ・タ・ディ・ダ見せた……。インマンの耳には、それだけの文句に聞こえた。大怪我《おおけが》をして無意識の暗闇に沈んでいるとき、人はいろいろなことをいう。祈りから罵《のの》しりまで、あらゆる種類の言葉を聞いてきたが、ばかばかしさではこれがいちばんだな、と思った。

スタブロッドの寝言と寝言の合間に、何を考えながら寝つこうかと思案した。今夜起こったことのどれが、いちばん楽しい眠りに導いてくれるだろう。腹にあてがわれたエイダの手の感触か。ルビーがドアを開ける直前のエイダの要求か。どちらとも決めかねているうちに、いつのまにか眠った。

エイダも長いあいだ起きていた。つぎからつぎへ、いろいろな思いが湧《わ》いてきた。インマンは老《ふ》けた。たった四年間でこんなに、と思うほど老けて見えた。痩せて、険しく、内に籠《こも》っていた。一瞬、自分の容色の衰えも気になった。日に焼け、筋肉質になり、肌が荒れていく。だが、誰だって一日また一日と生きていく、と思い直した。やがて、誰か別人になっていく。以前の自分とは近い親類のような誰か。それとも、姉や兄か。一つの過去を共有していても、別人になり、別の人生を生きていく。自分もインマンも、最後に別れたときの二人ではない。そして、あのときより、たぶんいまの二人のほうが好ましい、と思った。

ルビーが栂のベッドでのたうっていた。寝返りをうち、落ち着く間もなく、すぐにまた寝返りをうつ。やがて起き直り、いらいらしたように荒い息を吐いて、眠れない、といった。あんたもでしょ？　そっちは嬉《うれ》しくて、でしょうけど。

—目は覚めてるわ、とエイダがいった。

—わたしが眠れないのは、あいつのことを考えてるせいよ。命がつながったら、どうしてやればいいのか……。

—誰？　インマン？　とエイダは混乱していった。

—おやじよ。ああいう傷はもともと治りが遅い。それに、あいつのことだから、いつまでも寝てようとするだろうし。ああ、いったいどうしたらいいの。

—家に連れて帰って、看病してやればいいんじゃない？　とエイダがいった。死んだと思われてるんだから、誰も探しになんてこないわよ。とにかく、そうすぐにはこない。そのうち、この戦争だって終わるでしょう。

—恩に着るわ、とルビーがいった。

—何をいってるの、誰にも恩に着たことなんてない人が。恩に着られる最初の人間が私なんていやよ。ただのありがとうで十分。

—もちろん、それも、とルビーがいった。

沈黙のあと、またルビーの声がした。まだ小さいころね、わたし、あの小屋で独りぼっちで幾晩も過ごしながら、あいつのフィドルをひったくることをよく考えた。崖《がけ》の上にもっていって、思いきり放り投げるの。風に遠くまで運ばせるの。心の中で見えるようだった。点になるまで落ちていって、ずっと下の川の岩でこなごなに砕ける。そのときどんなに美しい音色が聞こえるだろう、って思った。

いっそう厳しい寒さのなかで、つぎの日が灰色に明けた。もう大きな雪片は降らず、雪は石臼《いしうす》からこぼれる玉蜀黍《とうもろこし》粉のように、柔らかく細かく落ちてきた。全員が遅く目覚めた。インマンは女たちの小屋に行き、七面鳥の肉片の入った七面鳥のスープを食べた。

朝遅く、エイダとインマンは馬に餌《えさ》と水をやり、そのあと、いっしょに狩りに出かけた。もっと鳥を撃つ。運がよければ、鹿《しか》を撃つ。山腹を登ったが、森の中には何も動くものが見えなかった。深い雪には、動物の足跡さえない。栗《くり》の木立を登り終え、樅《もみ》の林を抜け、尾根に出た。湾曲するその背をたどっていったが、獲物は見つからなかった。樅の高い枝で、何匹かの赤栗鼠《あかりす》がぺちゃくちゃとしゃべっていた。だが、高すぎるし、たとえ当たっても、灰色の肉が一口分得られるにすぎない。それでは、弾の無駄遣いになる。

岩棚に出た。てっぺんの平らな岩が地面から突き出していて、二人は積もった雪を払いのけ、その上に向き合ってすわった。どちらもあぐらをかき、膝《ひざ》と膝が触れ合った。インマンが雑嚢《ざつのう》から蠟《ろう》引き布を引っ張り出し、頭上に広げると、二つの頭で支えられたテントができた。布の織り目を通り抜けてくる光は、茶色く、薄暗い。雑嚢の底にはまだ胡桃《くるみ》が転がっていた。それを取り出し、拳《こぶし》ほどもある石で割り、中身をほじり出して食べた。そのあと、インマンは手をエイダの肩に置き、上体を前に倒した。額が額に触れ、しばらくは布を打つ雪の音だけが聞こえた。その静けさのなかで、エイダが話しはじめた。

話したかったのは、何があっていまの自分になったか、ということ。私も昔のエイダではない――それをインマンに知っておいてほしかった。モンローの死について語った。雨にうたれていた顔と、花水木の濡《ぬ》れた花びらのこと。チャールストンには戻らないと決めたこと。それにつづく夏と、ルビーのこと。天気と、動物と、植物と、いまようやく学びはじめているもろもろのこと。生命の現れ方の無数であって、観察しているだけで一つの人生ができそうなこと。父モンローのことは、いまでも言葉にならないほど悲しい。すばらしい思い出がいくつもある。だが、同時に、一つだけ恐ろしいことに気づいた。父は、きっと私をいつまでも子供のままにしておきたかったのだと思う。私には抵抗など思いもよらず、父はほぼ成功しかかっていた……。

――ルビーについては、どうしても知っておいてほしいことがあるの、ともいった。あなたと私がどういうことになっても、ルビーには好きなだけ黒谷にとどまってほしい。いつまでもいてくれるなら嬉しい。もしどこかへ去っていくようなことになったら、とても悲しいと思う。

―おれがうろうろしていても我慢してもらえるかどうかだな、とインマンがいった。

―それは大丈夫。召使でも雇い人でもないことさえ、頭に入れておいてくればいいの。ルビーは私の友人よ。誰の命令も受けないし、他人のおまるは空けないというだけ。

二人は岩から降り、狩りをつづけた。少し下ると、湿った窪地が現れ、ガラックスの育つ場所に特有のにおいがした。さらに下ると、ところどころにねじれた月桂樹《げっけいじゅ》の木立があり、細い川に出た。地面には吹き倒された栂《つが》の木が一本横たわり、それをぐるりと回っていくと、根が地上に飛び出して、家の破風《はふ》の高さほども持ち上がっていた。ウイスキー樽《だる》より大きな石がその根に捕らえられ、空中何フィートものところにあった。その窪地で、エイダはヒドラスチスの草むらを見つけた。五人が手をつながないと取り囲めないほどのポプラの巨木があり、それを風除《よ》けにして、根元の浅い雪の中からヒドラスチスが突き出していた。しぼんではいたが、鴉《からす》の足の形をした葉は間違いようがない。

―ルビーがこれをほしがっていたのよ、と説明した。傷によくきくんですって。

木の根元にひざまずき、手で草をつかんで引っ張った。インマンは立ったまま見ていた。とくにどうという光景ではない。女がしゃがみ、地面を掘っている。背の高い男がわきに立ち、辺りを見回しながら待っている。場所はどこでもよかったし、時代もいつでもよかった。外套の布地が店で売っている既製品でなかったら、時代を特定するものはほとんどなかったろう。エイダは土を払い落とし、青白い根をポケットに入れた。

立ち上がるとき、ポプラに刺さっている矢を見つけた。矢羽根はなく、矢柄《やがら》が一部残っていて、エイダの目はそれを折れた枝と見間違え、見逃すところだった。矢柄の木は半分腐りながら、まだ動物の腱《けん》で鏃《やじり》にしっかり固定されていた。鏃は灰色の火打石。滑らかな削り跡を残し、手作りのものとしては完璧《かんぺき》に近い対称形をなしていた。木の幹に一インチ以上も食い込んでいたが、その一部は、木が生長した結果だろう。周囲が傷跡のように盛り上がっていた。だが、鏃の先が幅広く長いことは、まだ見てとれた。鳥打ち用の小さな鏃ではない。エイダはそれを指で差して、インマンの注意を引いた。

—鹿狩り用の矢だな、とインマンがいった。人も殺せる。

インマンは親指の先を舌で濡らし、ポケットナイフの切れ味を試すときのように、見えている鏃の刃先に滑らせた。

—まだ肉が切れる、といった。

削り器や鳥打ち用の鏃なら、夏の終わりにルビーと畑を耕したとき、エイダも土中からいくつか見つけていた。だが、今回のこれは、何か違ったものに見えた。木の幹という場所のせいか、まだ一部が生きているように感じられた。エイダは後ずさりし、少し遠くからながめてみた。小さな物体が多くを物語っていた。きっと百年の昔に放たれて、狙《ねら》いを外した。もっと昔だろうか。いや、正しい遠近法で見れば、そんなに昔ではないかもしれない。こんどは木に近寄り、矢柄の端に指を置いて揺すってみた。あまり揺れなかった。

この矢は別の世界の遺物なのだろうか。そうみなせそうに思えたし、エイダの考えはそれに近かった。過去に存在し、すでに数少なくなったものの一つ、と思った。

だが、インマンの考えは別のところにあった。誰かが腹をくちくしそこなったな、といった。狙いがはずれたのは、腕前の不足だったろうか。それとも、腹の減りすぎか、風が変わったのか、光が悪かったのか？

──この場所をしっかり覚えておこう、とエイダにいった。二人が生きているあいだ、ときどきここを訪れることにしよう。矢柄の腐りぐあいを見たいし、ポプラが盛り上がって、火打石の鏃を押し包んでいく様子も見たい。

そして、将来に実現するはずの、ある光景を語った。そこがどんな世界なのかは想像もつかないが、金属的な将来、とインマンは表現した。そのとき、二人はもう腰が曲がり、髪は灰色になっている。子供たちを連れてここにやってくる。矢柄はもうとうに落ちて、なくなっているだろう。ポプラはもっと太くなり、肉が盛り上がり、火打石を完全に包み込んでいる。皮にちょっと飛び出た傷跡があるだけで、外からは何も見えない。

連れてくるのが誰の子供たちなのか、インマンにもわからない。だが、全員が輪になって立ち、二人の老人がナイフで柔らかいポプラを削り、つぎからつぎへ削り屑《くず》を湧き出させるのを、瞬《まばた》きもせずに見つめている。そしてその目の前に、突然、魔法で呼び出されたかのように火打石の鏃が現れる。

―目的の決まった小さな芸術品、とインマンはいった。エイダは、まだ、そんな遠い将来を目前のことのようには見られなかった。だが、インマンには、小さな顔に現れるいくつもの驚きの表情が見えた。

―インディアン、とインマンの物語に興奮してエイダがいった。インディアン。二人の老人は、きっとその一言しかいわないわね。

午後になって、二人は獲物なしで村に戻った。狩りの成果は、ヒドラスチスと薪《まき》だけ。栗の大きな枝を何本かと、あとはシーダーの小枝を後ろに引っ張り、雪の上に帯や線を描きながら帰ってきた。小屋では、スタブロッドが少し意識を回復していた。わきにすわっているルビーと、入ってきたエイダを認めた。そして、インマンを怖がった。

―あの黒い大男は誰だ、といった。

インマンは近寄り、見おろさなくてもいいように、しゃがんで話しかけた。あんたに水をやった男だ。あんたを追いかけてるわけじゃない、と話しかけた。

―ああ、とスタブロッドが答えた。

ルビーが布を濡らし、顔を拭《ふ》いてやった。ヒドラスチスを刻み、一部をつぶして傷に詰め、残りを煎《せん》じて飲ませた。顔を拭かれるのをいやがり、子供のように抵抗していたスタブロッドが、煎じ薬を飲むと、すぐに眠った。

エイダはインマンを見た。顔に浮かぶ疲れを見て、あなたも眠ったほうがいいわ、と声をかけた。

—暗くなるまでには起こしてくれ。そういって、インマンは出ていった。ドアが開くとき、インマンの体の向こうに、空気に筋を引くように落ちてくる雪が見えた。ドアが閉じられ、木の枝の折れる音がしばらく聞こえていた。やがてドアが開き、腕いっぱいに栗の薪を抱えたインマンが入ってきた。ドアのすぐ内側にそれを置くと、また出ていった。

エイダとルビーは火を大きくし、小屋の壁に背中をもたれさせ、体に毛布を巻きつけて、長いあいだすわっていた。

—ねえ、教えて、とエイダがいった。暖かい季節になったら、つぎに何をするの？この場所をあなたの思い描くようにするには何を？

ルビーは棒切れを取り上げ、土の上に地図を描いた。まず、黒谷の全体図。そこに道を入れ、家と納屋《なや》を置き、現在の畑と、林と、果樹園を付け加えた。それから計画を語りはじめた。ルビーの心の内には豊穣《ほうじょう》の光景があった。そこへ至るための道筋を語った。騾馬《らば》を何頭か手に入れる。豚草とスマックから古い畑を奪い返す。新しい野菜畑を作る。

新しい土地も少しばかり開墾する。パンを自前でまかなえるほどに玉蜀黍と小麦を作る。林檎《りんご》畑も大きくする。瓶詰小屋と林檎貯蔵庫も作る。何年も何年もかかる。でも、きっといつか、夏にはどの畑にも作物が丈高く伸び、鶏が庭で餌をついばみ、牛が草地で草をはみ、豚が山腹で木の実をあさる。豚はあまりに数が多く、二つの群れに分けなければならない。脚が細く、胴体の長いベーコン用の豚。寸詰まりでころころと太り、揺れる腹を地面に引きずって歩くハム用の豚。燻室《くんしつ》には太いハムと厚いベーコンがぶら下がり、ストーブの上のフライパンは、脂《あぶら》でてかてか光らない日がない。林檎貯蔵庫には林檎の山。瓶詰小屋の棚という棚には、何瓶も何瓶も野菜が並ぶ。そう、わたしには豊かさが見える、とルビーがいった。

—私もその豊かさが見たい、とエイダがいった。

ルビーは、描いた図を掌《てのひら》で消した。二人はしばらく黙ってすわっていたが、やがてルビーの体から力が抜け、エイダの肩にもたれて居眠りを始めた。想像力をいっぱいに働かせ、疲れたのだろうか。エイダはすわったまま火を見つめていた。薪がはぜ、しゅうしゅうと蒸気をあげ、熾《おき》のもろくなった表面が剝《は》げ落ちた。甘い煙を嗅《か》ぎながら、煙のにおいで木の種類がわかったらすてき、と思った。それができるようになれば、世界の隅々に目を配りはじめてから、多少は成果があったことになる。マスターできたら、どんなに嬉《うれ》しいかしら、と思った。知って害になることは、世の中にたくさんある。他人の、ひいては自分の害になるようなことがたくさん。でも、これは違う。

た。もう午後も遅く、外は暗くなりかけていた。ルビーは起き直り、目をぱちくりさせ手で顔をこすり、ついでにあくびをした。スタブロッドの様子を見に立つと、顔と額に触れ、カバーを引き剝がして傷口を見た。

―熱がまた上がってる、といった。今晩が峠かもしれない。死ぬか生き残るか、勝負ね。今夜は、夜通しついていてやることにするわ。

エイダもベッドに近寄り、手首でスタブロッドの額にさわってみた。だが、以前とくに変わったようには思えなかった。ルビーのほうをうかがうと、ルビーがそっぽを向いた。

―今晩だけは、一人にしておいちゃいけないと思う、といった。

エイダはもう一つの小屋に向かい、川下に歩きはじめた。すでに暗くなっていた。細かな雪片が降りつづき、地面に厚く積もって、歩くのに不自由だった。何人もの足跡をたどっているはずなのに、雪が膝の高さまでもあった。雲を通り抜けてきた光がすべて雪の中にたまり、地面全体が一様に内部から照らされているかに見えた。雲母《うんも》ランタンの発光に似ていた。

ドアをそっと開けて、滑り込んだ。インマンが身動きもせずに眠り、火が低く燃えていた。その火の前に持ち物がずらりと並び、干されていた。まるで博物館の陳列、と思った。一つ一つに十分な空間を与えないと、それのもつほんとうの意味と価値がわからない。衣類、長靴、帽子、背嚢、雑嚢、料理道具、鞘《さや》入りナイフ。大きくて醜いピストルと、もろもろの付属品。たとえば、込み矢、雷管、火門座の掃除具、実包、詰め綿、火薬、二本目の銃身のための散弾。あとは棚のバートラムをもってきて、ピストルと並べ、白いカードに「無断離隊者とその所持品」と印刷すれば、陳列として完全になる。

エイダは外套《がいとう》をぬぎ、火にシーダーの枝を三本足して、熾を吹いた。インマンのところに行き、わきにひざまずいた。インマンは顔を壁に向けて寝ている。体重で針葉が押しつぶされ、栂の枝のベッドからは鋭く清潔なにおいがした。インマンの眉《まゆ》に触れ、髪の毛をそっと後ろに撫《な》でつけると、つぎに瞼《まぶた》から頬骨へ、鼻へ、唇へ、鬚《ひげ》だらけの顎《あご》へ、指先でそっとなぞっていった。毛布をめくると、インマンはシャツを着ていなかった。掌を首の横に当て、まだ新しく固い傷跡に触れてみた。手を肩先に移動させ、強く握り、そのまま押さえつけた。

インマンがゆっくりと目を覚ました。ベッドの中で身動きし、寝返りを打ち、エイダを見て、その望みを理解したように見えた。だが、どうやら持ち主の意志に反し、目が勝手に閉じて、また眠りに戻っていった。

この世は信じられないほど孤独な場所、と思った。インマンの横に寝て、肌と肌を触れ合わせるのが唯一《ゆいいつ》の救いに思えた。そうしたいという願いがエイダの心に押し寄せた。

一瞬ののち、風に揺れる木の葉のように、パニックに似た何かが心の中で震えた。だが、エイダはそれをわきへ押しのけると、立ち上がり、ズボンの腰のボタンと、縦一列の不思議な前ボタンをはずしはじめた。

ズボンというものが、なかなか優雅には脱げない衣服であることがわかった。最初の脚はすなおに抜けたが、足から足へ体重を移すときにバランスを崩し、危うくぴょんぴょんと二度跳んで、転ぶのを免れた。そっとインマンのほうをうかがうと、いつのまにか目が開いて、エイダを見ていた。シーダーの火がくすぶりながら燃え、黄色い炎を上げている。その前に立っている自分が、なんだかばかのように思えた。せめて、暗ければよかった。それか、ガウンを着ていれば……。ガウンなら一瞬のうちに体から滑り落ちる。足元で布のプールになり、そこから一足で抜け出られる。だが、エイダはいま、モンローのズボンに片脚を突っ込んだまま立っていた。

――あっちを向いて、といった。

――連邦金庫の金貨を全部くれたっていやだ、とインマンが答えた。

しかたなく、エイダがそっぽを向いた。そわそわと、ぎこちなく脱ぎつづけ、ようやく脱ぎ終わると、それで体を隠しながら、半分ほどインマンのほうを向いた。

インマンは、腰に毛布を巻きつけたまま起き直った。これまで死人のように生きてきた身が、いま、目の前に命の捧げ物を見ていた。それが手の届くところにあった。上体を前に傾け、エイダの手にある衣服をつかむと、もろともに引き寄せた。掌をエイダの太腿の前面に置き、そこからわき腹を上へ滑らせて、前腕を腰のくびれにのせ、指先で背中の窪みに触れた。指を上に動かし、背骨の凹凸に一つ一つ触れていった。腕の内側に触れ、こんどはそこからわき腹を下り、張り出した尻《しり》で止まった。柔らかな腹に届くまで額を下げ、そこにキスをした。ヒッコリーの煙のにおいがした。エイダを引き寄せ、しっかりと抱き、いつまでも抱きつづけた。エイダもインマンの首の後ろに手を回し、抱きしめた。白い腕でインマンの体をとらえ、締めつけ、もう離さないと思った。

外では雪が積もりつづけていた。暖かく乾いた小屋は、山の襞《ひだ》にひっそりと隠れ、これ以上ない安全な隠れ家に思えた。以前の住人にとってはそうではなかった。兵隊に見つかり、ここが移住と喪失と客死への出発点となった。だが、その夜のひととき、四つの壁の内側にはなんの苦痛もなく、苦痛の薄れゆく記憶さえもない場所となった。

しばらくあと、エイダとインマンは栂の枝のベッドで横になり、手足を絡《から》め合っていた。古い小屋はほぼ暗闇《くらやみ》の中にあり、炉ではシーダーの枝がくすぶり、熱せられた脂《やに》のにおいがした。誰かが香炉を振り回しながら通り過ぎていったかのようだった。火がはぜ、ときどき雪が舞い落ちては、じゅっと溶けた。将来が前方に無限に広がり、天地創造の日の真昼のように輝いて見えるとき、恋人たちは熱心に過去を語り合う。二人で手を取り合って前に進んでいくには、相手の過去を――誕生から現在までを――知り尽くさなければ気がすまないかのように語り合う。エイダとインマンも同じようにした。ほぼ夜を徹して語り合った。子供のころのこと、少し大きくなってからのこと。それを細大漏らさず語った。どちらの描く子供時代もロマンチックだった。猛烈に暑くてじめじめするチャールストンの夏でさえ、エイダに語らせると牧歌的なドラマの一要素になった。だが、やがて戦争の年月のことになり、とたんに、インマンの話は新聞記事なみの大雑把なものに変わった。自分を指揮した将軍たちの名前、軍隊の大きな移動、あれこれの作戦の成功と失敗、勝敗がただの運不運で決まることのいかに多かったか。それだけを語った。話ならいくらでもできる。だが、それをつづけても、戦争のほんとうの姿はわからない――インマンはエイダにそういいたかった。たとえば、熊《くま》の痕跡《こんせき》を森じゅう追いかけ回しても、老いた雌熊のほんとうの生活を知ることはできない。それと同じこと。蜂《はち》が巣を作るあそこの空木《うつろぎ》に爪跡《つめあと》がある。ここに山盛りになっているべとの糞《ふん》は、黄色いベリーの種だらけ。それは、熊という巨大な黒い謎《なぞ》が残した二つの手がかりにすぎず、謎そのものに導いてくれる保証はない。熊を正確に記述できる人間など、誰もいない。たとえ探しに探し、あのリー将軍にまでたどりついてもだめだろう。できるのは、せいぜい熊の太い前足を語るくらいのこと。黒い鉤爪《かぎづめ》と、肉が盛り上がり、ひび割れている足の裏と、足の端に覆《おお》いかぶさっている艶《つや》のある剛毛くらいか。インマン自身が知っているのはもっと瞬間的なこと。たとえば、熊の息のにおい。動物の全体を知ることは誰にもできない。それは、動物が自分だけの世界に住んでいて、人間の世界にいないから。戦争も同じ。全体はわからない。

戦争中のインマンの姿を、エイダはあれこれの話に垣間《かいま》見るしかなかった。たとえば、一八六二年の冬、兵舎が火事になった。泥と編み枝で作った煙突に火がつき、木肌と苔《こけ》で葺《ふ》いた屋根が燃え、部屋に寝るインマンらの上に落ちてきた。兵士たちは全員が歓声を上げ、笑いながら、下着姿のまま寒さの中に飛びだし、兵舎が燃え落ちるのを見ていた。そのあと雪合戦をして、火が衰えると、柵《さく》の横木をくべて、暖まりながら夜を過ごした。

有名な軍人に会ったことがあるかどうか、エイダが尋ねた。神のようだといわれるリー、苦虫を嚙《か》みつぶしたようなジャクソン、派手なスチュアート、いつも平然としているロングストリート。やや小物だけれど、悲劇の人ペラム、哀れを誘うピケットには？

インマンは、ペラム以外の全員を見ていた。だが、生きている人も死んでいる人も含め、その人々について何もいうことはない、といった。北軍の指揮官についても同様。何人かは遠くから実物を見ていたし、他はその行いによって知っていたが、やはり、何もいいたくない。願わくは、これからはそれら暴君どうしの争いに一喜一憂しなくてもいい人生を送りたい。自分自身の行いについても、もうこれ以上いいたくない。いつか、人がいまのようにばたばた死なない時代がきたら、もっと別の尺度で自分を測りなおしてみたいから。

―じゃ、あなたの長い旅について話して、とエイダがいった。

インマンはしばらく考えた。いま、ようやく苦難の彼岸にたどり着いたところだろうか、と思った。あらためて詳しく振り返ることはしたくなかった。だから、道々、月の出る夜をかぞえながら進んだことを語った。二十八までかぞえては、また一から始めたこと。毎晩毎晩、オリオン座が空の坂道を少しずつ高くのぼっていくのを見たこと。希望も恐れもなく無感動で歩きつづけようとしたが、惨《みじ》めに失敗し、心にはいつも希望と恐れがあったこと。雲を送り、日光を送る神の気まぐれに同調するため、暗い日も明るい日も、考えをその日の天気に合わせて歩くことを試み、それにはときどき成功したこと。

そして、いろいろな人に出会った、と付け加えた。山羊《やぎ》飼いの女がいて、食事をさせてくれた。人は苦痛の最悪の部分を忘れるものだといい、それは神の慈悲の表れだといっていた。神は、各人の堪《こら》え切れない部分を知っていて、心がそれを再現することを許さない。再現されない部分は、時間とともに色褪《いろあ》せ、やがて消えていく。あの女はそういっていた。神は堪え切れないことも下されるが、その一部をまた引き受けてくださる、と。

エイダは、山羊飼いの女の考えに異論をとなえずにいられなかった。忘れるには、人間の側から神に協力することも必要よ、といった。そんな考えを心に浮かべないよう、人間が努力しなくては。思い浮かべる気になれば、どんな考えだって、やってこないものはない。

過去をひとまず語り尽くし、二人の考えは将来に向かった。あらゆる種類の事柄を話し合った。たとえば、見込みのありそうな事業。インマンは、バージニアでおもしろい製材用鋸《のこぎり》を見ていた。水力式で、持ち運びができた。最近では、山の中でさえ下見板の家が多くなり、丸太小屋に取って代わりつつある。だから、ああいう製材用鋸なら、きっともっていて損はないと思う。依頼主の土地まで運んでいって組み立て、そこの木を製材して、建築用の材木にする。これは経済的だし、完成した家に住む依頼主も、すべてが自分の土地で育った木と思えば、これ以上満足なことはなかろう。支払いは現金で受け取ってもいいし、木で払ってもらい、それを製材して売ってもいい。鋸を買う金は、家族から借りられると思う。悪い計画ではなかろう。もっとわずかなところから始めて、金持ちになった男だって多いのだから。

いろいろな計画があった。本を注文しよう、と話し合った。農業、芸術、植物学、旅行、なんでも。何か楽器も習おう。フィドルとギター。マンドリンでもいい。スタブロッドが命をとりとめれば、教えてもらえるだろう。ギリシャ語も習いたい。これができるようになれば大したものだ。ベイリスの努力を引き継げる。そして、病院の隣のベッドにいた男のことをエイダに話した。失った脚のこと、突然にやってきた哀れな死と、あとに残された紙の束のこと。ギリシャ語を死語と呼ぶのは、理由のないことではない。インマンはそう結論した。

二人の話は尽きず、時間が話題になった。想像上の結婚式と、それにつづく幸せで平和な年月を事細かに語り合った。黒谷はルビーの理想どおりに形を整える。エイダがその計画を語り聞かせると、インマンは一点だけ修正を申し出た。その計画には山羊がいない、といった。ぜひ何匹か飼いたいものだ。結婚式が世間でどう行われていようと、二人には関係ない。その点で、どちらにも異存はなかった。二人の気に入った形でやることにしよう。そして、季節の移り変わりに合わせて生活を組み立てよう。秋には、林檎《りんご》の木に赤くて重い実が鈴生《すずな》りになる。いっしょに鳥を狩ろう。エイダの腕前は、もう七面鳥で実証ずみだから。モンローはイタリア製の派手な銃をもっていたが、狩りには向きそうにない。素朴でも信頼できるイギリス製の散弾銃を注文しよう。夏には鱒《ます》を釣る。釣り道具も、やはりスポーツ好きのこの国に注文する。二人は、斑《ぶち》の鳥猟犬が何代目になったかで年月の経過をかぞえ、いっしょに年をとる。中年をはるかに過ぎたいつか、絵筆を握るかもしれない。水彩絵の具を持ち運ぶのに、小さなブリキの箱がいる。

これもイギリス製がいい。散歩に出かけ、気に入った風景を見つけたら、そこで止まる。川から水を汲《く》んできて、紙の上に線を描き、色を塗り、将来への思い出にする。どちらがその風景を巧みにとらえられるか、競争するのもいい。二人は、荒れる北大西洋を航海してくる船を想像した。この船が自分たちの気晴らしの道具をのせ、何十年も運びつづけてくれる。ああ、二人がいっしょなら、なんといろいろなことができることだろう。

二人は、年齢的に分岐点に差しかかっていた。人生が前方に無限に広がっているように感じながら、同時に、若さの時代がいま終わろうとしていることを予感していた。前方に広がるのは、これまでとはまったく別の世界。そこでは、可能性が一瞬一瞬せばまっていく。

鴉《からす》の魂が踊り

村で三日目の朝、雲が破れ、澄んだ空と明るい太陽がのぞいた。雪が溶けはじめた。木々のたわんだ枝から雪の塊が落ち、地面に積もる雪の下からは、一日中、水の流れる音が聞こえてきた。夜には尾根から満月がのぼり、その明るい光に照らされて、雪の上に木々の幹と枝のくっきりした影ができた。真珠の光沢をもつ夜は、昼の反対というより新種の昼、昼の代理のように見えた。

エイダとインマンは毛布の下に横になり、絡《から》み合い、しゃべり合っていた。火が低く燃え、小屋のドアが開いていて、冷たい月光がまばゆい台形となってベッドまで伸びてきた。二人は当面の計画を立てていた。それをあれこれと検討するのに、夜の長い時間がかかった。相談しているあいだに光の射《さ》し込む角度が変化し、台形が床の上を大きく移動した。やがてインマンが起き上がり、ドアを閉じて、炉の火を大きくした。

長い時間がかかった割に、計画そのものは単純だった。とくに独創的ともいえない。いまは戦争の末期。多くの恋人たちが同じことを考えていた。選択肢は三通りしかなく、どれも危険で、それぞれに心に苦かった。

理屈は明快だった。戦争はもう負けたも同然、と二人は考えた。このまま何箇月もつづくはずがない。春には終わるのではないか。たとえ春に終わらなくても、夏の終わりまでつづくとはとうてい思えない。できることは限られている。インマンが軍隊に帰るのが一つ。人手不足がひどくなっているいま、軍隊は諸手《もろて》を広げて迎えてくれるだろう。そして、すぐにもピーターズバーグの泥だらけの塹壕《ざんごう》に戻される。インマンは頭を低くして、戦争の早期終結を待つ。二つ目は、脱走兵のまま山の中か黒谷に隠れ潜むこと。これには、熊《くま》や狼《おおかみ》やピューマのように狩られる危険がある。三つ目は、山を北へ越え、北軍に投降すること。四年間、自分を撃ち殺そうとしてきた当の敵に頭を下げる。北部連邦への忠誠の誓いに署名させられるだろうが、あとは戦いが終わって、家に帰れる日を待てばよい。

ほかにも方法がないかと考えた。だが、出てくるのは空想に近いものばかりだった。テキサスへ行くというビージの夢をエイダに話してみた。テキサスには荒野と自由と機会がある。馬をもう一頭手に入れ、野営の道具をそろえ、西へ向かおうか。テキサスの見通しが暗いようだったら、さらに西にはコロラド準州がある。北にはワイオミングも、コロンビア川もある。でも、そこにも戦争は広がっているのよ、とエイダがいった。お金があれば、船に乗って、どこか太陽の輝く国へ行けるのにね。スペインでも、イタリアでもいいわ。だが、金なんてないぞ。それに、海上は封鎖されているんだ。最後の手段は断食《だんじき》だな。決められた日数だけ断食すれば、輝きの岩の扉が開いて、平和の国に迎え入れてもらえる。

最後には、物事に限界があることを認めざるをえなかった。戦争のもとで許される選択肢は、いかに苦くても最初の三つしかない。インマンには、一番目は受け入れられなかった。二番目は、エイダが拒否した。これが三つのうちでいちばん危険だもの、といった。こうして、三番目が残った。インマンはブルーリッジ山脈を越える。山中の小径《こみち》だけを選び、三日か四日着実に歩きつづければ、州境を越えられる。両手をあげ、頭を垂れ、降参だ、という。これまで戦いつづけてきた敵の旗、星条旗に敬礼する。敵の顔色から、宗教の教えの無力さを学ぶ。宗教がどういっていても、勝ったほうは負けたほうに得意顔をし、大きな態度をとる。どっちの主張が正しいかなんて関係がない。

――でも、これも忘れないで、とエイダがいった。牧師や老婦人にいわせると、叩きのめされることは心の優しさを生むそうよ。私もそう思う。でもね、反対に心をかたくなにすることだってある。ある程度は、その人が選ぶものなのよ。

最後に、二人はインマンの帰郷のことだけを考えようと約束した。何箇月後のことになるだろう。そこから二人で歩きはじめ、戦争のあとに残された新しい世界に分け入っていく。せめて自分たちの住む場所だけでも、この二晩話し合ってきた未来への夢にふさわしいものにしていこう。

村での四日目、木のまばらな場所には、茶色の葉と黒い土が見えはじめた。五十雀《ごじゅうから》や烏帽子雀《えぼしがら》が飛んできて、一つの群れになり、露出した地面で何かをついばんだ。その日、スタブロッドが自力で起き上がり、曲がりなりにも意味のわかることをしゃべった。健康そのもののときだって、これだけしゃべれれば上出来だったわよ、とルビーがいった。傷口はきれいで、においもなく、ふさがり始めるのもそう遠くないように見えた。固いものも食べられるようになった。ただ、手持ちの食料は、わずかばかりのひき割り玉蜀黍《とうもろこし》のほかには、ルビーが撃ってきた栗鼠《りす》五匹しかなかった。そのはらわたを抜き、皮を剝《は》ぎ、頭を残したまま串《くし》に刺して、栗《くり》の木の熾《おき》であぶった。その夜、ルビーとスタブロッドとインマンは、焼き玉蜀黍でも食べるようにその栗鼠を食べた。エイダは自分の分を見ながら、しばらくすわっていた。黄色くて長い前歯が残っていた。こんなふうに歯がついたものは、これまで食べたことがない。そんなエイダをスタブロッドが見て、気になるなら頭をひねってみな、といった。ぽろりととれるぞ。

五日目の夜明けまでに、積もった雪は半分以上消えていた。栂《つが》の木立の下にはまだ雪の山が残るが、その表面には針葉が散乱し、溶け落ちてくる雪が幹の皮を濡《ぬ》らして、黒い縞《しま》模様を作った。二日間の晴天のあと、風が上空に雲を運んできていた。わしならいつでも出かけられるぞ、とスタブロッドがいった。

―家まで六時間よ、とルビーがいった。かかっても七時間。それも、足元の悪さと多少の休憩時間を計算に入れての話。

エイダは、当然、全員がまとまって帰るものと思っていた。だが、インマンが反対した。

―森の中ってのは、ある瞬間空っぽに見えても、いきなり人でいっぱいになる。連中の狙《ねら》いはおれたちだ。そういって、親指でスタブロッドを差した。君ら二人だけなら誰にも邪魔されず、好きなところへ行ける。全員を危険にさらすことはない。

インマンは、ルビーとエイダを先へ行かせようとし、それ以外の案には耳を貸さなかった。おれはスタブロッドを馬にのせ、すぐあとからつづく。暗くなるまで森の中で待ち、つぎの朝、天気がよさそうだったら、投降しに北へ向かう。スタブロッドは、当面、家に隠れ、治療をつづける。怪我《けが》が治ってもまだ戦争が終わりそうになかったら、やはり山を越えて、おれに合流すればいい。

スタブロッドにはとくに意見がなかった。だが、ルビーがもっともだと賛成し、インマンの考えでいくことになった。女二人が先に徒歩で出発し、インマンは立ったまま、斜面を登っていく二人を見送った。エイダが木立に消えたとき、その姿といっしょに世界の豊かさが一部失《う》せたような気がした。長いあいだこの世界で独りぼっちだったことを思い出した。胸が空っぽだったこと。それをエイダがいっぱいに埋めてくれたこと。何もかも取り上げられたように思ったのは、結局、目的があってのことだったのだろうか。もっとよいもので満たせるよう、場所を作るためだったのかもしれない。

しばらく待ってから、スタブロッドを馬にのせ、後を追った。スタブロッドは顎《あご》が胸にぶつかるほど頭を垂れ、揺られて進んだが、ときどき頭を高くもたげ、目を輝かせて前方を見つめていた。丸い池を通り過ぎた。全面凍りついていた。氷のどこにもあの雄《おす》鴨《がも》はおらず、死骸《しがい》さえ見当たらなかった。溺《おぼ》れて、池の泥に埋もれたのか。それとも、飛び立ったのか。どちらともいえなかったが、インマンは雄鴨の飛び立つさまを想像した。つかみかかる氷から抜けようともがき、羽ばたき、やがて、ぴんと張った黄色い水《みず》掻《か》きから氷のかけらを撒《ま》き散らしながら、空に飛んでいったことだろう。

道が三本に分かれる場所に出た。スタブロッドはポプラの巨木を見た。弾丸が皮を何箇所も剝ぎ取り、目立つ白太《しらた》が下からのぞいているのを見た。図体《ずうたい》ばかりでかくて、役に立たん木だ、といった。

パングルの墓の下を通り過ぎた。それは北の斜面の木陰にあり、まだ雪で覆《おお》われていた。エイダが立てた針槐《はりえんじゅ》の十字架の、結び目から上が見えていた。インマンが何もいわずに指で差し、スタブロッドが通りがかりに見上げた。洞窟《どうくつ》じゃ、あいつはいつもわしのところに這《は》ってきて、背中に寄り添って寝ていた、といった。暖かさと音楽と、それ以外はなんにもいらないやつだった。神が罪の大きさ順に地上の人間を殺しはじめたら、行列のいちばん最後に並んだはずのやつだった。

さらに何マイルか進んだ。頭上から黒い雲が去らず、道は急で険しかった。道の両側に月桂樹《げっけいじゅ》が立ち並ぶ場所に出た。枝が重なり合い、トンネルの屋根のようなアーチを作っていた。地面にはガラックスが茂り、その栗色の葉が光った。月桂樹の葉はどれも寒さで丸まり、管のようになっていた。

月桂樹のトンネルから小さな空き地に出た。そこを進むうちに、背後に物音が聞こえた。振り返ると、騎馬の男たちが何人も道に出てくるのが見えた。

―ああ、神よ、とスタブロッドがいった。

―なんと殺しがいのある男だ、とティーグがいった。だが、死人を暖めなおしたような恰好《かっこう》だな。

スタブロッドは自警団員を見て、顔ぶれの変動に気づいた。ティーグとわきにいる少年はそのままだが、処刑のときに見た一人、二人が新顔に代わっていた。なかに、無断離隊者の洞窟で見覚えた顔が一つあった。人間の屑《くず》め、と思った。ほかには、耳の垂れたブラッドハウンドと、針金のような剛毛をもつウルフハウンド。妙な取り合わせの二匹が、この事態にも関心がなさそうな顔で寝そべっていた。だが、誰から何の合図があったわけでもないのに、突然、ウルフハウンドが立ち上がり、インマンとスタブロッドの方向へじりじりと近寄ってきた。ティーグは馬にまたがり、左手に手綱を緩く握っていた。右手にはスペンサー・カービン銃があり、その撃鉄に触れ、もてあそんでいた。撃鉄を起こすほどの事態かどうか、決めかねているように見えた。

—先日はどうもありがとうよ、といった。洞窟を教えてくれたことをあの若いのに感謝せねばならんな。おかげで、快適に雪解けを待てた。

ウルフハウンドが方向を変え、円を描くように回りはじめた。目を合わせようとはせず、インマンらに一定の角度を保ちながらゆっくりと動き、徐々に円をせばめてきた。

インマンは周囲に目を配った。この土地の形を見てとり、どう戦えばよいかを考えた。慣れ親しんだ暴力の世界に逆戻りだ、と思った。石の塀がほしかったが、そんなものはない。自警団の面々を見て、その目の表情から相手を推し量った。こういう男たちには何を話しても通じない。言葉では何も変わらない。空に向かって騒音を放つのと同じこと。とすれば、待っていても意味がない。

スタブロッドのほうに体を寄せ、端綱《はづな》と引き綱を点検する振りをしながら、つかまっていろよ、とささやいた。

馬の尻《しり》を左の拳《こぶし》で思いきり殴った。同時に、右手でピストルを引き抜き、飛びかかってくるウルフハウンドを撃ち、同じ動きのなかで一人の男を撃った。一発からつぎの一発まで、見ているほうは瞬《まば》きをする暇さえなかったろう。犬と男は地面に落ち、落ちたまま、ほとんど動くこともなかった。スタブロッドは小径を駆け下っていった。三歳の若駒《わかごま》を鞍《くら》に慣らそうとしている男のように、大きく跳ねながら、たちまち木のあいだに見えなくなった。

一瞬の静寂があり、つづいてすべてがいっせいに動きはじめた。馬がどれもこれも跳び上がり、その場でさかんに足踏みをし、尻を胴体の下に抱え込もうとする動作をした。どこへ行くという共通の方向もないまま、とにかく、ここ以外のどこかへ行きたがって暴れた。その足元をブラッドハウンドが逃げ惑い、馬の混乱をいっそうあおったが、やがて頭を蹴《け》られ、鳴きながら倒れた。

男たちはしきりに手綱を引き絞り、馬を落ち着かせようとした。乗り手を撃たれ、鞍が空っぽになった馬が、指示をほしがって辺りを見回していた。だが、なんの指示も得られないまま、闇雲《やみくも》に走り出した。三歩走ったところで、引きずっていた自分の手綱を踏みつけ、つまずいて他の馬に体当たりした。どの馬もこの馬も悲鳴を上げ、その場でぐるぐると回り、乗り手はただ必死でしがみついていた。

隊列を乱した自警団に、インマンはまっすぐに突っ込んでいった。細い木が立ち並ぶだけのこの場所に、身を隠せるものは何もない。後ろに回り込める塀もない。行く方向は前以外になく、進むタイミングもいま以外になかった。一団の真中に入り込み、全員を殺す以外に、生き残る道はなかった。

大股《おおまた》で駆けながら、一人を鞍から撃ち落した。あと残るのは三人。そのうち一人は、すでに退却に移ったように見えた。それとも、ただ馬が逃げ出しただけなのか。右へ左へ跳ねながら、ヒッコリーの木立を目指して、坂の上へ走っていった。

残る二人の自警団員はかたまっていた。新たな銃声に、馬がまた飛び跳ねた。一頭が倒れ、いななきながら前脚で土を掻き、後ろ脚で立ち上がろうと必死でもがいた。乗っていた男は自分の脚をつかんでいた。馬にのしかかられ、怪我をした。上から押さえながら怪我の場所を探り、骨のぎざぎざを探り当てた。骨の端が皮膚とズボンを突き破り、飛び出していた。男は苦痛のあまり大声でわめいた。絶叫に言葉が一部混じり、それは神への祈りと、馬の重さへの激しい非難に聞こえた。あまりの声の大きさに、馬のいななきさえ、しばらく掻き消された。

もう一頭の馬は、もう制御がきかなかった。首を下向きに曲げ、その下に前脚をそろえ、ぐるぐると小さな円を描きながら走っていた。ティーグは片手で手綱を引き、反対の手でカービン銃を高く差し上げてバランスをとっていたが、すでに一方の鐙《あぶみ》を踏み外し、尻と鞍が密着せず、落馬寸前に見えた。思わず指が動いたのか、空に向けてカービン銃を一発発射した。馬がまた跳ねた。体に火搔き棒でも突き通されたかのように暴れ、さらに速く旋回しはじめた。

インマンは旋回の中心に走り込んだ。上へ手を伸ばし、カービン銃をひったくると、地面に投げ捨てた。二人の視線がぶつかり合った。ティーグは空いたほうの手でベルトを探り、長いナイフを引き抜くと、おまえの血でこいつの刃を黒く染めてやる、と怒鳴った。

インマンはルマットの撃鉄に手をやり、先端のレバーを折り曲げてから引き金を引いた。散弾が発射され、その反動で、大きなピストルが手から飛び出さんばかりに激しく跳ねた。胸を砕かれたティーグは地面に転がり落ち、もう、ぴくりとも動かなかった。馬が数歩飛び離れ、白目を剝《む》き、耳を頭にぴたりとつけたまま立っていた。

振り返って、地面でわめいている男を見た。いま、インマンへの呪《のろ》いを怒号しながら、ぬかるみに落ちたピストルのほうへにじり寄ろうとしている。インマンはかがみ、地面からスペンサー銃を拾い上げた。銃身の端をにぎり、片手で振りおろすと、銃床の平らな部分で男の頭の横をとらえた。怒号がやんだ。インマンは男のピストルを拾い、ズボンの腰にはさんだ。

倒れた馬はもう起き上がっていた。葦毛《あしげ》が弱い光に照らされ、馬の幽霊のように見えた。乗り手を失った馬が寄り集まっているところへ走っていき、いっしょに立った。どの馬も、脚がすくんで逃げることさえできず、慰めと落ち着きを与えてくれるしるしを探して、互いにいななき合っていた。

　インマンは最後の一人を探した。とうに逃げ去ったかと思ったが、ヒッコリーの木立のいちばん密な場所に隠れているのを見つけた。ここから五十歩ほど。この距離では、ピストルで撃っても、おそらく当たらない。木の下にはまだ雪が残り、そこから靄《もや》が立ちのぼっていた。馬の濡れた毛皮からも湯気が上がり、鼻からは二筋の息が吹き出していた。この雌は、白と茶の斑馬《ぶちうま》。雪と木と、ところどころにのぞく地面とが作る模様にすっかり溶け込んで、よく見ないとわからない。ヒッコリーの背後には、急傾斜の岩が切れ切れにつづいていた。

　乗り手は、インマンとのあいだに木をはさむように馬を操っていたが、完全には成功しなかった。ときどき全身がさらされ、まだ少年であることが見てとれた。帽子をどこかに飛ばしていて、真っ白な髪の毛が見えた。ドイツ人かオランダ人の血が入っている。それともアイルランド人か。あるいは同族結婚の多いコーンウォール辺りの産だろうか。まあ、どうでもいい。いまでは頭のてっぺんから爪《つめ》の先までアメリカ人だ。白い肌、白い髪、そして一人前の殺し屋でもある。だが、初めて鬚《ひげ》を剃《そ》るまでに、まだしばらくあるように見えた。避けられるものなら、少年を撃ちたくはなかった。

　—そこから出てこい、といった。よく聞こえるように、大きな声を出した。

返事はなかった。

少年は木の後ろから動かない。馬が一本のヒッコリーで前後に切断され、右に尻、左に頭が見えた。馬が一歩前に出て、少年はあわてて手綱を引き、一歩下がらせた。

—さあ、早く、とインマンがいった。もう二度といわないぞ。もっている武器を捨てろ。そうすれば、そのまま家へ帰れる。

—いやだ、と少年がいった。ここがいい。

—おまえはよくても、おれが困る。そこでは具合が悪い。馬を撃つぞ。そうしたら、出てこずにはいられまい。

—撃つなら撃て、と少年がいった。どうせおいらのじゃない。

—いいかげんにしろ、とインマンが怒鳴った。おまえを殺さずにすむ方法を探してるんだ。なあ、いまから二十年後、町でばったり出会うかもしれない。そうしたら挨拶《あいさつ》をして、一杯酌《く》み交わして、この暗い時代を思い出して、いっしょに嘆こうじゃないか。おれのいうとおりにすれば、それができる。

—おいらがピストルを捨てるんじゃできない。そんなことをしたら、おまえに撃たれるだけだ。

—おれはおまえたちとは違う。そんなことはしない。だがな、おれがこの山を降りるとき、岩陰から頭を狙われるのはごめんだ。そのくらいだったら、おまえを殺して降りる。

—ああ、待ち伏せしてやるとも。絶対にやってやる。

—そうか。じゃ、これまでだな。そこから出るには、ここを通らねばならんぞ。

何歩か歩いてスペンサー銃を拾い上げ、銃床の管状弾倉を調べた。そこは空っぽで、さっきの発射で空になった真鍮《しんちゅう》の薬莢《やっきょう》だけが、仕切りの一つに残っていた。インマンは銃を投げ捨て、自分のもつルマットの弾倉を点検した。九発のうちまだ六発が残るが、散弾はすでに発射されている。ポケットから紙薬莢を取り出し、端を嚙《か》み破ると、大きな銃口から火薬を注ぎ込んだ。つぎに散弾を包む紙を銃口にあてがい、付属の小さな込み矢で奥まで押し込んだ。火門座に真鍮の雷管をかぶせ、空き地の真中に立って、待った。

—いつかはその木の後ろから出てこねばなるまいに、といった。

不意に馬が駆け出してきた。少年は森を突っ切り、遠回りをして道に戻るつもりらしかった。インマンはそれを見越し、阻止するように動いた。馬に乗った少年と徒歩の男が、森の中で追いかけっこをした。ともに木立と地形を利用し、有利な立場に立とうとした。狙うのに障害物がない場所はないか。近づきすぎずにすむ場所はないか。

雌馬は混乱していた。馬自体の願いもあった。その第一は、同じようにおびえている仲間のところへ行き、肩を寄せ合うことだったろう。歯で銜《はみ》を嚙むと、少年が手綱で導こうとしている方向から大きく逸《そ》れ、インマン目がけてまっしぐらに走ってきた。間近にくると、前脚を突っ張り、背を丸め、つぎには少年をヒッコリーの木の幹にこすりつけるようにして、鞍からこそぎ落とした。銜を放し、騾馬《らば》のような鳴き声をあげ、他の馬のもとへ駆けていった。仲間どうし互いに鼻面《はなづら》を突き合わせ、ぶるぶると震え合った。

少年は雪の上に落ち、しばらくじっとしていた。やがて起き直り、ピストルの雷管と撃鉄をいじりはじめた。

―それを捨てろ、とインマンがいった。ルマットの撃鉄は起こされ、銃口が少年に向けられていた。

少年は青い目でインマンを見た。バケツの表面に張った丸い氷にも似て、なんの感情も浮かんでいない目だった。顔全体が白く、目の下の三日月形の皮膚がさらに白く見えた。これは、吹けば飛ぶような取るに足りない少年。髪を頭皮すれすれまで短く刈っているのは、虱《しらみ》退治でもしたばかりなのか。顔には表情の一つもない。

少年の手以外は、何も動かなかった。だが、その手は、目にとまらないほど速く動いた。

突然、インマンは地面に倒れていた。

少年はすわったままインマンを見て、つぎに手のピストルを見た。そして、ワー、なんだ、といった。ピストルがこんなふうに働くことをまったく予期していない、驚きの声だった。

エイダは遠くに銃声を聞いた。枯れ枝が折れるような乾いた小さな音。聞こえた瞬間、ルビーにさえ声をかけず、振り向いて走りだした。頭から帽子が飛び、影のように地面に落ちた。かまわず走りつづけた。途中でスタブロッドに出会った。ラルフはもう速度を緩め、諾足《だくあし》で走っていたが、スタブロッドは、そのたてがみにまだ必死でしがみついていた。

——向こうだ。スタブロッドはそういって、駆け去った。

エイダが駆けつけたとき、少年はもう馬を集めて立ち去っていた。地面に転がる男たちのところへ行き、顔を見た。離れたところにインマンを見つけた。わきにすわり、頭を膝《ひざ》に抱き上げた。インマンがしゃべろうとしたが、そっと黙らせた。

インマンの意識は消えかけては戻り、鮮明な夢を見た。家があった。岩から冷たい清水が湧《わ》き出し、黒土の畑があり、古い木々が立っていた。夢の中では一年の全体が同時に起こり、すべての季節が交じり合っていた。林檎《りんご》の木々は重い玉を実らせて垂れながら、なぜか花を咲かせている。泉が氷で縁取られ、オクラが黄色と栗色《くりいろ》の花を開き、楓《かえで》には十月の紅葉があり、玉蜀黍《とうもろこし》がてっぺんから房を垂らし、詰め物をした椅子が火のそばに引き寄せられ、南瓜《かぼちゃ》が畑で輝いている。山腹には月桂樹の花、川の土手にはオレンジ色の釣舟草《つりふねそう》、花水木には白い花、花蘇芳《はなずおう》には紅紫の花。あらゆる植物が同時に花開いていた。多くの白い樫《かし》の木が立ち、高い枝で無数の鴉《からす》が――鴉の魂が――踊り、歌っていた。インマンは何かをいおうとした。

尾根の崖《がけ》の上に立つ人の目には、遠くの冬の森に一幅の活人画が見えたことだろう。一本の川と、溶け残った雪。木々に囲まれた空き地。人間の住む世界から隔絶されたその場所に、二人の恋人がいた。男は女の膝に頭をのせ、横たわっている。女は男の目を見おろし、眉《まゆ》から後ろへ髪を撫《な》でつけてやっている。男がおずおずと片腕を伸ばし、女の柔らかな腰を抱えた。二人はこのうえない親密さで互いに触れ合った。静けさと平和に満ちたこの光景を見て、尾根に立つ人はきっとそれを知り合いに話す。何にでも嬉《うれ》しがる知り合いはそれを聞き、二人の将来を想像せずにはいられない。前方に、何十年にもわたる幸せな結婚生活が待ち受けているだろう、と。

エピローグ、一八七四年十月

これだけ長いあいだいっしょにいて、子供も三人生まれているというのに、いまでもまだ、思いがけないときにしっかり抱き合う二人を見かけることがある。燕《つばめ》の巣を払いに納屋《なや》の屋根裏にのぼったときとか、玉蜀黍《とうもろこし》の濡《ぬ》れた穂軸やヒッコリーの枝をくべたあと、ついでに燻室《くんしつ》の後ろで、とか。さっきはジャガ芋畑だった。鍬《くわ》を使い、土を耕しながら抱き合っていた。脚を広げて畝《うね》をまたぎ、一方の腕を相手の体に回し、空いている手で鍬をつかむ――そんな不自然な姿勢で立っていた。

エイダは、最初、皮肉の一つもいってやろうかと思った。咳払《せきばら》いでもしましょうか？と。だが、鍬の柄に注意を引かれた。土の中に差し込まれている鍬の角度が、梃子《てこ》を思わせた。きっとこの梃子が、土中の隠れたエンジンを働かせる。エイダはそのまま自分の仕事をつづけ、二人を放っておいた。

ジョージアの少年は、結局、故郷には帰らず、黒谷に居着いた。名前はリード。最初の印象ほど頼りなくはなかった。なにしろ、ルビーが背後で目を光らせていた。農場の手伝いだった二年間、厳しくしごき、夫となってからも手を緩めることがなかった。鞭《むち》が必要なときは足で背中をどやしつけ、飴《あめ》が必要なときは抱きしめてやった。頻度は半々くらい。赤ん坊が十八箇月おきに生まれた。どれも男の子で、頭には黒い毛がふさふさ生え、顔には小さい栗の実のような目が茶色に光っていた。ピンク色の頬をもつ、ころころした子供に育ちつつあった。何かあると、すぐに笑い出す。ルビーはその子らをよく働かせ、よく遊ばせた。年齢の違いにもかかわらず、三人が庭の柘植《つげ》の木の下で転げ回っていると、一つの腹から同時に生まれた子犬のように見えた。

午後も遅くなったいま、三人の子供は、家の後ろに掘られたバーベキュー用の穴の周りにしゃがみ込んでいた。穴では炭が赤く熾《おこ》り、四羽の小さな鶏が丸焼きになっている。そこに酢と唐辛子のソースを塗りつけるのが誰の番か、三人は大声で争っていた。

エイダはそれを見ながら洋梨《ようなし》の木の下に立ち、テーブルに布を広げ、皿を並べた。テーブルは小さく、八枚も並べると、皿と皿の縁がほとんど触れ合う。毎年、寒い季節が始まるまえのこの時期に、最後のピクニックをする。戦争のあとずっとつづけてきて、できなかったのは三年前の一度しかない。あの十月は他の年と違い、ずっと曇天と雨天がつづき、なかの一日は雪が降った。

エイダは、一年中のどの季節も等しく好きになろうとした。冬も同じ。たとえすべてが灰色で、足元から腐葉のにおいが漂い、森や野に静けさしかなくても、毛嫌いはしない。だが、やはり秋がいちばんいいという思いを捨て切れなかった。舞い落ちる葉に胸を揺すぶられ、一年が終わるという感傷にとらわれる。秋は象徴に富んでいる、と思う。もちろん、季節は毎年めぐりきて、始まりも終わりもないことはわかっていたが……。

一八七四年の十月は、山の中に理想的な秋を運んできた。エイダは嬉《うれ》しかった。何週間も好天がつづき、暖かく、空気が澄んでいた。紅葉も順調に進み、いま、ポプラは黄色く、楓は赤くなっている。だが、樫《かし》はまだ緑色で、コールドマウンテンはさまざまに発色しながら、家の後ろにそびえ立っていた。色は毎日変わる。注意深く観察していれば、赤や黄がしだいに緑を飲み込み、山を下り、谷に広がってくるのがわかる。色の波がゆっくりと打ち寄せ、やがて周囲で砕け散る。

日没までは、あと一時間ほど。ルビーが台所から出てきた。その横を、今年九歳になる背の高いほっそりした少女が歩いてくる。どちらも、食べ物の入った籠《かご》を運んでいた。ポテトサラダに、玉蜀黍に、玉蜀黍パンに、莢隠元《さやいんげん》。リードが炭火から鶏を取り上げ、ルビーと少女がテーブルにご馳走《ちそう》を並べた。スタブロッドが乳搾《しぼ》りを終えて、納屋から出てきた。牛乳の入ったバケツをテーブルわきの地面に置くと、子供たちがそれぞれのコップを浸し、縁まで満たした。全員が食卓についた。

黒谷が夕闇《ゆうやみ》に沈むころ、全員で焚《た》き火を大きくした。スタブロッドがフィドルを取り出し、弾きはじめた。「ボニー・ジョージ・キャンベル」ながら、スタブロッド流に編曲され、テンポが速まり、ジグがかぶさっている。子供たちは口々に叫びながら、火の周りを踊りまわった。踊るというより、音楽に合わせてただ駆けていた。少女は燃えさしの薪《まき》を振り回し、先端の黄色い光で薄暗い空中に何やらくねくねした形を描いた。

—やめなさい、とエイダが注意した。

—でも、ママ、と少女は不満そうだった。

近づくと、頰にキスをした。踊る足取りで去り、薪を焚き火の炎に投げ込んだ。だが、エイダの首が横に振られるのを見て、単純なフレーズが何度も何度も繰り返され、子供たちは紅潮し、汗ばんできた。不意に曲がやみ、とたんに三人は火のわきの地面に倒れ込んだ。スタブロッドが顎《あご》からフィドルを離した。これからゴスペルを歌う。なんといってもフィドルは悪魔の箱。ゴスペルの演奏には適さない。誰もがそういう。スタブロッドはフィドルを胸に当て、それを大事そうに抱えた。曲げた指の一本から弓をぶら下げたまま、「天使の群れ」を歌った。これは最近の曲。少女がスタブロッドの後ろに立ち、コーラス部分に加わった。少女の声は高く澄み、力強かった。純白の翼でわれを運び去りたまえ、と歌った。

スタブロッドがフィドルをしまうと、子供らは、こんどはお話をせがんだ。エイダがエプロンから本を取り出し、焚き火のほうへ傾けて、その光で朗読した。バウキスとピレモンの物語。ページを繰る動作が多少不自然に見えた。四年前、冬至の翌日に右手の人差し指の先をなくした。前日、ポーチから日の沈む場所を確かめ、その場所の木を切り倒しに一人で尾根に登った。木に巻きつけた鎖がねじれた。ねじれを直そうと、鎖の輪をあれこれいじっているとき、引き革につながれた馬が前へ動き、鎖にはさまれた指先が、トマトの脇芽《わきめ》でも折るようにすっぱり切り取られた。ルビーが湿布で治療したが、治るのにほぼ一年もかかった。だが、いまでは何事もなかったようにきれいになっている。少し短いだけで、人間の指先は本来こうあるべきものという見本のようだった。

物語が終わった。バウキスとピレモンが長い年月を平和と調和のうちに過ごし、年老いて樫と菩提樹《ぼだいじゅ》に変身するころ、辺りはすっかり暗くなっていた。夜はもう冷えはじめている。エイダは本をしまった。空には金星が光り、近くに三日月ものぼった。子供たちはもう眠い。明日はまた朝が早く明け、厳しい一日が待っている。いまは家に戻り、炭に灰をかぶせ、掛け金の紐《ひも》を引く時刻。

訳者あとがき

一九九七年度全米図書賞受賞作である。全米図書賞は、その年にアメリカ人によって書かれ、アメリカの出版社から発行された本のうち、最優秀の作品に与えられる。

アメリカ文学界にとって、一九九七年は近年まれに見る豊作の年だったといわれている。本書『コールドマウンテン』が書かれたし、ドン・デリーロ『アンダーワールド』(邦訳は新潮社)、トマス・ピンチョン『*Mason & Dixon*』が出た。いずれも評価が高かっただけでなく、商業的にも成功して、とくに本書は年内に優に百万部を突破した。ほかに、フィリップ・ロスが『*American Pastoral*』を書いている。また、フィクションではないが、前年に出たフランク・マコートの自伝『アンジェラの灰』(邦訳は新潮文庫)が、この年のピュリツァー賞を受賞し、ひきつづき好調に売れ行きを伸ばして、出版界の活況に寄与した。

こうした状況を反映し、九七年度全米図書賞の発表には例年になく大きな注目が集まったらしい。下馬評では『アンダーワールド』の圧倒的優勢が伝えられていたが、予想を覆《くつがえ》して『コールドマウンテン』が受賞した。その瞬間、会場のデリーロ派から声高な異議がとなえられ、ブーイングなどもあって、騒然としたようである。一九六〇年代、

「ゴア・ビダールとトルーマン・カポーティが反目し合い、ノーマン・メイラーが誰とでも腕相撲をやりたがった」文学華やかなりし時代を、一瞬、彷彿《ほうふつ》させるものがあった、と九七年末の「ニューズウィーク」が報じていた。

この本が大きな支持を得た理由は何だろうか。もちろん、ていねいに書かれたすぐれた小説であることが第一である。『コールドマウンテン』はフレイジャーの処女小説で、最初は出版するつもりなどなく、書きたい物語をただ書きたいように書いた、といっている。これがよいほうに出た。だが、もうひとつ、当時のアメリカでちょっとした南北戦争ブームが起こっていたらしいことも無関係ではないだろう。ケン・バーンズのPBSドキュメンタリー「Civil War」が放映されたのが一九九〇年。それ以後、南北戦争映画の「Glory」と「Gettysburg」に観客が詰めかけ、南北戦争を扱った出版物が六万点を超え、ゲティスバーグ関係の参考文献リストだけでも二百七十七ページにのぼったという。

このブームの原点に、アレックス・ヘイリー『ルーツ』がある。これを読んで自分のルーツ探しに目覚めたアメリカ人が、先祖をさかのぼっていって、おじいさんが、あるいは曾《ひい》おじいさんが南北戦争で戦っていたことを知り、興味をもちはじめた（本書も、著者フレイジャーの高祖父の弟がモデルになっているというから、ルーツ探しと無縁ではなかろう）。いまでは、南北戦争フリークが数多く存在し、有名な戦いの記念日には全米各地から古戦場に集結して、当時の戦いの模様をさまざまな規模で再現している。なかでもハードコアの人たちは、着るもの、食べるものを含め、従軍兵士の体験そのままを再現することをモットーとしていて、戦場に持ち込む品々を相互に厳しくチェックする。合成繊維の衣服などは即アウトだし、リンゴ一個でさえ、当時存在しなかった品種のものは持ち込めない。さらに、当時の兵士のなかに、体重が百三十五ポンド（六十一キロ強）を超える人はまれだったと聞けば、自分もそれをクリアするために厳しいダイエットに励み、そのためのレシピを教え合ったりする。本書の主人公、飢えたインマンなどは、さしずめ恰好《かっこう》の目標になるのではなかろうか。フレイジャーがプロモーションのために各地で朗読会を開いたときは、ハードコアのフリークが南軍兵士の服装で大挙して押しかけたらしい。

『コールドマウンテン』は恋愛物語であり、冒険物語である。負傷した南軍の兵士インマンが、収容されていたノースカロライナ州ローリーの病院を抜け出し、故郷コールドマウンテンを目指す。そこには、恋人エイダがいる。

物語はインマンの旅とともに進行する。脱走兵狩りの目を逃れながら、森を通り、山を越え、川を渡り、さまざまな人間に出会う。滑稽《こっけい》な人もいるし、極悪の人もいる。だが、大部分はどこかおかしく、混乱した人々、つまりは普通の人々である。その人々はインマンと出会うことで、それぞれの人生で直面している問題になんらかの整理をつけていく。

コールドマウンテンで待つエイダも、じつは旅をしている。牧師だった父親が亡くなり、雇い人も去り、チャールストンの都会育ちの身で山の中に一人取り残された。チャールストンに戻るのか、ここにとどまるのか。エイダは後者を選択し、そこからエイダの旅が始まる。それは生活者としての自立への旅である。ルビーというよき協力者を得て、エイダも懸命に歩きはじめる。

インマンの旅とエイダの旅が交互に語られていく。そして、二人の進む道が最後に交差するとき、そこで何が起こるのか……。

インマンの足取りに合わせ、ゆっくりお読みいただきたい。きっと、著者の描き出す百四十年前のアメリカに浸りきり、その雰囲気を堪能《たんのう》していただけることと思う。

本書を下敷きにして、アンソニー・ミンゲラが脚本・監督を担当した映画「コールドマウンテン」が近々公開される。制作費八十五億円（マーケティング費用を含めれば優に百十億円）という超大作だし、出演がニコール・キッドマン、ジュード・ロウ、レニー・ゼルウィガー、ナタリー・ポートマン……というオールスターキャストだし、夫トム・クルーズのインマン役を強力にプッシュしていたキッドマンが、離婚後、今度は自分がエイダ役を引き受ける巡り合わせになったとか、夫人の第四子（ロウの子としては三番目）出産に立ち会うため撮影を四日間も止めたロウが、撮影終了後、間もなく離婚してしまったとか、ゼルウィガーがThe White Stripesのジャック・ホワイト（ジョージア出身の少年役）と仲良くなったとかならないとか、ロケ地がノースカロライナならぬルーマニアの山奥だったとか、公開以前から何かと話題の多い映画だった。

とてもよい映画にできあがったと思う。現代の映画だから多少のセックスシーンや暴力シーンは避けられないのだろうが、それを除けば「クラシック」という言葉がぴったりする映画だろう。私（訳者）が翻訳した作品のなかに、映画化されたものが何本かあるが、どの場合も、原作に浸っていた訳者には――映画の良し悪しとは別に――強い違和感があった。その点、「コールドマウンテン」は違和感がいちばん少なく、安心して見ていられた映画だったような気がする。読者には、映画で二度目の感動を味わっていただけると思う。ミンゲラは、マイケル・チミノ監督作品、スタジオを一つ潰《つぶ》したとして悪名高いあの「天国の門」の二の舞にだけはならないよう念じつづけたらしいが、それは杞憂《きゆう》に終わるだろう。

今回の文庫化にあたっては、新潮文庫編集部の三室洋子さんと中川建さんにたいへんお世話になりました。丁寧に原文と突き合わせていただき、おかげで、小さな訳し漏らしをいくつか発見することができました。厚くお礼を申し上げます。

（二〇〇四年二月）

この作品は平成十二年二月新潮社より刊行された。

コールドマウンテン（下）

新潮文庫　　フ－48－2

Published 2004 in Japan
by Shinchosha Company

平成十六年四月一日発行

訳者　土《つち》屋《や》政《まさ》雄《お》

発行者　佐藤隆信

発行所　株式会社新潮社

郵便番号　一六二―八七一一
東京都新宿区矢来町七一
電話　編集部(〇三)三二六六―五四四〇
読者係(〇三)三二六六―五一一一
http://www.shinchosha.co.jp

価格はカバーに表示してあります。

乱丁・落丁本は、ご面倒ですが小社読者係宛ご送付ください。送料小社負担にてお取替えいたします。

印刷・株式会社精興社　製本・株式会社植木製本所

ISBN4-10-202912-5 C0197

Shinchosha